CB040373

à procura de kadath

à procura de kadath

Tradução
Celso M. Paciornik

H. P. LOVECRAFT

ILUMINURAS

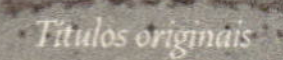
Títulos originais
The Dream-Quest of Unknown Kadath; Celephais; The Silver Key; Through the Gates of the Silver Key; The White Ship; The Strange High House in the Mist

Copyright © 2014 desta tradução e edição
Editora Iluminuras Ltda.

Capa e projeto gráfico
Eder Cardoso / Iluminuras

Preparação e revisão
Bruno Silva D'Abruzzo
Camila Cristina Duarte

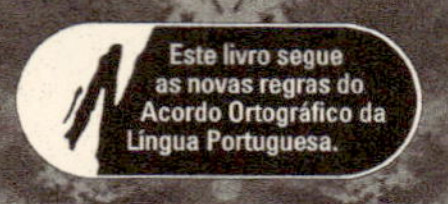

CIP-BRASIL. CATALOGAÇÃO NA PUBLICAÇÃO
SINDICATO NACIONAL DOS EDITORES DE LIVROS, RJ

L947p

Lovecraft, H. P., 1890-1937.
À procura de Kadath / H. P. Lovecraft; tradução Celso M. Paciornik. -- 2. ed. –
São Paulo : Iluminuras, 2014.
23cm

Tradução de: The Dream-Quest of Unknown Kadath
ISBN 978-85-7321-447-5

1. Conto americano. I. Paciornik, Celso M. II. Título.

14-13479 CDD: 813
CDU: 821.111(73)-3

2019
EDITORA ILUMINURAS LTDA.
Rua Inácio Pereira da Rocha, 389 - 05432-011 - São Paulo - SP - Brasil
Tel./Fax: 55 11 3031-6161
iluminuras@iluminuras.com.br
www.iluminuras.com.br

índice

à procura de kadath

Por três vezes Randolph Carter sonhou com a maravilhosa cidade e por três vezes foi arrebatado quando estava parado, de pé, no terraço elevado acima dela. Toda dourada e graciosa ela ardia ao pôr do sol com suas muralhas, templos, colunatas e pontes em arco de mármore estriado, suas fontes com bacias de prata e jorros prismáticos nos amplos jardins quadrangulares e perfumados, e suas largas ruas se estendendo entre delicadas árvores e vasos repletos de flores e fileiras de reluzentes estátuas de marfim, enquanto nas íngremes encostas em direção ao norte erguiam-se renques de telhados vermelhos e velhos frontões pontiagudos abrigando pequenas vielas pavimentadas com seixos entremeados de grama. Era uma exaltação dos deuses, um alarido de sublimes clarins, um estrépito de címbalos imortais. Mistério pairava sobre ela como nuvens sobre alguma fabulosa montanha inexplorada; e enquanto se detinha ali parado, pasmado e expectante junto ao parapeito abalaustrado, Carter sentiu-se invadido pela ansiedade e pungência de lembranças quase desvanecidas, a dor de coisas perdidas e o exasperante anseio de reencontrar o que um dia havia sido um lugar apavorante e significativo.

Sabia que em algum momento seu significado devia ter-lhe sido supremo, embora não soubesse dizer em que ciclo ou encarnação a conhecera, ou se fora em estado de sono ou de vigília. Ela evocava vislumbres de uma primeira mocidade há muito esquecida, quando a admiração e o prazer perpassavam todo o mistério dos dias, e auroras e crepúsculos progrediam pressagos ao som envolvente de alaúdes e canções, descerrando flamejantes portais para novas e mais surpreendentes maravilhas. Mas, todas as noites em que ficava parado naquele elevado terraço de mármore com os curiosos vasos e parapeitos cinzelados, admirando a silenciosa cidade crepuscular de bela e misteriosa imanência, provava a servidão aos tirânicos deuses do sonho, pois não havia meio de deixar aquele local elevado, nem de descer as amplas escadarias de mármore que se precipitavam interminavelmente até o ponto em que aquelas ruas de antiga magia se ramificavam convidativas.

Quando pela terceira vez acordou sem haver descido as escadarias e percorrido as silenciosas ruas crepusculares, Carter rezou longa e fervorosamente aos deuses ocultos dos sonhos que pairam caprichosos acima das nuvens da desconhecida Kadath, na vastidão fria onde homem nenhum se aventura. Mas os deuses não o atenderam e não revelaram a menor compaixão, nem enviaram algum sinal auspicioso quando orou para eles, em sonho, invocando-os sacrificialmente através dos sacerdotes barbados Nasht e Kaman-Thah, cujo templo-caverna com seus pilares de chamas não fica muito longe dos portais do mundo da vigília. Pareceu-lhe, porém, que suas orações não foram bem recebidas, pois mal concluíra a primeira delas, deixou inteiramente de avistar a maravilhosa cidade, como se os três vislumbres anteriores tivessem sido meros acidentes ou descuidos, contrariando algum oculto propósito ou desejo dos deuses.

Finalmente, cansado de almejar aquelas cintilantes ruas crepusculares e misteriosas vielas enladeiradas entre antigas coberturas de telha, incapaz de dormir ou acordar para tirá-las de sua mente, Carter resolveu se dirigir, com corajosa súplica, para onde homem nenhum fora até então e enfrentar os gélidos desertos mergulhados em trevas até o lugar em que a desconhecida Kadath, envolta em nuvens e coroada por incríveis estrelas, guarda o secreto e noturno castelo de ônix dos Grandes.

Mergulhado em sono leve, ele desceu os setenta degraus até a caverna de chamas e falou de sua intenção com os sacerdotes barbados Nasht e Kaman-Thah. E os sacerdotes balançaram suas cabeças adornadas com as coroas duplas dos faraós, jurando que isso seria a morte de sua alma. Salientaram que os Grandes já haviam manifestado sua vontade e que não gostavam de ser incomodados com súplicas insistentes. Recordaram-lhe também que, não só homem nenhum jamais voltara de Kadath, como homem nenhum jamais suspeitara em que lugar do espaço ela poderia estar, se nos mundos oníricos que envolvem nosso próprio mundo, se nos que envolvem alguma indesejada presença de Fomalhaut ou Aldebaran. Se estivesse em nosso mundo onírico, ela possivelmente poderia ser encontrada, mas apenas três almas humanas, desde o início dos tempos, haviam cruzado e retornado dos ímpios abismos tenebrosos para outros mundos oníricos, e, dos três, dois haviam voltado completamente ensandecidos. Viagens como essa envolviam perigos incalculáveis, sem falar no chocante perigo final que chia de forma não mencionável fora do universo ordenado, onde sonho nenhum alcança; aquela derradeira influência informe e maligna da mais infame confusão que blasfema e borbulha no centro de todo o infinito — o imensurável maléfico sultão Azathoth, cujo nome lábio algum ousa proferir em voz alta, e que atormenta insaciavelmente em câmaras obscuras e inconcebíveis além do tempo, em meio ao rufar abafado e enlouquecedor de tambores malignos e o lamento fino e monótono de flautas malditas, sob cujo alucinado martelar e soprar dançam absurdamente, lentos e desajeitados, os gigantescos deuses supremos, os cegos, mudos, tenebrosos e indiferentes Outros Deuses, cuja alma e emissário é o rastejante caos Nyarlathotep.

Disso tudo Carter havia sido prevenido pelos sacerdotes Nasht e Kaman-Thah na caverna de chamas, mas decidira ainda assim encontrar os deuses na desconhecida Kadath na vastidão fria, onde quer que isso fosse, e deles receber a visão, a recordação, a acolhida da maravilhosa cidade crepuscular. Sabia que sua empreitada seria longa e fabulosa, e que os Grandes estariam contra ele, mas, como velho conhecedor do mundo onírico, contava com muitas recordações e ardis a seu favor. Assim, pedindo uma bênção formal aos sacerdotes e refletindo cuidadosamente sobre seu percurso, desceu corajosamente os setecentos degraus até o Portal do Sono Mais Profundo e enveredou-se pelo bosque encantado.

Sob as arcadas daquela densa vegetação emaranhada, cujos prodigiosos carvalhos baixos entrelaçam ramos tateantes brilhando tenuemente com a fosforescência de estranhos fungos, habitam os furtivos e misteriosos zugs, detentores de muitos segredos obscuros do mundo dos sonhos e alguns do mundo da vigília, pois o bosque encontra a terra dos homens em dois lugares, embora possa ser desastroso dizer onde. Nos lugares a que os zugs têm acesso, ocorrem rumores, feitos e desaparecimentos inexplicáveis de pessoas, e convém que eles não possam se afastar muito do mundo dos sonhos. Mas nas regiões mais próximas do mundo onírico eles circulam livremente, esvoaçando pequenos, pardos e invisíveis, contando histórias picantes para passar o tempo em seus lares, na floresta que amam. A maioria vive em tocas, mas alguns moram nos troncos das grandes árvores, e, embora normalmente se alimentem dos fungos, murmura-se que também nutrem um certo gosto por carne, tanto física quanto espiritual, pois é fato sabido que vários sonhadores entraram naquele bosque e dele não conseguiram sair. Carter, porém, como velho sonhador que era, não lhes tinha medo, tendo aprendido sua língua pulsante e firmado muitos acordos com eles. Com sua ajuda, havia encontrado a esplêndida cidade de Celephais, em

Ooth-Nargai, além dos Montes Tanarianos, onde reina, durante a metade do ano, o grandioso Rei Kuranes, a quem ele conhecera por outro nome em vida. Kuranes era a única alma a ter penetrado nos abismos estelares e voltado sem perder a razão.

Percorrendo com dificuldade as fosforescentes galerias entre os gigantescos troncos, Carter produziu sons pulsantes, à maneira dos zugs, parando para ouvir vez ou outra alguma resposta deles. Lembrou-se de um certo povoado das criaturas no centro do bosque, ali onde um círculo de grandes pedras musgosas no que foi outrora uma evidente clareira dos moradores mais antigos e terríveis há muito esquecidos, e para esse local ele se apressou. Abriu caminho entre os grotescos fungos que pareciam mais nutridos nas proximidades do pavoroso círculo onde seres antigos dançavam e sacrificavam. Finalmente, a forte luz daqueles fungos mais encorpados revelou uma sinistra faixa verde e cinza se lançando para o alto através do dossel da floresta até se perder de vista. Isso ocorria bem perto do grande anel de pedras e Carter percebeu que estava próximo da aldeia zug. Retomando a emissão dos sons pulsantes, ele esperou pacientemente até ser finalmente recompensado pela sensação de ser espreitado por numerosos olhos. Eram os zugs, pois seus longos olhos fatídicos são vistos muito antes de se discernir seus pequenos e imprecisos contornos acastanhados.

Eles enxamearam-se, saindo de tocas ocultas e árvores esburacadas até preencher toda aquela área pobremente iluminada. Alguns, mais ousados, roçaram desagradavelmente em Carter, e um deles chegou a beliscar asquerosamente sua orelha. Mas esses espíritos desregrados logo foram contidos por seus anciãos. O Conselho dos Sábios, reconhecendo o visitante, ofereceu-lhe uma cabaça com a seiva fermentada de uma árvore fabulosa, diferente das outras, brotada da semente lançada por alguma criatura lunar, e, enquanto Carter bebia cerimoniosamente, um colóquio muito estranho se formou. Os zugs infelizmente não sabiam onde ficava o pico de Kadath, nem mesmo saberiam dizer se a vastidão fria fica em nosso mundo onírico ou em algum outro. Rumores sobre os Grandes chegavam igualmente de todos os lados e tudo que podiam dizer era que mais provavelmente poderiam ser vistos nos cumes de altas montanhas do que nos vales, pois nesses cumes eles dançam saudosos tendo a lua acima e as nuvens abaixo.

Um zug muito velho recordou então algo de que os outros jamais tinham ouvido falar, dizendo que em Ulthar, além do rio Skai, ainda existia uma derradeira cópia daqueles *Manuscritos Pnakóticos* incrivelmente antigos, produzidos por homens despertos de esquecidos reinos boreais, e levados ao mundo dos sonhos quando os peludos canibais Gnophkehs arrasaram a Olathoe de muitos templos, matando todos os heróis da terra de Lomar. Aqueles manuscritos, disse ele, contavam muitas coisas sobre os deuses e, além disso, em Ulthar havia homens que tinham visto sinais dos deuses, inclusive um velho sacerdote que tentara escalar uma grande montanha para vê-los dançar ao luar. Ele havia fracassado, mas seu companheiro conseguira, tendo perecido de maneira indescritível.

Randolph Carter agradeceu então aos zugs, que pulsaram amistosamente dando-lhe outra cabaça da árvore da lua cheia de vinho para a viagem, e pôs-se a caminho pelo bosque fosforescente na direção contrária, por onde o torrencial Skai desce pelas encostas de Lerion; e Hatheg, Nir e Ulthar pontilham a planície. Muitos zugs curiosos esgueiravam-se furtivos e invisíveis à sua retaguarda, querendo saber o que lhe aconteceria, a fim de levar tal lenda a seu povo. Os vastos carvalhos foram ficando mais cerrados à medida que se afastava da aldeia e ele observou cuidadosamente os arredores à procura de um certo lugar onde deveriam estar mais separados, eretos, postados mortos ou moribundos entre cogumelos anormalmente densos, a terra vegetal apodrecida e os troncos de sua espécie caídos e recobertos de fungos. Naquele ponto ele se desviaria rapidamente, pois ali jaz, no chão da floresta, uma enorme laje de pedra, e os que dela ousaram se aproximar dizem que contém uma argola de ferro de três pés de largura. Lembrando-se do antigo círculo de grandes rochas musgosas e da finalidade para a qual possivelmente fora criado, os zugs não se demoraram perto daquela vasta laje com seu fabuloso anel, pois sabiam que nem tudo que está esquecido precisa necessariamente estar morto, e não gostariam de ver a laje ser lenta e cuidadosamente erguida.

Carter desviou-se no local oportuno e ouviu, atrás de si, a pulsação nervosa de alguns zugs mais assustados. Sabia que o estavam seguindo e isso não o perturbava, pois as pessoas se habituam com as idiossincrasias dessas criaturas intrometidas. Quando alcançou a orla do bosque, a luz era crepuscular e o aumento de sua luminosidade informou-lhe que se tratava do crepúsculo matinal. Nas férteis planícies que se desdobram até o Skai, ele avistou a fumaça das chaminés das casinhas e por todos os lados erguiam-se as sebes, os campos arados e os telhados de sapé típicos de uma terra pacífica. Parando ao lado do poço de uma casa para um copo d'água, os cães latiram aterrorizados para os invisíveis zugs que se arrastavam no capinzal às suas costas. Em outra casa, onde havia pessoas labutando, ele perguntou sobre os deuses e se eles costumavam dançar em Lerion, mas o agricultor e sua esposa limitaram-se a fazer o Sinal dos Antigos e ensinar-lhe o caminho para Nir e Ulthar.

Ao meio-dia, Carter caminhava pela ampla rua principal de Nir, que já havia visitado uma vez e que marcara suas mais longínquas viagens anteriores nesta direção; pouco depois, alcançava a grande ponte de pedra através do Skai, em cuja peça central os pedreiros haviam feito um sacrifício humano quando terminaram de construí-la, mil e trezentos anos antes. Chegando ao outro lado, a presença frequente de gatos (que se eriçavam na presença dos zugs) revelava a proximidade de Ulthar, onde, segundo uma antiga e importante lei, os gatos não podiam ser mortos. Eram muito agradáveis os subúrbios de Ulthar, com seus pequenos chalés verdes e chácaras cuidadosamente cercadas; e mais agradável ainda era a curiosa cidade com seus telhados pontiagudos, seus andares superiores salientes, seus incontáveis dutos de chaminés e suas ruas estreitas enladeiradas nas quais se pode ver os velhos seixos gastos do pavimento sempre que os graciosos gatos abrem espaço. Com os gatos um tanto dispersos pelos inconspícuos zugs, Carter avançou diretamente para o modesto Templo dos Antigos, onde se dizia que ficavam os sacerdotes e os antigos registros. Uma vez dentro daquela venerável torre circular de pedra coberta de hera que coroa a mais alta colina de Ulthar, ele procurou o patriarca Atal, que havia escalado o pico proibido de Hatheg-Kla, no deserto pedregoso, e descera vivo.

Atal, sentado no trono de marfim acomodado num santuário adornado no alto do templo, já completara três séculos de idade, mas ainda era muito ágil de pensamento e memória. Com ele Carter aprendeu muitas coisas sobre os deuses, sobretudo que são deuses da terra, governando frouxamente nosso próprio mundo onírico sem qualquer poder ou moradia em outra parte. Eles poderiam, disse Atal, atender a uma prece humana se estivessem de bom humor, mas não se deve pensar em subir até sua fortaleza de ônix no topo de Kadath, naquela gélida vastidão. Foi providencial que nenhum homem tenha sabido onde se eleva a imponente Kadath, pois as consequências de alcançá-la seriam muito graves. O companheiro de Atal, Barzai, o Sábio, fora sugado, aos gritos, para o céu, simplesmente por ter escalado o afamado pico de Hatheg-Kla. Com a desconhecida Kadath, se algum dia fosse encontrada, as coisas seriam muito piores; pois, embora os deuses da terra possam ser ocasionalmente superados por algum mortal astuto, são protegidos pelos Outros Deuses de Fora, sobre os quais não convém discutir. Na história do mundo, pelo menos duas vezes os Outros Deuses colocaram seu selo sobre o granito primitivo da terra: uma nos tempos antediluvianos, como se supõe de um desenho naquelas partes dos *Manuscritos Pnakóticos* antigas demais para serem lidas; outra em Hatheg-Kla, quando Barzai, o Sábio, tentou ver os deuses da terra dançando ao luar. Portanto, disse Atal, seria muito melhor deixar os deuses em paz, exceto em discretas orações.

Carter, conquanto desapontado pelo desestimulante conselho de Atal e pela magra ajuda a ser obtida dos *Manuscritos Pnakóticos* e dos *Sete Livros Crípticos de Hsan*, não se desesperou totalmente. Primeiro inquiriu o velho sacerdote sobre a maravilhosa cidade crepuscular vista do terraço, pensando talvez em encontrá-la sem o auxílio dos deuses, mas Atal nada soube lhe dizer. Provavelmente, disse Atal, o lugar pertencia a seu mundo onírico particular e não ao mundo imaginário em geral, que muitos conhecem, e, possivelmente, poderia estar em outro planeta. Nesse caso, os deuses da terra nem se o quisessem poderiam guiá-lo. Mas isso era mesmo improvável, pois a interrupção dos sonhos deixava muito claro que se tratava de algo que os Grandes desejavam lhe ocultar.

Carter praticou então uma perversidade, oferecendo a seu ingênuo anfitrião tantos goles do vinho da lua que recebera dos zugs que o velho desandou a tagarelar irresponsavelmente. Privado da razão, o pobre Atal balbuciou livremente sobre coisas proibidas, contando sobre uma grande imagem que, no relato de viajantes, estaria esculpida na sólida rocha da montanha Ngranek, na ilha de Oriab, Mar do Sul, sugerindo que ela poderia guardar alguma semelhança com algo que os deuses da terra certa vez forjaram às suas próprias feições nos tempos em que dançavam ao luar, naquela montanha. E ele soluçou ainda que as feições daquela imagem eram tão estranhas que não poderiam ser facilmente reconhecidas, e que certamente indicavam a mais autêntica estirpe dos deuses.

O uso dessas informações todas tornou-se subitamente evidente para Carter, em seu intuito de encontrar os deuses. É sabido que o mais jovem dos Grandes frequentemente desposa, disfarçado, as filhas dos homens, e que por este motivo, nas cercanias das fronteiras da vastidão fria onde fica Kadath, todos os camponeses devem ser portadores de seu sangue. Sendo assim, para encontrar aquela vastidão seria preciso ver o rosto de pedra em Ngranek e memorizar suas feições. Tendo-as memorizado cuidadosamente, procurar feições semelhantes entre os homens vivos. Onde elas fossem mais comuns e abundantes, por perto haveriam de habitar os deuses, e na vastidão pedregosa que ficasse por trás das povoações desse lugar, ali deveria estar Kadath.

Muito se poderia aprender sobre os Grandes em tais regiões e os herdeiros de seu sangue poderiam guardar lembranças valiosas para um desbravador. Eles poderiam não saber de seu parentesco divino, pois os deuses repudiam de tal forma serem conhecidos pelos homens que ninguém jamais conseguiu intencionalmente ver suas feições, coisa que Carter já havia percebido ao tentar alcançar Kadath. Mas eles teriam pensamentos estranhos e sublimes que seriam incompreendidos por seus companheiros, e cantariam lugares e jardins distantes de maneira tão distinta mesmo das conhecidas na terra dos sonhos que a gente comum os consideraria loucos; e através deles seria possível, talvez, conhecer velhos segredos de Kadath ou obter pistas sobre a maravilhosa cidade crepuscular que os deuses mantêm secreta. E mais, em certas circunstâncias, seria possível tomar o adorável filho de algum deus como refém ou mesmo capturar algum jovem deus vivendo disfarçadamente entre os homens com alguma graciosa donzela camponesa como noiva.

Atal, porém, não sabia como encontrar Ngranek na ilha de Oriab e recomendou que Carter seguisse pelo cantante Skai, passando por baixo de suas pontes até o Mar do Sul, onde nenhum morador de Ulthar jamais havia estado, mas para onde os mercadores se dirigem em barcos ou extensas caravanas de mulas e carroças de duas rodas. Ergue-se ali uma grande cidade, Dylath-Leen, mas em Ulthar sua reputação é duvidosa em razão das negras galeras trirremes que para lá navegam trazendo rubis de uma praia de nome incerto. Os comerciantes que saem daquelas galés para negociar com os joalheiros são humanos, ou quase, mas os remadores nunca foram vistos e não se considera muito salutar, em Ulthar, que se comercie com navios escuros vindos de lugares desconhecidos cujos remadores não podem ser exibidos.

Ao dar esta informação, Atal estava muito sonolento e Carter recostou-o gentilmente num sofá de ébano marchetado, acomodando decorosamente a longa barba sobre seu peito. Quando se virou para partir, observou que já não o seguia nenhuma pulsação abafada e ficou imaginando por que os zugs teriam se tornado tão displicentes em sua curiosa perseguição. Foi então que percebeu os luzidios complacentes gatos de Ulthar lambendo os beiços com particular satisfação e lembrou-se dos fracos ruídos de salivação e dos guinchos que ouvira vindos da parte baixa do templo enquanto estava absorto na conversa com o velho sacerdote. Lembrou-se também do olhar esfomeado com que um jovem zug, especialmente imprudente, contemplara um gatinho preto na rua de seixos, no lado de fora. E, como Carter amava gatinhos pretos mais do que qualquer outra coisa na terra, abaixou-se e acariciou os lustrosos gatos de Ulthar enquanto eles se lambiam, pouco se lamentando do fato de os curiosos zugs abandonarem sua escolta dali em diante.

Com a descida do crepúsculo, Carter parou numa antiga pousada numa ruela íngreme, voltada para a parte baixa da cidade. Da sacada de seu quarto, fitando o oceano de telhados vermelhos e caminhos pavimentados de seixos e os graciosos campos distantes, doces e mágicos sob a luz do poente, ele jurava que Ulthar provavelmente seria um excelente lugar para se morar o resto da vida, não fosse a lembrança de uma cidade maior, ao crepúsculo, convocando-o incessantemente para perigos desconhecidos. Então, o crepúsculo avançou e as paredes rosadas das empenas de gesso foram se tornando violáceas e místicas enquanto pequenas luzes amarelas despontavam, uma a uma, nas velhas janelas de gelosia. Sinos suaves repicavam no alto da torre do templo e a primeira estrela luzia fracamente por cima das campinas além do Skai. Com a noite, veio a canção, e Carter acompanhou com a cabeça enquanto alaudistas louvavam tempos antigos por trás dos terraços filigranados e dos pátios de mosaicos da singela Ulthar. Deveria haver suavidade até mesmo na voz dos muitos gatos de Ulthar, mas a maioria deles estava empanturrada e calada depois de uma misteriosa festança. Alguns se esgueiraram para aqueles misteriosos reinos conhecidos apenas dos gatos, que os aldeões dizem ficar no lado oculto da Lua, para onde os gatos saltam dos altos telhados das casas; mas um gatinho preto se arrastou escada acima, saltando ronronante e brincalhão para o colo de Carter, enrodilhando-se aos seus pés quando ele finalmente se deitou no pequeno sofá cujas almofadas eram forradas de ervas fragrantes e embriagadoras.

Pela manhã, Carter uniu-se a uma caravana de mercadores que se dirigia a Dylath-Leen com a lã fiada de Ulthar e as couves das operosas chácaras de Ulthar. Durante seis dias eles avançaram ao som do tilintar de sinos na macia estrada além do Skai, parando, algumas noites, nas pousadas de pequenas aldeias pesqueiras, em outras, acampando sob as estrelas ao som de trechos de canções dos barqueiros que chegavam do plácido rio. A região era muito bela, com verdes sebes e bosques, pitorescos chalés pontiagudos e moinhos octogonais.

No sétimo dia, uma mancha de fumaça ergueu-se no horizonte à frente e depois foram surgindo as torres escuras de Dylath--Leen, quase toda ela de basalto. Dylath-Leen, com suas esbeltas torres angulares, se parece um pouco, a distância, com a Passarela do Gigante, e suas ruas são sombrias e pouco convidativas. Uma profusão de soturnas tavernas marítimas se espalha pelo interminável cais e a cidade toda é invadida por estranhos marinheiros de todos os cantos da terra e alguns, talvez, não terrestres. Carter inquiriu homens, curiosamente trajados, sobre aquela cidade nas proximidades do pico do Ngranek, na ilha de Oriab, e descobriu que a conheciam muito bem. Navios chegavam de Baharna naquela ilha — havia um que deveria retornar para lá dentro de um mês —, e o Ngranek ficava apenas a dois dias de cavalgada em zebra daquele porto. Poucos haviam visto, porém, o rosto de pedra do deus, porque ele fica num lado pouco acessível do Ngranek, virado para penhascos abruptos e um vale de lava sinistra. Os deuses certa vez se zangaram com homens que estiveram naquele lado, e falaram sobre tal com os Outros Deuses.

Foi difícil obter essa informação dos negociantes e marinheiros nas tavernas de Dylath-Leen porque preferiam cochichar sobre as negras galeras. Uma delas era esperada em uma semana, trazendo rubis de sua desconhecida praia, e a gente local temia vê-la fundear. As bocas dos homens que ela trazia para negociar eram largas demais e o modo como seus turbantes se estufavam em dois pontos no alto da testa era particularmente de mau gosto. E os sapatos que usavam eram os menores e mais curiosos jamais vistos nos Seis Reinos. Mas pior era o caso dos invisíveis remadores. Aquelas três fileiras de remos moviam-se com excessivo vigor, precisão e vivacidade para ser confortável e não era certo um navio ficar no porto durante semanas enquanto os comerciantes negociavam e ainda assim não permitir sequer um vislumbre de sua tripulação. Não era justo para os donos de tavernas de Dylath-Leen, nem para os merceeiros e açougueiros, pois nem uma migalha de provisões era jamais enviada a bordo. Os mercadores só recebiam ouro e vigorosos escravos negros de Parg, do outro lado do rio. Isso era tudo que sempre recebiam aqueles mercadores de semblante desagradável com seus remadores invisíveis; nunca levavam nada dos açougueiros e merceeiros, apenas ouro e os corpulentos negros de Parg, que compravam por peso. O odor dessas galés que o vento sul soprava das docas era indescritível. Só mesmo pitando ininterruptamente o forte fumo de thag, os empedernidos frequentadores das velhas tavernas marítimas conseguiam suportá-lo. Dylath-Leen jamais toleraria as negras galeras se aqueles rubis pudessem ser obtidos de outras partes, mas não se conhecia nenhuma mina em todo o mundo onírico terrestre capaz de produzir rubis semelhantes.

Sobre essas coisas tagarelavam, sobretudo, os cosmopolitas de Dylath-Leen enquanto Carter pacientemente aguardava o navio para Baharna, que poderia levá-lo à ilha onde o recortado Ngranek se alteia desolado e imponente. Entrementes, não deixava de espreitar nas invencionices de viajantes de longe qualquer história que pudesse ter alguma relação com Kadath na vastidão fria ou com uma maravilhosa cidade de paredes de mármore e fontes prateadas vista abaixo dos terraços ao pôr do sol. Disso, porém, ele não ficou sabendo nada conquanto tenha encontrado, certa vez, um velho comerciante de olhos puxados que pareceu ficar estranhamente atento a vastidão fria foi mencionada. Esse homem tinha a reputação de comerciar com as horríveis aldeias de pedra do gélido planalto desértico de Leng, que nenhuma pessoa equilibrada visita e cujas fogueiras malditas são vistas à noite, ao longe. Murmurava-se, inclusive, que ele teria tratado com aquele sumo sacerdote que não deve ser descrito, cujo rosto se esconde por trás de uma máscara de seda amarela e que mora totalmente isolado num pré-histórico monastério de pedra. Que uma tal criatura pudesse perfeitamente ter mantido um censurável tráfico com seres que possivelmente poderiam habitar na vastidão fria, não era de duvidar, mas Carter logo percebeu que não valia a pena inquiri-lo.

Foi então que a negra galé deslizou para o porto, cruzando o cinturão de basalto e o alto farol, silenciosa e insólita, com um estranho mau cheiro que o vento sul soprava para a cidade. A inquietação se alastrou pelas tavernas ao longo do cais e, pouco depois, os soturnos mercadores de largas bocas e pés pequenos usando turbantes corcovados desembarcaram furtivamente em busca dos bazares dos joalheiros. Carter observou-os atentamente e quanto mais olhava menos gostava do que via. Depois, viu-os conduzirem os vigorosos homens de Parg grunhindo e suando pela prancha daquela singular galera e ficou meditando a que terra — se de todas haveria alguma — destinavam-se aquelas criaturas robustas e patéticas.

Na terceira noite de estadia da galé, um dos inquietantes mercadores conversou com ele, sorrindo maliciosamente, insinuando o que ouvira, nas tavernas, sobre a procura de Carter. Parecia ter informações secretas demais para serem expostas publicamente e ainda que o som de sua voz fosse insuportavelmente odioso, Carter sentiu que as informações de um viajante vindo de tão longe não deviam ser menosprezadas. Convidou-o pois para um reservado do andar superior e lançou mão da última cabaça do vinho da lua dos zugs para que soltasse a língua a falar. O bizarro mercador bebeu pesadamente, mas seu sorriso sardônico não se desfez com a bebedeira. Depois foi a vez de ele apresentar uma curiosa garrafa de vinho e Carter notou que era feita de um único rubi escavado, grotescamente ornamentado com padrões fabulosos demais para serem compreendidos. O estranho ofereceu o vinho a seu hospedeiro, que, mal provara a bebida, sentiu a vertigem do espaço e a febre de selvas inconcebíveis. Durante esse tempo todo, o sorriso do convidado vinha se escancarando cada vez mais, e quando Carter apagou, a última coisa que viu foi aquela repulsiva face escura contorcida por um riso maligno e algo inteiramente indescritível no ponto em que uma das corcovas frontais daquele turbante laranja se desarranjara com as sacudidelas daquele descontrolado surto de hilaridade.

Carter recobrou a consciência em meio a odores terríveis, deitado debaixo de um abrigo em forma de tenda no convés do navio, com as maravilhosas costas do Mar do Sul correndo lateralmente para trás com espantosa velocidade. Não estava acorrentado, mas, por perto, três sardônicos comerciantes sorriam, e a visão daquelas protuberâncias em seus turbantes quase o fizera desmaiar, assim como o mau cheiro que exalava pelas sinistras escotilhas. Viu deslizarem para trás as gloriosas terras e cidades sobre as quais um companheiro sonhador da Terra — um guardador de farol na antiga Kingsport — frequentemente discorrera nos velhos tempos, e reconheceu os terraços pontilhados de templos de Zar, morada dos sonhos esquecidos; as cúpulas da infame Thalarion, cidade demoníaca de um milhar de maravilhas onde reina o espectro de Lathi; os jardins sepulcrais de Xura, terra dos prazeres inalcançados; e os promontórios gêmeos de cristal na forma de um resplendente arco protegendo o porto de Sona-Nyl, abençoada terra da fantasia.

Deixadas para trás essas deslumbrantes terras, o malcheiroso navio singrou perniciosamente impelido pelas anormais remadas daqueles invisíveis remadores. Antes de o dia terminar, Carter percebeu que o timoneiro não podia ter outro rumo senão os Pilares de Basalto do Oeste, além dos quais os simplórios acreditam ficar a esplêndida Cathuria, mas os sonhadores sábios sabem perfeitamente que ali se encontram os portais de uma monstruosa catarata onde os oceanos do mundo dos sonhos da terra despenham no vazio abismal e disparam pelos espaços vazios para outros mundos, outras estrelas e para os pavorosos vazios fora do universo ordenado em que o maléfico sultão Azathoth atormenta insaciavelmente no caos entre batidas e arquejos e a dança infernal dos Outros Deuses, cegos, mudos, tenebrosos e indiferentes, com sua alma e emissário Nyarlathotep.

Entretanto, os três sardônicos mercadores não quiseram dar uma palavra sobre suas intenções, muito embora Carter bem soubesse que deviam estar mancomunados com os que desejavam afastá-lo de sua busca. É sabido, no mundo dos sonhos, que os

Outros Deuses têm muitos agentes circulando entre os homens e que todos esses agentes, sejam eles inteiramente humanos ou quase humanos, se empenham seriamente em cumprir o desejo daquelas coisas cegas e displicentes em troca de favores de sua horrenda alma e emissário, o rastejante caos Nyarlathotep. Carter inferiu então que os mercadores de turbantes empolados, tendo ouvido sobre sua audaciosa procura dos Grandes em seus castelos de Kadath, haviam decidido afastá-lo da busca e entregá-lo a Nyarlathotep em troca de alguma recompensa. Carter não conseguia imaginar de que terra seriam esses mercantes, seja de nosso universo conhecido, seja dos assombrosos espaços externos, nem conseguia imaginar em que infernal ponto se encontrariam com o rastejante caos para entregá-lo e cobrar sua recompensa. Sabia, porém, que nenhum ser longinquamente humano como eles ousaria se aproximar do tenebroso trono supremo do demoníaco Azathoth no informe vazio central.

Ao entardecer, os mercadores lamberam seus lábios exageradamente largos arregalando os olhos famintamente e um deles desceu até alguma cabine oculta e repulsiva, voltando em seguida com uma terrina e um cesto cheio de pratos. Eles então se agacharam, espremidos uns contra os outros por baixo do toldo, comendo da terrina fumegante que era passada de um em um. Quando ofereceram uma porção a Carter, porém, ele percebeu que havia alguma coisa grande e abjeta em seu interior, empalidecendo ainda mais e atirando sua porção ao mar quando não havia ninguém olhando. Novamente pensou naqueles invisíveis remadores lá de baixo e no alimento suspeito que supria aquela sua energia mecânica tão poderosa.

Já havia escurecido quando a galera cruzou os Pilares de Basalto do Oeste e o som da catarata final se encorpou prodigioso à frente. Erguiam-se as nuvens de vapores da imensa catarata obscurecendo as estrelas e umedecendo o convés enquanto a embarcação cambaleava na correnteza que engrossava à beira do precipício. Então, com um monstruoso assobio e mergulho, deu-se a precipitação e Carter sentiu os terrores de um pesadelo enquanto a terra se afastava e o grande barco disparava silencioso como um cometa pelo espaço interplanetário. Ele nunca antes tomara conhecimento das informes coisas negras que espreitam, cabriolam e se espojam no éter, olhando e sorrindo furtivamente para os viajantes que porventura circulem por ali, apalpando ocasionalmente, com suas patas gosmentas, algum objeto móvel que excite sua curiosidade. São as inomináveis larvas dos Outros Deuses e, como eles, não têm mente, são cegas, além de famintas e sedentas por coisas estranhas.

Mas a repulsiva galera não pretendia alcançar uma distância tão grande quanto Carter temia, pois logo percebeu que o timoneiro estava mudando o curso diretamente para a Lua. O brilho da lua crescente foi aumentando à medida que se aproximavam, revelando inquietadoramente suas singulares crateras e picos. O navio rumou para sua borda e logo ficou evidente que seu destino era aquele secreto e misterioso lado cuja face está sempre oculta da Terra e que nenhum ser inteiramente humano, exceto, talvez, o sonhador Snireth-Ko, jamais avistara. O aspecto da Lua mais de perto à medida que a galera se aproximava foi muito perturbador para Carter, que não gostou do tamanho e da forma das ruínas esparsas que avistava. Os templos mortos nas montanhas estavam posicionados de tal forma que não poderiam ter glorificado nenhum bom deus, e nas simetrias das colunas partidas parecia haver algum significado íntimo e obscuro que não convidava à decifração. Sobre qual teria sido a compleição e as proporções dos antigos adoradores, Carter recusou-se firmemente a conjecturar.

Quando o navio contornou a borda e deslizou sobre aquelas regiões nunca vistas pelo homem, surgiram alguns sinais de vida na paisagem e Carter observou muitas casinhas baixas, amplas, arredondadas, em campos de fungos grotescos e branquicentos. Notou que as casinhas não tinham janelas e pensou que sua forma lembrava os iglus esquimós. Depois vislumbrou as ondas oleosas de um preguiçoso mar e soube que a viagem prosseguiria, uma vez mais, pela água — ou, pelo menos, sobre algum tipo de líquido. A galera tocou a superfície com um som peculiar e a estranha elasticidade com que as ondas a receberam pareceu-lhe muito intrigante. Eles agora deslizavam em grande velocidade, tendo cruzado, em certo momento, com outra galera de formato similar, à qual saudaram, mas em geral sem nada para ver, exceto aquele curioso mar e o céu escuro e estrelado, apesar do sol ardente e brilhante.

Ali se erguiam agora as colinas serrilhadas de uma costa de aparência doentia e Carter avistou as desagradáveis torres largas e cinzentas de uma cidade. O modo como se inclinavam e curvavam, a maneira com que se aglomeravam e o fato de não terem absolutamente nenhuma janela eram muito perturbadores para o prisioneiro e ele lamentou amargamente a loucura que o levara a provar o estranho vinho daquele mercador de turbante corcovado. Com a aproximação da costa aumentou o detestável mau cheiro daquela cidade e Carter pôde enxergar muitas florestas sobre as colinas recortadas, algumas delas com árvores que considerou parecidas com aquela solitária árvore lunar no bosque encantado da Terra, de cuja seiva os pequenos zugs pardos fermentavam seu curioso vinho.

Carter agora já conseguia distinguir vultos se movimentando nos fétidos cais à sua frente, e quanto melhor os via, mais se assustava e os detestava. Pois não eram de maneira alguma homens, nem mesmo aproximadamente humanos, e sim grandes coisas gosmentas branco-acinzentadas capazes de se esticar e se encolher voluntariamente, e cuja forma básica — embora mudasse constantemente — era a de uma espécie de sapo sem olhos com uma curiosa massa vibrante de curtos tentáculos rosados na ponta de uma espécie de focinho achatado. Essas criaturas se remexiam atarefadamente pelo cais, deslocando fardos, engradados e caixas com uma força sobrenatural, saltando de vez em quando para dentro e para fora de alguma galera ancorada com longos remos agarrados nas patas dianteiras. Às vezes, uma delas emergia conduzindo uma leva de robustos escravos parecidos com seres humanos, mas com bocas largas como as daqueles mercadores que negociavam em Dylath-Leen; apenas que essas levas, não usando turbantes, nem sapatos, nem roupas, também não pareciam muito humanas, afinal. Alguns escravos — os mais gordos, a quem uma espécie de supervisor beliscava para testar — eram descarregados de navios e fechados em engradados cujas tampas eram pregadas e depois empurrados pelos trabalhadores para os baixos armazéns ou carregados em grandes e pesadas carretas.

Uma certa carreta foi engatada e levada e a coisa fabulosa que a puxava era tal que Carter deu um suspiro de espanto apesar de já ter visto as outras monstruosidades daquele lugar execrável. Ocasionalmente, um pequeno bando de escravos vestidos e usando turbantes como os escuros mercadores era conduzido para bordo de uma galé, seguido por uma grande tripulação de gosmentas coisas-sapo como oficiais, navegadores e remadores. E Carter notou que as criaturas quase-humanas eram reservadas para os mais ignominiosos serviços que não exigiam força, tais como timonear e cozinhar, buscar e carregar, e barganhar com homens da Terra ou dos outros planetas onde eles comerciavam. Essas criaturas deviam ser convenientes na Terra, pois não eram muito diferentes dos homens quando cuidadosamente vestidas, calçadas e usando turbantes, podendo regatear desembaraçadamente nas lojas destes sem a necessidade de complicadas explicações. A maioria delas, porém, a menos que fossem magras ou desagradáveis, era despida, embalada em engradados e levada em pesadas carretas puxadas por criaturas fabulosas. Eventualmente, outros seres eram descarregados e encaixotados: uns muito parecidos a esses semi-humanos, alguns não tão parecidos, e outros, ainda, nada parecidos. Carter ficou pensando se algum dos pobres bravos homens escuros de Parg não teria sido deixado para ser descarregado, engradado e enviado para o interior da região naquelas detestáveis carretas.

Quando a galera ancorou junto a um ensebado cais de pedras esponjosas, uma pavorosa horda de coisas-sapo serpeou para fora das escotilhas e duas delas agarraram Carter e o arrastaram em direção à terra. O cheiro e o aspecto da cidade eram indescritíveis e Carter guardou somente imagens esparsas das ruas ladrilhadas, dos alpendres escuros e dos intermináveis precipícios de paredões verticais cinzentos sem janelas. Finalmente, foi arrastado por um portal baixo e obrigado a subir infinitos degraus num completo breu. Aparentemente, pouco importava às coisas-sapo se estivesse claro ou escuro. O mau cheiro do lugar era intolerável e quando Carter foi trancado numa câmara e deixado só, mal teve forças para se arrastar pelo local investigando sua forma e suas dimensões. Era circular, com aproximadamente vinte pés de largura.

Daquele momento em diante, o tempo deixou de existir. Em intervalos, empurravam comida para dentro, mas Carter não a tocava. Qual seria seu destino, não conseguia imaginar, mas sentia que estava retido para a vinda daquela aterrorizante alma e emissário dos Outros Deuses da infinidade, o rastejante caos Nyarlathotep. Finalmente, depois de um lapso incalculável de horas ou dias, a grande porta de pedra se abriu e Carter foi empurrado escada abaixo para as ruas iluminadas de vermelho daquela apavorante cidade. A noite estava enluarada e por toda a cidade havia escravos em pé segurando archotes.

Numa detestável praça, uma espécie de procissão se formou; dez daquelas coisas-sapo e vinte e quatro quase-humanos portando archotes, onze de cada lado, mais um à frente e outro atrás. Carter foi colocado no meio da fila com cinco coisas-sapo à frente e cinco atrás, e um quase-humano com archote de cada lado.

Algumas coisas-sapo sacaram flautas de marfim, horrivelmente esculpidas, produzindo sons repugnantes. Ao som daquele assobio infernal, a coluna avançou para além das ruas calçadas rumo às planícies enegrecidas de obscenos fungos, iniciando logo depois a subida de umas das colinas mais baixas e menos íngremes que se erguia por trás da cidade. Que em alguma tenebrosa encosta ou blasfemo platô o rastejante caos esperava, Carter não poderia duvidar, e desejava que a expectativa terminasse logo. O guinchar daquelas ímpias flautas era estarrecedor e ele daria mundos por um som minimamente familiar, mas as coisas-sapo não tinham voz e os escravos não falavam.

Então, através da escuridão salpicada de estrelas, chegou a seus ouvidos um som que lhe era mais comum, que rolou das colinas superiores sendo recebido e devolvido como eco num crescente coral pandemônico em todos os morros recortados ao redor. Era o chamado noturno do gato e Carter soube, finalmente, que as pessoas da velha aldeia estavam certas em conjecturar sobre os misteriosos reinos conhecidos apenas pelos gatos e aos quais os mais velhos deles retornam furtivamente, à noite, saltando de altos telhados. Realmente, é para o lado oculto da lua que eles vão saltitar e cabriolar nas colinas e palestrar com antigas sombras, e aqui, no meio daquela coluna de coisas fétidas, Carter ouviu seu amistoso e simpático miado e pensou em telhados íngremes e lareiras cálidas, e nas pequenas janelas iluminadas do lar.

Agora, Randolph Carter conhecia razoavelmente bem a linguagem dos gatos, e nesse longínquo e tenebroso lugar ele emitiu o miado apropriado. Mas não precisaria ter feito isso, pois mal seus lábios se abriram, ouviu o coro crescer e se aproximar, e viu sombras voando céleres contra as estrelas quando pequenas formas graciosas saltavam de colina em colina se agrupando em legiões. O chamado do clã fora dado e antes que a tétrica procissão sequer tivesse tempo de se assustar, uma nuvem de pelagem asfixiante e uma falange de garras assassinas caíam torrencialmente sobre ela. As flautas se calaram e a noite povoou-se de guinchos. Moribundos quase-humanos gritavam e gatos guinchavam, uivavam e rugiam, mas as coisas-sapo não emitiriam nenhum som enquanto seu malcheiroso icor esverdeado escorria fatalmente para a terra porosa recoberta de fungos ultrajantes.

Foi uma visão estupenda enquanto os archotes duraram e Carter jamais vira tantos gatos. Negros, cinzentos e brancos; amarelos, rajados e malhados; comuns, persas e Manx, tibetanos, angorás e egípcios: estavam todos ali na fúria da batalha, e sobre eles pairava algo daquela profunda e inviolável santidade que engrandecia sua deusa nos templos de Bubastis. Eles saltavam em grupos de sete no pescoço de um quase-humano ou no rosado focinho tentacular de uma coisa-sapo arrastando-os selvagemente para a planície fúngica onde miríades de seus companheiros caíam sobre eles com garras e dentes frenéticos de uma divina fúria guerreira. Carter pegou a tocha de um escravo atingido, mas logo foi sufocado pelas ondas emergentes de seus leais defensores. Ficou deitado, então, na mais completa escuridão, ouvindo o estrondo da guerra e os gritos dos vencedores, e sentindo as macias patas de seus amigos enquanto corriam para um lado e para outro, passando sobre ele, naquela refrega.

O pavor e a exaustão finalmente cerraram seus olhos e quando tornou a abri-los, estava num cenário estranho. O grande disco brilhante da Terra, treze vezes maior do que o da Lua tal como a vemos, se elevara, despejando torrentes de uma luminosidade fantástica sobre a paisagem lunar; e através de todas aquelas léguas de planalto selvagem e cristas retorcidas acocorava-se um mar interminável de gatos em filas ordenadas. Eles formavam círculos concêntricos e dois ou três líderes, destacados das fileiras, lambiam seu rosto e ronronavam consoladoramente para ele. Não havia muitos sinais dos escravos e coisas-sapo mortos, mas Carter pensou ter visto um osso não muito distante, no espaço aberto entre ele e o início dos sólidos círculos dos guerreiros.

Carter conversou então com os líderes na delicada linguagem dos gatos, e aprendeu que sua antiga amizade com aquela espécie era bem conhecida e frequentemente comentada nos lugares onde os gatos se congregavam. Ele não passara despercebido em Ulthar, quando ali estivera, e os velhos gatos luzidios recordaram como ele os acariciara depois de terem cuidado dos esfomeados zugs que haviam olhado malignamente para um gatinho preto. E recordaram também como acolhera o gatinho que fora visitá-lo na pousada e como lhe oferecera um pires de rico creme pela manhã, antes de partir. O avô daquele gatinho era o líder do exército ali reunido, pois vira a maligna procissão de uma colina distante e reconhecera o prisioneiro como um amigo jurado de sua espécie na Terra e no mundo dos sonhos.

Um uivo partiu de um pico distante e o velho líder interrompeu bruscamente a conversa. Era um das sentinelas do exército na mais alta montanha para vigiar o único inimigo que os gatos da Terra temem: os enormes e peculiares gatos de Saturno que, por alguma razão, não têm sido desatentos ao charme do lado escuro de nossa Lua. Eles são unidos, por pactos, às maléficas coisas-sapo, e são notoriamente hostis a nossos gatos terrestres, por isso, naquelas circunstâncias, um encontro seria indesejável.

Depois de uma breve confabulação de seus generais, os gatos ergueram-se e assumiram uma formação mais cerrada, reunindo-se protetoramente ao redor de Carter e preparando-se para o grande salto pelo espaço de volta aos telhados de nossa Terra e de seu mundo onírico. O velho marechal de campo aconselhou Carter a se deixar levar suave e passivamente entre as fileiras cerradas de peludos saltadores, e ensinou-lhe como saltar quando os outros saltassem, e como pousar mansamente quando o resto pousasse. Ofereceu-se também para acomodá-lo em qualquer lugar que desejasse e Carter decidiu-se pela cidade de Dylath-Leen de onde a negra galera partira, pois desejava navegar dali para Oriab e a montanha esculpida de Ngranek, mas desejava também alertar os moradores da cidade para não mais negociarem com navios negros se aquele acordo de comércio pudesse ser tática e sensatamente quebrado. Então, a um sinal, os gatos todos saltaram graciosamente envolvendo seu amigo com segurança, enquanto numa tétrica caverna no profanado cume das montanhas lunares aguardava em vão o rastejante caos Nyarlathotep.

O salto dos felinos através do espaço foi muito rápido e, rodeado por seus companheiros, Carter não viu, dessa vez, a grande coisa informe e escura que espreita, cabriola e se espoja no abismo. Antes de perceber plenamente o que havia sucedido, estava de volta a seu quarto familiar na pousada em Dylath-Leen, e os luzidios amistosos gatos estavam se derramando para fora, em torrentes, pela janela. O velho líder de Ulthar foi o último a partir e, quando Carter apertou sua pata, ele lhe disse que poderia chegar em seu lar pela madrugada. Quando amanheceu, Carter desceu ao andar térreo e ficou sabendo que transcorrera uma semana desde sua captura e partida. Teria que esperar quase uma quinzena ainda pelo navio com destino a Oriab, e durante aquele período falou o quanto pôde contra as negras galeras e seus modos infames. A maioria dos moradores locais deu-lhe fé, mas os joalheiros apreciavam tanto os grandes rubis que nenhum deles prometeria interromper completamente o comércio com os mercadores de largas bocas. Se algo de mal acontecer algum dia a Dylath-Leen por causa desse comércio, a falha não terá sido dele.

Uma semana mais tarde, o esperado navio apareceu cruzando o escuro cinturão e o imponente farol, e Carter ficou satisfeito ao notar que se tratava de um barco de homens saudáveis, com as laterais pintadas, velas latinas amarelas e um capitão grisalho em trajes de seda. Seu carregamento incluía resinas fragrantes dos bosques interiores de Oriab, a delicada cerâmica cozida pelos artistas de Baharna e as curiosas figuras pequenas entalhadas de antiga lava do Ngranek. Em troca, eles recebiam lã de Ulthar, os iridescentes tecidos de Hatheg e marfim, que os homens negros entalham na margem oposta do Parg. Carter entendeu-se com o capitão para ir a Baharna e informou-se que a viagem duraria dez dias. Durante a semana de espera, conversou muito com aquele capitão de Ngranek e ficou sabendo que poucos até então haviam visto a face esculpida, mas que a maioria dos viajantes se contenta em conhecer as lendas a seu respeito contadas por velhos, coletores de lava e fabricantes de imagens de Baharna, e depois recontam, em seus lares distantes, que realmente estiveram lá. O capitão nem mesmo tinha certeza se alguém ainda vivo teria visto o rosto esculpido, pois o lado impróprio de Ngranek é muito abrupto, estéril e sinistro, e há rumores de cavernas perto do cume onde habitam os esquálidos noturnos. Mas o capitão não quis dizer exatamente como seria um esquálido noturno, pois essa ralé é conhecida por assombrar mais persistentemente os sonhos daqueles que neles pensam frequentemente. Carter perguntou então ao capitão sobre a desconhecida Kadath na vastidão fria e a maravilhosa cidade crepuscular, mas dessas o bom homem não poderia realmente dizer nada.

Carter partiu de Dylath-Leen numa manhã bem cedo, com a virada da maré, quando os primeiros raios do sol nascente começavam a incidir nas esguias torres angulares daquela sombria cidade de basalto. Durante dois dias eles navegaram para o leste acompanhando as costas verdejantes, avistando frequentemente as agradáveis aldeias de pescadores que, começando nos velhos cais e praias de sonhos onde redes de pesca jaziam estendidas a secar, se estendiam pelas encostas íngremes com seus telhados vermelhos e dutos de chaminés. Mas no terceiro dia viraram bruscamente para o sul, para uma região de águas mais revoltas, logo perdendo de vista qualquer terra. No quinto dia, os marinheiros se mostravam nervosos, mas o capitão se desculpou por seus temores, dizendo que o navio estava prestes a passar por cima das muralhas abandonadas e as colunas partidas de uma cidade submersa antiga demais para ser lembrada e que, quando a água estava límpida, permitia ver tantas sombras se mexendo naquele lugar profundo que os simplórios ficavam temerosos. Admitiu, mais ainda, que vários navios tinham se perdido naquela parte do mar, tendo sido saudados perto dali e jamais vistos novamente.

Naquela noite, a Lua estava muito brilhante e podia-se enxergar até uma grande profundidade dentro da água. O vento era tão fraco que o navio mal conseguia se mover e o oceano estava muito calmo. Olhando por sobre a amurada, Carter avistou, a muitas braças de profundidade, a cúpula de um grande templo e, à frente deste, uma avenida de estranhas esfinges conduzindo ao que algum dia havia sido uma praça pública. Golfinhos divertiam-se alegremente entrando e saindo das ruínas e toninhas festejavam desajeitadamente, aqui e ali, aproximando-se ocasionalmente da superfície e saltando com o corpo inteiro para fora do mar. A embarcação avançou um pouco e o leito do oceano se ergueu em colinas, podendo-se notar claramente as linhas das antigas ruas enladeiradas e as paredes desbotadas de miríades de pequenas casas.

Apareceram então os subúrbios e, finalmente, um grande edifício solitário numa encosta, de arquitetura mais simples que a das outras construções e em melhor estado de conservação. Ele era baixo e escuro, cobrindo quatro lados de um quadrado, com uma torre em cada canto, um pátio ladrilhado no centro e curiosas janelinhas redondas por toda parte. Era, provavelmente, de basalto, embora estivesse quase inteiramente coberto de ervas; e era tal sua localização elevada e solitária naquela colina distante que deveria ter sido um templo ou um monastério. Alguns peixes fosforescentes em seu interior davam uma impressão de brilho às janelinhas redondas, e Carter não culpou os marinheiros pelo medo que sentiam. Então, através do aquoso luar, ele percebeu um estranho e alto monólito no meio daquele pátio central e viu que havia algo amarrado a ele. E quando, após pegar uma luneta na cabine do capitão, viu que aquela coisa amarrada era um marinheiro com as roupas de seda de Oriab, de cabeça para baixo e sem olhos, ficou contente porque uma crescente aragem se ergueu afastando o navio para regiões mais salubres do oceano.

No dia seguinte, cruzaram com um navio de velas violetas com destino a Zar, terra dos sonhos esquecidos, com um carregamento de bulbos de lírios estranhamente coloridos. E, na noite do décimo primeiro dia, chegaram à vista da ilha de Oriab, com o Ngranek erguendo-se recortado e nevado a distância. Oriab é uma imensa ilha e seu porto, Baharna, uma magnífica cidade. Os cais de Baharna são de pórfiro e a cidade se eleva em grandes terraços de pedra por trás deles, com ruas de degraus frequentemente cortadas por arcos de edifícios e pontilhões entre eles. Um grande canal corre por baixo de toda a cidade numa galeria com portões de granito conduzindo ao lago interior de Yath, em cuja praia mais distante ficam as vastas ruínas de tijolos de uma cidade primitiva de nome imemorial. Quando o navio deslizou para o porto, à noite, as boias gêmeas luminosas Thon e Thal piscaram uma saudação de boas-vindas e, em todo o milhão de janelas dos terraços de Baharna, luzes brejeiras foram surgindo silenciosa e gradualmente enquanto as estrelas despontavam lá no alto, ao crepúsculo, até aquele porto marítimo, construído numa encosta íngreme, se transformar numa constelação incrustada entre as estrelas do céu e seus reflexos nas águas tranquilas do porto.

O capitão, depois de atracar, convidou Carter para sua pequena casa nas praias de Yath, onde a parte posterior da cidade desce até elas, e ali sua esposa e os serviçais trouxeram comidas especiais e saborosas para o deleite do visitante. Nos dias que se seguiram, Carter inquiriu sobre rumores e lendas envolvendo o Ngranek em todas as tavernas e locais públicos onde os coletores de lava e fabricantes de imagens se reúnem, mas não encontrou ninguém que houvesse subido as encostas mais altas ou que houvesse visto o rosto esculpido. O Ngranek era uma montanha pouco acessível, com um único vale maldito por trás, e, além do mais, não se poderia jamais ter a convicção de que os esquálidos fossem inteiramente imaginários.

Quando o capitão navegou de volta para Dylath-Leen, Carter alojou-se numa antiga taverna de tijolos voltada para uma viela escalonada na parte antiga da cidade, parecida com as ruínas existentes na praia mais distante de Yath. Ali preparou seus planos para a escalada do Ngranek e compilou tudo que aprendera com os coletores de lava sobre os caminhos que levam até ele. O estalajadeiro, homem muito velho que ouvira muitas lendas, foi de grande ajuda. Chegou a levar Carter a um quarto, no andar superior daquela antiga habitação, mostrando-lhe uma ilustração grosseira que um viajante rabiscara na parede de argila, nos velhos tempos em que os homens eram mais destemidos e menos relutantes em visitar as encostas mais altas do Ngranek. O avô do velho estalajadeiro ouvira de seu bisavô que o viajante que rabiscara aquele desenho escalara o Ngranek e vira o rosto esculpido, desenhando-o ali para ser visto por outros, mas Carter duvidou profundamente disso, pois as largas feições rudes na parede haviam sido feito às pressas e sem cuidado, e estavam inteiramente borradas por um monte de pequenas formas do pior gosto possível, com chifres, asas, garras e caudas enrodilhadas.

Finalmente, tendo conseguido todas as informações que possivelmente poderia obter nas tavernas e locais públicos de Baharna, Carter alugou uma zebra e enveredou, certa manhã, pelo caminho da praia de Yath que leva àquelas regiões interiores onde se eleva, imponente, o rochoso Ngranek. À sua direita apareciam os montes ondulados, os pomares graciosos e as asseadas casinhas de pedra das chácaras, lembrando os campos férteis que flanqueiam o Skai. À noite, aproximou-se das inomináveis ruínas antigas da praia mais distante de Yath e apesar de os coletores de lava o terem prevenido para não acampar ali no escuro, amarrou sua zebra num curioso pilar junto a um muro em ruínas e estendeu a manta num canto abrigado, por baixo de alguns ornatos cinzelados cujo significado ninguém saberia decifrar. Enrolou-se num outro cobertor, pois as noites são frias em Oriab, e quando foi acordado em certo momento com a sensação das asas de algum inseto roçando-lhe o rosto, cobriu a cabeça e dormiu em paz até ser despertado pelos pássaros magah nos distantes bosques resinosos.

Mal surgira o sol sobre a grande encosta onde léguas de fundações de tijolos primitivos e paredes derruídas e ocasionais pilares e pedestais rachados se espalhavam desoladamente na direção da praia de Yath, Carter saiu em busca de sua zebra que estava amarrada. Foi com grande espanto que viu o dócil animal estendido, prostrado, atrás do curioso pilar a que estivera atado, e ficou ainda mais vexado ao descobrir que o animal estava morto, com o sangue inteiramente sugado por um singular ferimento na garganta. Sua mochila havia sido revirada e diversas bugigangas reluzentes foram levadas. Havia, em toda a volta no solo poeirento, grandes pegadas palmadas das quais não conseguia absolutamente interpretar nada. Vieram-lhe à lembrança as lendas e advertências dos coletores de lava e ficou cismando sobre o que teria roçado em seu rosto durante a noite. Carter acomodou então a mochila às costas e partiu a caminho do Ngranek, não sem um estremecimento ao ver, perto de si, quando o caminho cruzou as ruínas, uma grande abertura em arco, escancarada, na parte baixa da parede de um velho templo com seus degraus mergulhando numa escuridão tão infinita cujo interior não conseguia avistar.

Seu caminho o levava agora colina acima, cruzando uma área esparsamente arborizada e mais selvagem, onde só conseguia avistar as choupanas dos queimadores de carvão e o acampamento dos colhedores de resina dos bosques. O ar recendia a perfume de bálsamo e os pássaros magah cantavam alegremente riscando o ar com suas sete cores ao sol. Caía a tarde quando chegou a um novo acampamento de coletores de lava que retornavam com sacos carregados nas encostas mais baixas do Ngranek. Ali acampou também, escutando as canções e histórias dos homens e ouvindo discretamente o que eles murmuravam sobre um companheiro que haviam perdido. Ele subira muito alto para alcançar uma massa de fina lava que estava acima dele e, ao cair a noite, não havia voltado para junto de seus colegas. Quando procuraram por ele, no dia seguinte, encontraram apenas seu turbante e nenhum sinal de que houvesse caído nos rochedos abaixo. Não o procuraram mais porque o velho que os acompanhava pensou que seria perda de tempo. Jamais se encontrava alguém que os esquálidos tivessem apanhado, embora essas bestas fossem, elas mesmas, tão pouco conhecidas que poderiam ser imaginárias. Carter perguntou-lhes se os esquálidos chupavam sangue e gostavam de objetos usados, e se deixavam pegadas palmadas, mas eles abanaram a cabeça negativamente, parecendo assustados com sua inquirição. Percebendo sua reticência, Carter não lhes perguntou mais nada e foi dormir enrolado em seu cobertor.

No dia seguinte, levantou-se junto com os coletores de lava, despediu-se deles e, enquanto se dirigiam para oeste, partiu para o leste numa zebra que lhe venderam. O velho o abençoou e aconselhou dizendo-lhe que faria melhor não subindo muito alto no Ngranek, mas, ao agradecer-lhe cordialmente, Carter estava bem pouco convencido disso. Pois ainda sentia que precisava encontrar os deuses na desconhecida Kadath e obter deles um meio de chegar à assombrosa e extasiante cidade ao pôr do sol. Ao meio-dia, após demorada subida, Carter chegou a umas aldeias de tijolos abandonadas de um povo montanhês que em alguma época havia habitado tão perto do Ngranek e esculpira imagens em sua lava macia. Ali habitaram até os tempos do avô do velho taverneiro mas, por essa época, sentiram que sua presença não era apreciada. Suas moradias haviam se alastrado pela encosta da montanha e quanto mais alto as construíam, de mais pessoas sentiriam falta ao nascer do sol. Finalmente decidiram que seria melhor partir para sempre, já que, às vezes, na escuridão, vislumbravam certas coisas que ninguém poderia interpretar como algo bom; assim, acabaram descendo para o mar e moravam em Baharna, num bairro muito antigo, ensinando aos filhos a velha arte de fabricação das imagens que até hoje produzem. Fora desses filhos do exilado povo montanhês que Carter ouvira as melhores histórias sobre o Ngranek quando de sua busca pelas antigas tavernas de Baharna.

Durante esse tempo todo, a grande face tenebrosa do Ngranek ia assomando, cada vez mais alta, à medida que Carter se aproximava. Árvores esparsas cresciam nas encostas mais baixas seguidas de arbustos raquíticos. Depois, a terrível rocha nua erguia-se espectral na direção do céu, confundindo-se com a geada, o gelo e as neves eternas. Carter pôde enxergar os penhascos e a grandiosidade da sinistra rocha, não lhe agradando a perspectiva de escalá-la. Em alguns locais, torrentes de lava solidificada e montículos de escória atravancavam encostas e saliências. Noventa eras atrás, antes mesmo de os deuses terem dançado em seu pontiagudo cume, aquela montanha havia falado em meio a chamas e rugidos com a voz de seus trovões interiores. Agora ela se erguia toda silenciosa e sinistra, guardando em seu lado oculto aquela secreta imagem titânica de que falavam os boatos. E havia cavernas naquela montanha que poderiam estar vazias e solitárias com suas trevas ancestrais, ou poderiam — se a lenda valesse — ocultar horrores de uma forma inimaginável.

O terreno se inclinava num aclive até o sopé do Ngranek, esparsamente coberto de carvalhos e freixos mirrados, atravancado por pedaços de rocha, lava e escória antiga. Ali estavam as brasas crestadas de muitos acampamentos, onde os coletores de lava tinham o costume de parar, e vários altares toscos que haviam construído para propiciar os Grandes ou repelir as coisas que imaginavam existir nos altos desfiladeiros e nas cavernas labirínticas do Ngranek. Ao anoitecer, Carter atingiu as rumas de brasas mais distantes e acampou para passar a noite, amarrando a zebra num arbusto e enrolando-se bem em seus cobertores antes de dormir. Durante a noite, um vunith uivou a distância, à beira de algum poço oculto, mas Carter não se assustou com aquele anfíbio terror, pois fora certificado de que eles não ousam se aproximar da encosta do Ngranek.

Sob o claro sol da manhã, Carter iniciou a longa subida, conduzindo sua zebra até a distância máxima que esses úteis animais poderiam chegar, amarrando-a, porém, a um freixo atrofiado quando o terreno coberto pelo arvoredo ralo começou a ficar excessivamente íngreme. Dali em diante prosseguiu sozinho na difícil escalada, inicialmente através da floresta com suas ruínas de antigos vilarejos em clareiras invadidas pela vegetação, depois sobre o grosso capinzal onde arbustos anêmicos cresciam esparsamente. Carter lamentou afastar-se das árvores, pois era grande a inclinação da encosta e a situação toda era terrivelmente atordoante. Finalmente conseguiu discernir toda a paisagem rural que se estendia a seus pés, com as choupanas desertas dos entalhadores de imagens, os bosques de árvores resinosas e os acampamentos de seus exploradores, os bosques onde os prismáticos magahs nidificam e cantam, vislumbrando até as distantes praias de Yath e as antigas ruínas cujo nome é esquecido. Preferiu não ficar olhando muito e prosseguiu a escalada subindo até os arbustos se espaçarem demais e não haver outra coisa em que se agarrar além do espesso capim.

O solo agora estava ficando escasso, com grandes porções de rochas expostas emergindo e, vez ou outra, o ninho de um condor numa fenda. Finalmente não havia absolutamente nada exceto a rocha exposta e não fosse ela muito áspera e desgastada pelas intempéries, ele mal conseguiria prosseguir a subida. Em todo caso, as saliências, protuberâncias e pontas de rochas ajudavam-no muito. Era gratificante encontrar sinais ocasionais de algum coletor de lava rabiscados canhestramente na pedra friável e saber que criaturas inteiramente humanas ali estiveram antes dele. Após certa altura, a presença do homem era percebida também nos apoios para mãos e pés escavados onde necessários e nas pequenas pedreiras e escavações em que algum veio ou corrimento casual de lava havia sido encontrado. Em certo lugar, uma saliência estreita havia sido talhada artificialmente até um rico depósito à direita da linha de escalada principal. De vez em quando, Carter ousava olhar ao redor, maravilhando-se com a paisagem que se distendia lá embaixo. Seu olhar abarcava toda a extensão da ilha entre ele e a costa, com os terraços de pedra de Baharna e a fumaça de suas chaminés desenrolando-se misteriosa ao longe. E, mais além, aquele ilimitado Mar do Sul com todos os seus misteriosos segredos.

Até ali, o caminho serpeara muito pelas encostas da montanha, deixando oculto seu lado mais distante e escarpado. Carter percebeu então uma saliência correndo para cima e para a esquerda que lhe pareceu estar na direção que pretendia, e seguiu por esse caminho esperando que tivesse continuidade. Dez minutos depois percebeu que não se tratava efetivamente de um beco sem saída e que o caminho se estendia abruptamente num arco que, se não estivesse interrompido nem obstruído, o levaria, em algumas horas de subida, àquela desconhecida encosta meridional que se projetava sobre os desolados rochedos e o amaldiçoado vale de lava. Quando uma nova paisagem se expôs a seus olhos lá embaixo, verificou que era mais tenebrosa e selvagem que as terras voltadas para o mar que acabara cruzar. A face da montanha era também um tanto diferente, crivada de curiosas fendas e cavernas que não eram encontradas no caminho mais aplainado que percorrera. Algumas ficavam acima dele, outras abaixo, todas abrindo-se para penhascos íngremes completamente inacessíveis para pés humanos. O ar esfriara muito, mas ele subia com tanto vigor que nem se deu por isso. Incomodava-o somente a crescente rarefação do ar e pensou que talvez esta tivesse sido a causa da perda de razão de outros excursionistas e o motivo daqueles relatos absurdos sobre esquálidos noturnos com que explicavam o desaparecimento dos alpinistas que teriam caído dessas perigosas trilhas. As histórias dos excursionistas não o impressionaram muito, mas levava uma boa cimitarra para o caso de surgirem dificuldades. Todos os seus pensamentos menores se desfaziam ante o desejo de avistar o rosto esculpido que poderia colocá-lo no caminho para os deuses, no alto da desconhecida Kadath.

Por fim, na aterrorizante frialdade do espaço superior, chegou ao lado oculto do Ngranek, enxergando, nos abismos infinitos aos seus pés, os penhascos inferiores e os desolados abismos de lava indicadores da antiga fúria dos Grandes. Descortinava-se dali, também, uma vasta extensão da região para o sul, mas era uma região deserta, sem belos campos nem chaminés de pequenas casas, e parecia não ter fim. Nenhuma nesga de mar era visível desse lado, visto que Oriab é uma ilha imensa. As negras cavernas e estranhas fendas ainda se multiplicavam nos penhascos abruptamente verticais, mas nenhuma era acessível a um alpinista. Emergia agora, nas alturas, uma grande massa de rocha saliente que obstruía a visão para cima e Carter, por um instante, deixou-se abater pela dúvida, pensando se ela seria intransponível. Acomodado numa saliência insegura varrida pelo vento, muitas milhas acima da terra, com apenas o vazio e morte, de um lado, e paredões rochosos escorregadios, do outro, sentiu, por um momento, o pavor que fazia os homens evitarem o lado oculto do Ngranek. Não podia regressar porque o sol já estava baixo no horizonte. Se não houvesse meio de subir, a noite o encontraria ali, agachado, e a aurora não o veria mais.

Mas havia um caminho e ele o avistou no momento oportuno. Somente um sonhador muito experiente poderia ter usado aquelas imperceptíveis bases de apoio para os pés, mas para Carter elas eram perfeitamente suficientes. Superando então a rocha saliente, percebeu que a encosta acima dela era bem mais tranquila que a anterior, pois a fusão de uma grande geleira deixara uma generosa extensão coberta de greda e rochas salientes. Para a esquerda, um paredão descia abruptamente de incalculáveis alturas para desconhecidas profundezas, com a tenebrosa boca de uma caverna acima dele, bem fora de alcance. Nos outros lados, porém, a montanha se inclinava fortemente para trás dando-lhe espaço inclusive para recostar e repousar.

O frio marcante indicava a proximidade da linha da neve e olhando para cima tentou observar que cintilantes cumes poderiam estar luzindo àquela avermelhada luz do entardecer. Com toda certeza, ali estava a neve estendendo-se incontáveis milhares de pés para o alto e abaixo dela havia um grande rochedo saliente como o que acabara de escalar, erguendo-se ali eternamente, com nítidos contornos negros em contraste com o branco do pico congelado. E, ao ver aquele rochedo, Carter arquejou e gritou estridentemente agarrando-se maravilhado à rocha recortada, pois a titânica saliência não permanecera tal como havia sido desenhada pelo alvorecer da Terra, mas reluzia estupenda em tons escarlates ao sol poente com as feições entalhadas e polidas de um deus.

Austero e terrível cintilava aquele rosto flamejando ao entardecer. Sua dimensão, nenhuma mente humana poderia calcular, mas Carter soube de inopino que homem nenhum a poderia ter esculpido. Era um deus cinzelado pelas mãos de deuses, examinando do alto, altivo e majestoso, o explorador. Os rumores diziam que ele era estranho e não poderia ser confundido; e Carter viu que assim realmente era, pois aqueles longos olhos puxados, as orelhas com grandes lobos, aquele nariz fino e o queixo afilado, tudo indicava uma estirpe de deuses, não de homens.

Carter se agarrava assustado àquela altura elevada e perigosa, muito embora fosse aquilo que buscava e acabara encontrando, mas a face de um deus provoca um êxtase maior do que se pode imaginar e, quando essa face é mais vasta que um grande templo, vista olhando para baixo à luz do entardecer nos sepulcrais silêncios daquele mundo superior de cuja lava escura fora divinamente lavrado, o êxtase é tão poderoso que ninguém consegue dele se furtar.

Ali estava, também, o espanto adicional do reconhecimento, pois, embora houvesse planejado vasculhar todo o mundo onírico atrás daqueles cuja semelhança com esse rosto poderia marcá-los como descendentes do deus, Carter agora sabia que já não precisaria fazê-lo. A grande face esculpida naquela montanha não lhe era estranha e sim de um tipo que havia visto inúmeras vezes nas tavernas do porto marítimo de Celephais, em Ooth-Nargai, além dos Montes Tanarianos, governado por aquele Rei Kuranes, a quem Carter conhecera um dia na vida em vigília. Todos os anos, chegavam marinheiros com aquelas feições em escuras naus vindas do norte para trocar seu ônix pelo jade entalhado, o ouro trançado e as rubras avezinhas canoras de Celephais, e era evidente que só poderiam ser os semideuses que ele procurava. Ali onde eles morassem, por perto haveria de estar a vastidão fria e, em seu interior, a desconhecida Kadath com seus castelos de ônix pertencentes aos Grandes. Era para Celephais então que deveria ir, muito distante da ilha de Oriab, local que o levaria de volta a Dylath-Leen e a subir o Skai até a ponte perto de Nir, cruzando novamente o bosque encantado dos zugs, de onde o caminho dobraria para o norte passando pelas terras ajardinadas de Oukranos até os dourados píncaros de Thran, onde poderia encontrar algum galeão com destino ao mar Cereneriano.

Mas as trevas do crepúsculo se adensaram e a grande face esculpida, envolta em sombras, olhava para baixo ainda mais austera. A noite encontrou o explorador arranchado naquela saliência, e na escuridão que se acercava ele não poderia subir nem descer, mas apenas quedar-se agarrado naquele lugar estreito e tremer até o raiar do dia, rezando para se manter acordado, para que o sono não lhe desprendesse fazendo-o despencar vertiginosas milhas até os rochedos e rochas agudas do vale amaldiçoado. As estrelas despontaram, mas, exceto por elas, havia apenas o tenebroso nada debaixo de seus olhos; nada associado à morte, contra cujo aceno não haveria muito que fazer, salvo agarrar-se às rochas e recostar-se para trás, afastado do invisível abismo. A última coisa que avistou antes de escurecer completamente foi um condor voando perto do precipício a oeste de onde estava, que disparou para longe como uma flecha, gritando, ao se aproximar da caverna cuja boca se escancarava a pouca distância.

De repente, sem um som de aviso na escuridão, Carter sentiu sua curva cimitarra ser extraída furtivamente do cinturão por uma mão invisível. Depois ouviu-a retinir chocando-se com as rochas abaixo. E, entre ele e a Via Láctea, pensou ter visto a silhueta terrível de algo malignamente esguio, com cornos, cauda e asas de morcego. Outras coisas começaram a bloquear trechos do céu estrelado a oeste como se uma revoada de vagas entidades estivesse saindo maciça e silenciosamente daquelas inacessíveis cavernas na face do precipício. Então uma espécie de membro frio e borrachoso agarrou seu pescoço e uma outra coisa segurou seus pés, e imprudentemente ele foi erguido e carregado, balouçando, pelo espaço. Um instante depois as estrelas desapareceram, e Carter soube que os esquálidos o haviam apanhado.

Eles o carregaram, ofegante, para a caverna no paredão do penhasco, percorrendo monstruosos labirintos em seu interior. Quando se debatia, como fez inicialmente, por instinto, eles o cutucavam. Não produziam nenhum ruído e mesmo suas asas membranosas batiam em silêncio. Eram assustadoramente frios e úmidos e escorregadios, e suas patas apertavam de maneira abominável. Quando logo depois mergulharam hediondamente por abismos inconcebíveis numa precipitação vertiginosa, estonteante e enjoativa em meio a uma atmosfera úmida e tumular, Carter sentiu que estavam se precipitando no derradeiro vórtice de uivante e demoníaca loucura. Ele gritava e gritava, mas sempre que o fazia as patas escuras o cutucavam com maior sutileza. Avistou então uma espécie de fosforescência cinzenta e imaginou que estavam indo direto para aquele mundo interior de horror subterrâneo de que contam soturnas lendas, iluminado apenas pelo pálido fogo morto do qual emana o ar fantasmagórico e as brumas primitivas dos poços no coração da terra.

Finalmente avistou, bem abaixo, tênues linhas de cumes cinzentos e ominosos que deveriam ser os lendários Picos de Thok. Terríveis e sinistros, eles se erguiam das assombrosas profundezas eternas ocultas do Sol, mais altos do que o homem possa imaginar, guardando tenebrosos vales onde os dholes sordidamente se arrastam e se entocam. Mas Carter preferiu olhar para eles do que para seus captores, que eram realmente coisas escuras, chocantes e desagradáveis com suas superfícies oleosas e escorregadias como as de uma baleia, seus odiosos chifres que se curvavam para dentro um em direção ao outro, suas asas de morcego cujas batidas não produziam nenhum som, as feias patas preênseis e caudas espinhosas que se agitavam incessante e nervosamente. O pior é que nunca falavam, ou riam, e jamais sorriam, porque não tinham faces para sorrir, apenas um sugestivo vazio onde deveria haver um rosto. Tudo que faziam era agarrar e voar e cutucar. Assim eram os esquálidos noturnos.

À medida que o bando ia descendo, os Picos de Thok iam se erguendo cinzentos e imponentes por todos os lados, permitindo perceber claramente que nada vivia naquele árido e apavorante granito imerso em sombras eternas. Em níveis ainda mais baixos, os fogos-fátuos do ar se extinguiram ficando apenas a escuridão primitiva do vazio, exceto mais ao alto, onde os delgados picos se destacavam como duendes. Logo os picos se distanciaram e não havia mais nada, salvo fortes ventos trazendo a umidade de suas mais abjetas cavernas. Os esquálidos finalmente pousaram num terreno repleto de coisas invisíveis parecendo ossos empilhados, deixando Carter completamente só naquele vale tenebroso.

Trazê-lo até ali era a missão dos esquálidos que guardam o Ngranek e feito isso, eles se foram, adejando silenciosamente. Quando Carter tentou acompanhar seu voo, percebeu que era impossível, pois mesmo os Picos de Thok haviam sumido de vista. Não havia nada em parte alguma, apenas escuridão e horror e silêncio e ossos.

Carter sabia agora, de uma certa fonte, que estava no Vale de Pnath, onde rastejam e se entocam os imensos dholes, mas não sabia o que esperar porque ninguém jamais vira um dhole ou sequer imaginava como poderia ser. Os dholes são conhecidos apenas por vagos boatos, pelo farfalhar que produzem no interior de montanhas de ossos e pela sensação repugnante que produzem ao passar, serpenteando, por alguém. Eles não podem ser vistos porque só se movem no escuro. Carter não gostaria de se defrontar com um dhole, procurando ouvir atentamente qualquer som proveniente das insondáveis profundezas de ossos que o cercavam. Mesmo nesse tenebroso lugar, havia um plano e um objetivo, pois segredos sobre Pnath não eram desconhecidos de alguém com quem havia trocado muitas ideias nos velhos tempos. Em suma, tudo indicava que ali era o ponto onde todos os demônios sarcófagos do mundo desperto atiravam as sobras de seus festins. Com sorte, seria possível topar com aquele imponente penhasco, mais alto até que os picos de Thok, que demarcam a fronteira de seu domínio. Torrentes de ossos indicariam onde procurar, e uma vez encontrado, ele poderia gritar para algum sarcófago baixar uma escada. Por estranho que possa parecer, ele tinha uma ligação muito particular com essas terríveis criaturas.

Alguém que conhecera em Boston — um pintor de quadros bizarros com um estúdio secreto numa antiga e profanada viela próxima a um cemitério — fizera amizade com os sarcófagos e lhe ensinara a parte mais simples de sua repugnante linguagem de *mips* e *glibers*. Esta pessoa acabara desaparecendo e a única certeza de Carter era que devia encontrá-la agora e usar, pela primeira vez no mundo onírico, aquele artista inglês que há muito fizera parte de sua vaga existência na vida desperta. De qualquer modo, sentia que podia persuadir um sarcófago a guiá-lo para fora de Pnath e seria melhor encontrar um sarcófago visível do que um dhole que não se pode ver.

Carter saiu caminhando então pela escuridão, pondo-se a correr quando pensava ouvir alguma coisa se mexendo entre os ossos a seus pés. A certa altura, esbarrou numa inclinação rochosa e imaginou que devia ser a base de um dos picos de Thok. Finalmente escutou uma monstruosa algazarra nas alturas, a grande distância, e ficou certo de estar próximo do penhasco dos sarcófagos. Não tinha muita certeza de que seria ouvido gritando deste vale, tantas milhas abaixo, mas logo percebeu que no mundo das profundezas havia leis peculiares. Enquanto meditava sobre o caso, foi atingido por um osso voador que de tão pesado devia ser um crânio, assegurando-se então de sua proximidade do fatídico penhasco, soltou para o alto, o melhor que pôde, aquele grito *mipado* que é o chamado do sarcófago.

O som viaja lentamente, por isso levou algum tempo até receber um *gliber* em resposta. Mas este acabou chegando e logo depois lhe informaram que uma escada de corda seria baixada. A espera pela escada foi muito tensa, pois seu grito poderia ter alertado sabe-se lá que coisas no meio daquelas ossadas. Com efeito, não demorou muito para ouvir um vago farfalhar distante. À medida que este cautelosamente se aproximava, ele foi ficando mais e mais apavorado, pois não queria se afastar do ponto em que a escada chegaria. A tensão foi ficando quase insuportável e ele estava a ponto de fugir em pânico quando o choque próximo de alguma coisa com os ossos recentemente amontoados distraiu sua atenção do outro som. Era a escada, e após tatear alguns minutos, ele a agarrava com firmeza. Mas o outro som não havia cessado, acompanhando-o mesmo enquanto galgava a escada.

Carter já havia se afastado cinco pés do chão quando o chocalhar abaixo tornou-se enfático, e estava a uns bons dez pés de altura quando alguma coisa fez o pé da escada balançar. A uma altura que deve ter sido de quinze ou vinte pés, sentiu todo seu flanco ser roçado por um grande membro viscoso que ficava ora côncavo, ora convexo com o chicotear, desabalando-se a subir desesperadamente para escapar do insuportável roçar daquele repugnante e obeso dhole cuja forma homem nenhum poderia ver.

Durante horas ele subiu a escada com as mãos empoladas e doloridas, voltando a enxergar o lusco-fusco cinzento e os inquietantes picos de Thok. Finalmente discerniu, lá no alto, a borda saliente do grande penhasco dos sarcófagos, cujo paredão vertical não conseguia vislumbrar, e horas mais tarde, avistou uma curiosa face espiando por cima daquela borda como uma gárgula espia por cima de um parapeito de Notre-Dame. Isso quase lhe provocou um desmaio, o que o faria largar a escada, mas um instante depois ele se recompusera, pois seu desaparecido amigo Richard Pickman certa vez lhe apresentara a um sarcófago e conhecia perfeitamente suas feições caninas, seu talhe encurvado e suas indescritíveis idiossincrasias. Assim, estava inteiramente senhor de si quando a coisa repelente o puxou da vertiginosa vastidão vazia por sobre a beira do penhasco, e não gritou ante a visão dos restos parcialmente consumidos, amontados em um canto, e dos círculos de sarcófagos acocorados que, curiosos, o observavam.

Estava numa planície fracamente iluminada cujas únicas características topográficas eram as grandes pedras arredondadas e as entradas de tocas. Os sarcófagos eram, no geral, respeitosos, ainda que um deles tentasse beliscá-lo enquanto os outros analisavam especulativamente sua magreza. *Gliberando* pacientemente, Carter fez perguntas sobre o amigo desaparecido e descobriu que ele havia se tornado um sarcófago de certo renome em abismos próximos ao mundo da vigília. Um idoso sarcófago esverdeado ofereceu-se para conduzi-lo à morada atual de Pickman, e Carter, vencendo uma natural repugnância, acompanhou a criatura até uma espaçosa toca, arrastando-se por ela durante horas na escuridão da terra úmida e fétida. Emergiram numa planície escura povoada de singulares relíquias terrestres — velhas lápides, urnas quebradas e fragmentos de grotescos monumentos — e Carter percebeu, não sem alguma emoção, estar provavelmente mais perto do mundo da vigília do que em qualquer outro momento desde a descida dos setecentos degraus da caverna da chama para o Portal do Sono Mais Profundo.

Ali, sentado numa lápide de 1768 roubada do Cemitério de Granary, em Boston, estava o sarcófago que um dia havia sido o artista Richard Upton Pickman. Estava nu e tinha a pele borrachosa, tendo adquirido tantas características fisionômicas dos sarcófagos que mal se poderia identificar sua ascendência humana. Mas ainda lembrava um pouco da língua inglesa e conseguiu conversar com Carter misturando grunhidos e monossílabos, auxiliado aqui e ali pelo *gliberar* dos sarcófagos. Quando soube que Carter desejava chegar ao bosque encantado e dali alcançar a cidade de Celephais, em Ooth-Nargai, além dos Montes Tanarianos, pareceu hesitar, pois os sarcófagos do mundo da vigília não se interessam pelos cemitérios do mundo onírico superior (deixando isso a cargo dos wamps de pés vermelhos, que proliferam nas cidades mortas) e muitas coisas se interpõem entre seu abismo e o bosque encantado, inclusive o terrível reino dos gugs.

Foram os gugs, peludos e gigantescos, que edificaram outrora os círculos de pedra daquele bosque onde faziam estranhos sacrifícios aos Outros Deuses e ao rastejante caos Nyarlathotep, até uma certa noite em que uma abominação por eles cometida chegou aos ouvidos de deuses da terra que os baniram para as cavernas inferiores. Um único grande alçapão de pedra com um puxador de ferro comunica o abismo dos sarcófagos terrestres com o bosque encantado e os gugs temem abri-lo por causa de uma maldição. Seria inconcebível um sonhador mortal atravessar seu mundo cavernoso e sair por aquela porta, pois os sonhadores mortais eram seu antigo alimento e correm lendas em seu meio sobre o sabor todo especial desses sonhadores, apesar de seu banimento ter-lhes restringido sua dieta aos ghasts, aqueles seres repulsivos que morrem quando são expostos à luz e vivem nas galerias de Zin, saltando sobre as longas pernas traseiras, como cangurus.

Assim, o sarcófago que fora Pickman aconselhou Carter a sair do abismo em Sarkomand, a cidade deserta no vale abaixo de Leng onde negras escadarias nitrosas guardadas por leões alados de diorito conduziam do mundo onírico aos abismos inferiores, ou faziam retornar, através de um cemitério, ao mundo da vigília, recomeçando sua busca descendo os setenta passos do sono leve até a caverna de chamas e os setecentos degraus até o Portal do Sono Mais Profundo e o bosque encantado. Isso, porém, não servia ao explorador, pois nada sabia sobre o caminho de Leng a Ooth-Nargai, e também relutava em despertar, temendo esquecer tudo que conseguira até então nesse sonho. Seria desastroso para a sua procura esquecer as faces augustas e celestiais daqueles marinheiros do norte que negociavam ônix em Celephais e que deveriam, sendo filhos de deuses, indicar-lhe o caminho para a vastidão fria e Kadath, morada dos Grandes.

Depois de muita insistência, o sarcófago consentiu em conduzir seu hóspede até o interior da grande muralha do reino dos gugs. Havia uma chance de Carter conseguir se esgueirar através daquele mundo crepuscular de torres circulares de pedra num momento em que os gigantes estivessem empanturrados e roncando dentro de suas casas, e alcançar a torre central com o sinal de Koth sobre ela, onde ficavam as escadas que conduziam ao alçapão de pedra do bosque encantado. Pickman consentiu em emprestar três sarcófagos para ajudá-lo, usando uma lápide como alavanca, a erguer a porta de pedra, pois os gugs guardam um certo receio dos sarcófagos e geralmente fogem de seus próprios e colossais cemitérios quando os veem banqueteando-se por lá.

Ele também aconselhou Carter a se disfarçar de sarcófago raspando a barba que deixara crescer (pois os sarcófagos não têm barba), espojando-se na terra apodrecida para ficar com a pele adequada e andar encurvado, com passadas largas, de maneira típica, carregando as suas roupas embrulhadas como se fossem um petisco retirado de algum túmulo. Alcançariam a cidade dos gugs — que faz fronteira com o reino dos sarcófagos — através de tocas apropriadas, emergindo num cemitério não muito distante da Torre de Koth que abriga a escada. Deviam, porém, evitar uma grande caverna perto do cemitério, pois é a entrada para as galerias de Zin e os vingativos e sanguinários ghasts estão sempre de vigia naquele local, à espreita dos habitantes do abismo superior que os caçam e predam. Os ghasts procuram sair quando os gugs estão dormindo e atacam indistintamente sarcófagos e gugs, pois não conseguem discernir uns dos outros. São tão primitivos que se devoram uns aos outros. Os gugs mantêm uma sentinela num lugar estreito das galerias de Zin, mas ela fica normalmente sonolenta e às vezes é surpreendida por um grupo de ghasts. Embora os ghasts não possam viver sob luz forte, conseguem suportar o cinza crepuscular do abismo durante horas.

Carter rastejou então através de tocas intermináveis com os três prestimosos sarcófagos carregando a lápide de ardósia do coronel Nehemiah Derby, falecido em 1719, do Cemitério da rua Charter, em Salem. Quando chegaram novamente à zona aberta de luz crepuscular, estavam numa floresta de vastos monólitos cobertos de liquens tão altos que a vista mal conseguia alcançar seu topo, formando as modestas pedras tumulares dos gugs. À direita do buraco de onde haviam se esgueirado, por entre as fileiras de monólitos, descortinava-se uma visão estupenda de ciclópicas torres redondas elevando-se infinitamente para o ar cinzento da terra interior. Era a imensa cidade dos gugs com portões de trinta pés de altura. Os sarcófagos iam até ali frequentemente, pois um gug enterrado podia alimentar uma comunidade inteira deles durante quase um ano, e, mesmo com o perigo adicional, era melhor desenterrar gugs que se incomodar com túmulos humanos. Carter entendeu então a presença dos ossos titânicos ocasionais que sentira sob seus pés no Vale de Pnath.

Diretamente à frente e logo à saída do cemitério, erguia-se um penhasco inteiramente vertical em cuja base escancarava-se a entrada de uma imensa e medonha caverna. Fora esta que os sarcófagos lhe haviam dito para evitar tanto quanto possível, pois era a entrada para as galerias profanas de Zin, onde os gugs caçam ghasts na escuridão. Com efeito, a advertência logo se justificou, pois, no momento em que um sarcófago começou a se arrastar para as torres a fim de verificar se a hora de repouso dos gugs havia sido bem calculada, brilharam nas trevas da entrada da grande caverna o primeiro par de olhos vermelho-amarelados, depois, outro, indicando que os gugs estavam com uma sentinela a menos e que os ghasts tinham mesmo um olfato muito aguçado. O sarcófago retornou então à toca e gesticulou para seus companheiros ficarem em silêncio. Era melhor deixar os ghasts com seus próprios ardis e havia a possibilidade de que se retirassem logo, pois deviam estar naturalmente muito cansados depois de dar cabo de um vigia gug nas tétricas galerias. Um instante depois, algo do tamanho de um pequeno cavalo saltitou para o crepúsculo gris e Carter ficou nauseado com o aspecto daquela besta escabrosa e repugnante de rosto tão curiosamente humano, apesar da ausência de nariz, testa e outros detalhes particulares importantes.

Três outros ghasts saltaram para fora se juntando ao seu companheiro e um sarcófago *gliberou* baixinho para Carter que a ausência de cicatrizes de luta em seu corpo era um mau sinal. O fato é que eles não haviam enfrentado a sentinela gug, mas simplesmente se esgueiraram furtivamente por ela enquanto dormia, de modo que sua força e selvajaria permaneciam intactas e assim continuariam até encontrarem e liquidarem uma vítima. Era muito desagradável ver aqueles animais imundos e desproporcionais, que logo perfaziam uns quinze, cavoucando e saltitando como cangurus no crepúsculo cinzento onde se erguiam torres e monólitos titânicos, mas era mais desagradável ainda quando eles conversavam entre si com as tossidelas guturais dos ghasts. No entanto, por horríveis que fossem, não eram tão horríveis quanto o que agora saía, com desconcertante rapidez, da caverna que lhes ficava atrás.

Tratava-se de uma pata, com dois pés e meio de largura, equipada com garras formidáveis. Depois desta, uma outra pata surgiu e, em seguida, um grande braço coberto de pelagem negra ao qual prendiam-se garras a pequenos antebraços. Depois brilharam dois olhos rosados e viu-se a cabeça da sentinela gug despertada, grande como um tonel, bamboleando. Duas polegadas separavam os olhos sombreados por peludas saliências ósseas. Mas a cabeça era especialmente aterrorizante por causa da boca. Aquela boca continha grandes caninos amarelados percorrendo a cabeça verticalmente, de alto a baixo, e não na horizontal.

Antes que o desafortunado gug pudesse sair da caverna e erguer-se na totalidade de seus vinte pés, os vingativos ghasts tinham caído sobre ele. Carter temeu, por um momento, que o gug desse um alarme convocando os de sua espécie, até um sarcófago *gliberar-lhe* baixinho que os gugs não têm voz e se comunicam por meio de expressões faciais. A batalha que se seguiu foi verdadeiramente terrível. Atacando por todos os lados, os venenosos ghasts enxameavam febrilmente o rastejante gug, picando e rasgando com seus focinhos e malhando sanguinariamente com os rijos cascos pontiagudos. Durante esse tempo todo eles tossiam excitadamente, gritando quando a grande boca vertical do gug mordia ocasionalmente um dos seus, de modo que o barulho do combate certamente teria despertado a cidade adormecida se a sentinela enfraquecida não fosse arrastada, transferindo-se a ação para as profundezas da caverna. Assim, o alvoroço logo sumiu totalmente de vista na escuridão, restando apenas malignos para indicar que ela persistia.

O mais alerta dos sarcófagos deu então o sinal para avançarem e Carter seguiu os três saltadores para fora da floresta de monólitos até às escuras e fétidas ruas da horrenda cidade, cujas torres redondas de ciclópica pedra se erguiam a perderem-se de vista. Com cuidado, caminharam silenciosamente pelo calçamento de rocha irregular, ouvindo nauseados os abomináveis roncos abafados que escoavam pelos grandes portais escuros, sinal do sono dos gugs. Apreensivos com o fim do período de repouso, os sarcófagos estabeleceram uma marcha acelerada, mas ainda assim a jornada não foi curta, porque a escala das distâncias daquela cidade de gigantes era imensa. Finalmente chegaram a uma espécie de espaço aberto diante de uma torre ainda mais vasta que as outras, cujo portão colossal era encimado por um monstruoso símbolo entalhado em baixo-relevo que provocava calafrios mesmo sem se entender o seu significado. Era a torre central com o sinal de Koth e aqueles enormes degraus de pedra, apenas visíveis na penumbra interior, eram o início da grande escadaria que levava ao mundo onírico superior e ao bosque encantado.

Iniciou-se então uma escalada interminável na mais completa escuridão, quase impossibilitada pelo tamanho imenso dos degraus que haviam sido construídos na medida para os gugs e tinham, portanto, quase uma jarda de altura. Carter não conseguiu estimar sua quantidade, pois logo ficou tão fatigado que os incansáveis e elásticos sarcófagos foram forçados a ajudá-lo. Durante toda a interminável subida, espreitava o perigo da descoberta e da perseguição, pois, embora nenhum gug ouse erguer a porta de pedra que leva à floresta em razão da maldição dos Grandes, não há restrições com respeito à torre e aos degraus, e alguns ghasts que conseguem escapar são frequentemente caçados mesmo em seu ponto mais alto. A audição dos gugs é tão aguçada que os pés e mãos nus dos que sobem podem ser facilmente ouvidos quando a cidade está acordada, e certamente não demoraria muito para os gigantes, acostumados a enxergar no escuro em suas caçadas de ghasts pelas galerias de Zin, alcançarem aquela caça menor e mais lenta naqueles ciclópicos degraus. Era deprimente pensar que a silenciosa perseguição dos gugs não seria absolutamente ouvida e que eles cairiam inesperadamente sobre os fugitivos. Nem se poderia contar com o tradicional medo que os gugs nutrem por sarcófagos num local onde as vantagens pendiam tão fortemente a seu favor. Havia ainda algum perigo dos furtivos e venenosos ghasts, que frequentemente saltitavam pela torre no período de sono dos gugs. Se os gugs dormissem por muito mais tempo e os ghasts voltassem logo de seu feito na caverna, o cheiro dos fugitivos poderia ser facilmente captado por aquelas coisas repugnantes e mal-intencionadas; nesse caso, seria quase preferível ser devorado por um gug.

Depois de prolongada subida, ouviu-se uma tossidela vinda da escuridão acima e as coisas assumiram um aspecto muito grave e inesperado. Era evidente que um ghast, ou mais de um talvez, se desviara para a torre antes da chegada de Carter e seus guias, e estava igualmente claro que o perigo era iminente. Depois de uma curta hesitação, o sarcófago que ia à frente empurrou Carter contra a parede e dispôs seus companheiros da melhor maneira possível, com a velha lápide de ardósia erguida, pronta para uma esmagadora pancada caso o inimigo surgisse. Os sarcófagos podem enxergar no escuro, por isso o grupo não estava tão mal como Carter estaria se estivesse sozinho. Um instante depois, o estrépito de cascos indicou a descida saltitante de pelo menos uma besta, e os sarcófagos que sustinham a lápide prepararam a arma para um golpe desesperado. Neste momento, dois olhos vermelho-amarelados brilharam e a respiração ofegante do ghast tornou-se audível por cima do estrépito. Quando ele saltitou para o degrau acima daquele onde estavam os sarcófagos, estes brandiram a velha lápide com força prodigiosa, ouvindo-se apenas um chiado e um som de sufocação antes de a vítima desabar num repugnante amontoado. A besta parecia estar sozinha e depois de perscrutar o ambiente por alguns segundos, os sarcófagos cutucaram Carter para ele prosseguir. Como antes, foram obrigados a ajudá-lo, e foi com muita satisfação que todos deixaram para trás o local da carnificina onde os nauseantes restos do ghast se espalhavam invisíveis na escuridão.

Finalmente os sarcófagos fizeram Carter parar e tateando com as mãos levantadas ele percebeu que o grande alçapão de pedra fora, enfim, alcançado. Estava fora de cogitação abrir completamente uma coisa tão imensa, mas os sarcófagos esperavam erguê-la apenas o suficiente para introduzir a lápide como calço, permitindo que Carter saísse pelo vão. Eles mesmos pretendiam descer novamente e retornar através da cidade dos gugs, pois era grande sua astúcia e não conheciam o caminho por terra à espectral Sarkomand com seus portais para o abismo guardados por leões.

Com prodigioso esforço, os três sarcófagos agiram sobre a pedra com Carter ajudando a empurrá-la com todas as suas forças. Imaginaram que a borda que ficava perto do topo da escadaria era a certa, e sobre ela exerceram toda a insuspeitável força de seus músculos alentados. Depois de alguns instantes surgiu uma réstia de luz e Carter, a quem fora incumbida a tarefa, empurrou a ponta da velha lápide pela abertura. Seguiu-se então um gigantesco esforço, mas os progressos eram muito lentos e eles tinham que voltar à posição inicial toda vez que não conseguiam virar a laje e abrir o alçapão.

De repente, seu desespero se multiplicou infinitamente com um som que chegou dos degraus abaixo. Era apenas o estrondo e o chocalhar do corpo do ghast eliminado ao rolar para níveis inferiores, mas nenhuma das causas possíveis para o deslocamento e a queda daquele cadáver era muito tranquilizadora. Conhecendo os hábitos dos gugs, os sarcófagos retomaram seu trabalho freneticamente e num espaço de tempo espantosamente curto conseguiram levantar a porta o suficiente para poderem sustentá-la enquanto Carter girava a lápide, deixando uma abertura generosa. Ajudaram Carter a passar, permitindo-lhe que subisse em seus borrachosos dorsos e depois empurrando seus pés enquanto ele se agarrava ao bendito solo do mundo onírico superior. Mais um segundo e eles próprios haviam passado, arrancado a lápide e fechado o grande alçapão enquanto um som ofegante se tornava audível mais abaixo. A maldição do Grande impedia que qualquer gug pudesse sair por aquele portal, por isso, foi com profundo alívio e uma sensação de repouso que Carter recostou-se calmamente nos densos e grotescos cogumelos do bosque encantado, enquanto seus guias se acocoravam por perto, repousando à maneira dos sarcófagos.

Por estranho que fosse aquele bosque encantado por onde ele jornadeara havia tanto tempo, era um verdadeiro paraíso e um deleite depois dos abismos que deixara para trás. Não havia nenhum habitante vivo por perto, pois os zugs evitam temerosos a misteriosa porta e Carter imediatamente consultou seus guias sobre o que pretendiam fazer. Voltar pela torre, não ousavam, e o mundo da vigília não lhes pareceu conveniente quando souberam que teriam que passar pelos sacerdotes Nasht e Kaman-Thah na caverna da chama. Decidiram, enfim, retornar por Sarkomand com seu portal para o abismo, embora não soubessem como chegar lá. Carter lembrou-se de que ela ficava no vale abaixo de Leng, e lembrou-se também de que vira, em Dylath-Leen, um sinistro velho mercador de olhos puxados que dizia ter negócios em Leng, portanto aconselhou os sarcófagos a procurarem Dylath-Leen, cruzando os campos para Nir e o Skai e seguindo o rio até sua foz. Foi o que eles decidiram fazer e não perderam tempo em sair saltitando, pois o escurecer do crepúsculo prometia uma noite inteira de viagem pela frente. Carter apertou as patas daquelas bestas repulsivas agradecendo-lhes por sua ajuda e enviando seus agradecimentos à besta que um dia havia sido Pickman, mas não pôde deixar de suspirar com satisfação depois que eles se foram. Um sarcófago é um sarcófago e, na melhor das hipóteses, uma companhia desagradável para um homem. Em seguida, Carter procurou um poço na floresta onde pudesse se limpar da lama da terra inferior, vestindo em seguida as roupas que trouxera com tanto cuidado.

Caíra a noite naquele apavorante bosque de árvores monstruosas, mas a fosforescência permitia que se viajasse como se fosse dia e assim Carter enveredou na direção da bem conhecida estrada para Celephais, em Ooth-Nargai, além dos Montes Tanarianos. E, ao caminhar, lembrou-se da zebra que deixara amarrada a um freixo no Ngranek, na distante Oriab, há tanto tempo, e ficou imaginando se os coletores de lava a teriam alimentado e libertado. Cismou também se algum dia voltaria a Baharna e pagaria pela zebra que fora morta, à noite, naquelas antigas ruínas perto da praia de Yath, e se o velho taverneiro se lembraria dele. Tais eram os pensamentos que lhe vieram na reconquistada atmosfera do mundo onírico superior.

Agora, porém, seu progresso foi interrompido por um som que partia de uma árvore oca muito grande. Ele tinha evitado o grande círculo de pedra, pois não fazia nenhuma questão de falar com zugs naquele momento, mas pareceu-lhe, pelo singular alvoroço naquela imensa árvore, que um importante conselho estava sendo realizado em algum lugar. Aproximando-se mais, captou as entonações de uma discussão tensa e acalorada e logo depois tomou conhecimento de assuntos que considerou muito preocupantes. Pois estava em questão uma guerra aos gatos naquela assembleia soberana dos zugs. Tudo isso por causa do desaparecimento do grupo que se esgueirara atrás de Carter para Ulthar e o qual os gatos haviam legitimamente punido por suas indevidas intenções. O assunto há muito se inflamara e agora, ou no prazo máximo de um mês, os zugs reunidos pretendiam investir sobre toda a tribo dos felinos numa série de ataques de surpresa, pegando gatos isolados ou grupos de gatos desprevenidos, sem dar nenhuma chance para a miríade de gatos de Ulthar se congregar e se mobilizar. Este era o plano dos zugs, e Carter percebeu que precisava frustrá-lo antes de partir para sua fabulosa busca.

Randolph Carter esgueirou-se, pois, em completo silêncio, até a orla do bosque e lançou o chamado dos gatos na direção dos campos enluarados. Uma velha gata borralheira de um chalé próximo recebeu o apelo, que foi sendo transmitido através de léguas de campinas ondulantes até os guerreiros grandes e pequenos, pretos, cinzentos, rajados, brancos, fulvos e pardos; e o chamado ecoou por Nir e além do Skai, inclusive em Ulthar, e numerosos gatos de Ulthar chamaram em coro e se alinharam para marchar. Por sorte, a Lua ainda não havia se erguido e todos os gatos estavam na Terra. Movendo-se rápida e silenciosamente, eles saltaram como molas de cada lareira e cada telhado derramando-se num grande mar peludo pelas planícies até a orla do bosque. Carter estava ali para saudá-los e a visão dos graciosos, saudáveis felinos foi uma bênção para seus olhos depois das coisas que vira e com quem convivera no abismo. Ficou contente de ver seu venerável amigo e salvador à frente do destacamento de Ulthar, com uma fita de comando ao redor do pescoço sedoso e os bigodes eriçados num ângulo marcial. Melhor ainda, como subtenente daquele exército estava um vigoroso jovem animal que outro não era senão o mesmo gatinho da pousada a quem Carter oferecera um pires de rico creme naquela desvanecida manhã em Ulthar.

Era agora um gato robusto e promissor e ronronou ao apertar as mãos de seu irmão. O avô informou que ele estava se saindo muito bem no exército e que poderia perfeitamente ascender a capitão depois de mais uma campanha.

Carter expôs sucintamente a ameaça que se armava para a tribo dos gatos e foi saudado com sonoros miados de gratidão de todos os lados. Confabulando com os generais, preparou um plano de ação instantânea envolvendo a investida imediata sobre a reunião dos zugs e outras conhecidas fortalezas deles, frustrando seus ataques de surpresa e forçando-os a se render antes de mobilizarem seu exército invasor. Então, sem perder um segundo, o imenso oceano de gatos inundou o bosque encantado agrupando-se ao redor da árvore do conselho e do grande círculo de pedra. O alvoroço atingiu níveis pânicos quando o inimigo avistou os recém-chegados e houve pouca resistência entre os furtivos e curiosos zugs. Eles perceberam que haviam sido vencidos sem luta e seu anseio de vingança se dobrou à necessidade da autopreservação.

Metade dos gatos acomodou-se numa formação circular com os zugs capturados ao centro, deixando uma passagem por onde eram trazidos os novos cativos caçados pelos outros gatos no resto do bosque. Os termos de rendição foram enfim discutidos, com Carter servindo de intérprete, e decidiu-se que os zugs poderiam permanecer como tribo livre com a condição de entregar aos gatos um grande tributo de galináceos, codornizes e faisões caçados nas partes menos fabulosas de sua floresta. Doze jovens zugs de famílias nobres foram levados como reféns para o Templo dos Gatos, em Ulthar, e os vencedores deixaram claro que qualquer sumiço de gatos nas fronteiras do domínio dos zugs teriam consequências altamente desastrosas para eles. Resolvidas essas questões, os gatos reunidos abriram espaço e permitiram que os zugs saíssem, um a um, para seus respectivos lares, o que eles se apressaram em fazer lançando olhares rancorosos para trás.

O velho gato general ofereceu então uma escolta para Carter até qualquer fronteira da floresta aonde ele quisesse ir, julgando que os zugs deviam estar terrivelmente ressentidos com ele pela frustração de sua empreitada bélica. Carter recebeu a oferta com gratidão, não só pela segurança que esta lhe fornecia, mas certamente também por apreciar a amável companhia dos gatos. Assim, cercado por um gracioso e turbulento regimento, e tranquilo depois do bem-sucedido cumprimento do dever, Randolph Carter avançou altivamente por aquele bosque encantado e fosforescente de árvores titânicas, falando de sua procura com o velho general e seu neto enquanto outros membros do grupo entregavam-se a fantásticas cabriolas ou perseguiam folhas caídas que o vento carregava por entre os cogumelos daquele solo primitivo. E o velho gato contou-lhe que ouvira muitas coisas sobre a desconhecida Kadath na vastidão fria, mas não sabia onde ela ficava. Quanto à maravilhosa cidade crepuscular, nem mesmo ouvira falar, mas graciosamente transmitiria a Carter qualquer coisa que lhe calhasse saber.

Ele forneceu ao explorador algumas senhas de grande valor entre os gatos do mundo onírico e recomendou-lhe especialmente que procurasse o velho chefe dos gatos em Celephais, seu próximo destino. Aquele velho gato, já conhecido ligeiramente por Carter, era um honrado maltês e poderia ser altamente influente em qualquer negociação. Amanhecia quando eles chegaram ao local desejado do bosque e Carter despediu-se pesarosamente de seus amigos. O jovem subtenente que conhecera como um gatinho quis acompanhá-lo, mas o austero e patriarcal general o proibiu insistindo em que o caminho de seu dever estava na tribo e no exército. Assim, Carter enveredou sozinho pelos campos dourados que se estendiam misteriosos às margens do rio ladeado de salgueiros enquanto os gatos se enfiavam no bosque.

Bem conhecia o viajante aquelas terras ajardinadas entre o bosque e o mar Cereneriano e alegremente avançou acompanhando o cantante rio Oukranos que orientava seu percurso. O sol foi se erguendo progressivamente sobre as suaves encostas gramadas salpicadas de arvoredos, avivando as cores das miríades de flores que embelezavam cada outeiro e garganta. Uma abençoada neblina pairava sobre toda a região retendo mais luz solar do que outras e um pouco mais da zoante música estival de pássaros e abelhas, de forma que as pessoas por ali caminham como se estivessem num recanto feérico e sentem tal alegria e tal deslumbramento que jamais esquecem no futuro.

Por volta do meio-dia, Carter alcançou os terraços de jaspe de Kiran que descem em direção à margem do rio e abrigam aquele gracioso templo frequentado pelo Rei de Ilek-Vad que para ali se dirige num palanquim dourado, uma vez por ano, vindo de seu distante reino no mar crepuscular para orar a um deus do Oukranos que para ele cantava, em sua juventude, quando morava numa casa ribeirinha. O templo é todo de jaspe e cobre um acre de terreno com suas muralhas e pátios, suas sete imponentes torres e seu santuário interior onde o rio penetra por canais ocultos e o deus canta docemente à noite. Muitas vezes a Lua ouve uma música preciosa enquanto brilha sobre aqueles pátios e terraços e coruchéus, mas se essa música é a canção do deus ou o canto dos misteriosos sacerdotes ninguém, exceto o Rei de Ilek-Vad, pode dizer, pois somente ele teria entrado no templo ou teria visto os sacerdotes. Agora, na sonolência do dia, aquele templo todo delicado e enfeitado quedava silencioso e Carter ouvia apenas o murmúrio do grande curso d'água e o zumbido dos pássaros e abelhas enquanto caminhava sob um encantado sol.

Durante aquela tarde inteira, o peregrino perambulou por prados fragrantes e a sota-vento de suaves colinas à beira do rio com suas pacíficas casinhas cobertas de sapé e os santuários de deuses cordiais esculpidos em jaspe e crisoberilo. Em alguns momentos, caminhava perto da margem do Oukranos assobiando para os peixes vivazes e iridescentes daquela corrente cristalina; em outros, estacava entre os juncos sussurrantes fitando o grande bosque escuro na margem oposta, cujas árvores chegavam até a beira da água. Em sonhos anteriores, Carter havia visto curiosos buopoths pesadões afastarem-se timidamente daquele bosque para beber, mas agora não conseguia vislumbrar nenhum deles. Às vezes, parava para observar um peixe carnívoro apanhar um pássaro pescador ao qual atraía para a água exibindo suas tentadoras escamas ao sol, e agarrava pelo bico com sua enorme boca quando o alado caçador tentava mergulhar sobre ele.

Ao entardecer, Carter subiu um aclive gramado e viu à sua frente, flamejando ao pôr do sol, as douradas flechas de Thran. De uma imponência incrível são as muralhas de alabastro dessa fabulosa cidade, inclinadas para dentro e para cima e esculpidas numa única peça sólida sabe-se lá por que meios, pois são mais antigas que a memória. Por imponentes que sejam com seus cem portões e duzentos torreões, as torres agrupadas em seu interior, todas brancas por baixo das flechas douradas, são ainda mais imponentes, de modo que as pessoas das planícies vizinhas as veem alçando-se para o céu, às vezes brilhando claramente, às vezes com seu cume envolto em turbilhões de nuvens e brumas, às vezes enevoadas mais abaixo com seus cumes mais altos esbraseados acima dos vapores. E, no lugar onde os portões de Thran se abrem para o rio, há grandes cais de mármore com ornamentados galeões de fragrante cedro e madeira coromandel ancorados, balançando suavemente, e estranhos marinheiros barbados sentados em barricas e fardos carimbados com hieróglifos de lugares distantes. Do lado da terra, além das muralhas, fica a zona rural, onde casinhas brancas sonham entre pequenos montes e caminhos estreitos povoados de pontes de pedra serpenteiam graciosamente por riachos e jardins.

Carter caminhou por esta terra verdejante ao anoitecer, observando o crepúsculo se elevar do rio para as maravilhosas flechas douradas de Thran. Na hora exata do crepúsculo, chegou ao portão sul e foi detido por uma sentinela em trajes vermelhos até relatar três sonhos confiáveis comprovando ser um sonhador merecedor de percorrer as misteriosas ladeiras de Thran e se demorar nos bazares onde se vendiam os artigos dos enfeitados galeões. Assim ele penetrou naquela incrível cidade, passando por uma muralha tão grossa que o portal era um túnel, aprofundando-se depois por estreitos caminhos curvos e sinuosos entre as torres projetadas para o céu. Luzes brilhavam nas janelas gradeadas dos balcões e o som de alaúdes e flautas insinuava-se timidamente subindo dos pátios internos onde murmurejavam fontes de mármore. Carter conhecia seu caminho e enveredou por ruas mais escuras para o rio, onde, numa velha taverna marítima, encontrou os capitães e marinheiros que conhecera em miríades de sonhos anteriores. Ali comprou sua passagem para Celephais num grande galeão verde e ali se hospedou para passar a noite depois de conversar respeitosamente com o venerável gato daquela pousada, que pestanejava sonolento diante de uma enorme lareira, sonhando com antigas guerras e esquecidos deuses.

Pela manhã, Carter subiu a bordo do galeão com destino a Celephais, sentando-se na proa enquanto as cordas eram desamarradas e principiava o longo percurso para o mar Cereneriano. Durante muitas léguas, as margens eram muito parecidas com as que ficavam acima de Thran, com um ou outro curioso templo elevando-se ocasionalmente em colinas distantes à direita, e uma aldeia sonolenta na praia, com pontiagudos telhados vermelhos e redes estendidas ao sol. Concentrado em sua procura, Carter inquiriu cautelosamente todos os marinheiros sobre o que haviam encontrado nas tavernas de Celephais, perguntando sobre os nomes e os costumes dos estranhos homens com olhos longos e rasgados, orelhas de lobos compridas, narizes finos e queixos saltados que chegavam do norte em escuras naus e trocavam ônix pelo jade entalhado, os fios de ouro e as canoras avezinhas escarlates de Celephais. Desses homens, os marinheiros não sabiam muito, exceto que eles só raramente falavam e que provocavam uma espécie de admiração a seu respeito.

Sua terra, muito distante, chamava-se Inganok, e pouca gente se interessava em ir até lá porque era uma região penumbrosa e fria, e dizia-se que ficava perto da inóspita Leng, embora altas montanhas intransponíveis se erguessem do lado onde se pensava ficar Leng, de modo que ninguém poderia dizer se esse planalto maligno, com suas horríveis aldeias de pedra e o inenarrável monastério, estavam realmente ali, ou se o rumor representava apenas o medo que aquela gente tímida sentia, à noite, quando aquelas formidáveis barreiras montanhosas destacavam-se tenebrosas contra a lua nascente. Certamente as pessoas chegavam a Leng por mares muito diferentes. Sobre outras fronteiras de Inganok, os marinheiros não tinham ideia, nem tinham ouvido falar da vastidão fria e da desconhecida Kadath salvo em vagos relatos. E, sobre a maravilhosa cidade crepuscular que Carter buscava, não sabiam absolutamente nada. O viajante nada mais perguntou então sobre coisas distantes, aguardando a oportunidade de conversar com aqueles estranhos habitantes da fria e penumbrosa Inganok que são a semente dos deuses que gravaram suas fisionomias no Ngranek.

No final do dia o galeão alcançou as curvas do rio que atravessam as selvas perfumadas de Kled. Carter gostaria de desembarcar ali, pois nesses emaranhados tropicais repousam os magníficos palácios de marfim, solitários e intactos, que algum dia foram habitados por fabulosos monarcas de uma terra cujo nome caiu em olvido. Encantamentos dos Antigos mantêm esses lugares intatos e conservados, pois está escrito que algum dia poderão ser novamente necessários, e caravanas de elefantes os vislumbram de longe, ao luar, mas nenhuma ousa se aproximar demais temendo os guardiões de sua integridade. Mas o navio singrou em frente e a penumbra silenciou os murmúrios do dia, e as primeiras estrelas, lá no alto, piscavam respostas aos primeiros vaga-lumes nas margens, à medida que a selva ia ficando para trás, deixando apenas seu aroma como lembrança. Durante toda a noite, o galeão vogou sobre mistérios passados invisíveis e insuspeitos. Em certo momento, um vigia anunciou a presença de fogueiras nas colinas a leste, mas o sonolento capitão comentou que era melhor não olhá-las muito fixamente, pois era altamente incerto quem ou o que as acendera.

De manhã, o rio se alargara muito e Carter viu, pelas casas ribeirinhas, que estavam perto da vasta cidade comercial de Hlanith, na costa do mar Cereneriano. Ali as muralhas são de granito áspero e as casas fantasticamente pontiagudas com empenas rebocadas de estuque. O habitante de Hlanith parece-se mais com o do mundo da vigília do que qualquer outro do mundo dos sonhos; por isso a cidade só é procurada para escambo, mas é apreciada pelo consistente trabalho de seus artesãos. Os cais de Hlanith são de carvalho e ali o galeão ficou atracado enquanto o capitão negociava nas tavernas. Carter também desembarcou, observando, curioso, as ruas sulcadas por onde se arrastavam pesados carros de boi de madeira e mercadores febris alardeavam seus produtos ociosamente nos bazares. As tavernas marítimas ficam todas perto do cais, em vielas calçadas com seixos, salgadas pelos borrifos das marés altas, e parecem extremamente antigas com seus tetos baixos de traves enegrecidas e janelas com vidros fundo-de-garrafa esverdeados. Velhos marinheiros, naquelas tavernas, falavam muito sobre portos distantes, contando histórias sobre os curiosos homens da penumbrosa Inganok, mas pouco puderam acrescentar ao que os marinheiros do galeão haviam relatado. Finalmente, depois de muitas cargas e descargas, o navio colocou-se a vela, uma vez mais, para o mar crepuscular, e as altas muralhas e empenas de Hlanith foram diminuindo iluminadas pela derradeira luminosidade dourada do dia, que lhes emprestava uma beleza e uma magnificência superiores às que qualquer homem lhes pudesse emprestar.

Por duas noites e dois dias vogou o galeão pelo mar Cereneriano sem avistar nenhuma terra, comunicando-se em uma única oportunidade com uma outra embarcação. Então, ao entardecer do segundo dia, emergiu à frente o pico nevado de Aran, com suas árvores gingko ondulando na encosta mais baixa, e Carter percebeu que haviam chegado à terra de Ooth-Nargai e à fabulosa cidade de Celephais. Velozmente foram surgindo os reluzentes minaretes daquela maravilhosa cidade, as imaculadas paredes de mármore com suas estátuas de bronze e a grande ponte de pedra onde o Naraxa deságua no mar. Depois despontaram as suaves colinas por trás da cidade com seus bosques e jardins de asfódelos e os pequenos santuários e chalés acima deles, e no fundo da paisagem, a cordilheira púrpura dos Tanarianos, imponente e mística, por trás da qual se encontram caminhos proibidos para o mundo da vigília e para outras regiões oníricas.

O porto estava coalhado de galés vistosamente pintadas: algumas da marmórea cidade entre as nuvens de Serannian, que fica no espaço etéreo além do lugar onde o mar encontra o céu; outras de regiões mais substanciais do mundo dos sonhos. O timoneiro foi abrindo caminho entre elas até o cais cheirando a especiarias, onde o galeão fundeou, ao cair do crepúsculo, enquanto um milhão de luzes da cidade começavam a tremeluzir sobre a água. Eternamente nova parecia esta imortal cidade de sonho, pois ali o tempo não tem o poder de macular ou destruir. Como sempre fora, Nath-Horthath ainda é turquesa, e os oitenta sacerdotes com grinaldas de orquídeas são os mesmos que a construíram há dez mil anos. Reluz ainda o bronze dos grandes portões e as calçadas de ônix jamais se gastam nem se quebram. E as imponentes estátuas de bronze olham para baixo, do alto das muralhas, para mercadores e condutores de camelos mais velhos que a fábula, mas sem um único cabelo grisalho em suas barbas bifurcadas.

Carter não procurou o templo nem o palácio ou a cidadela, ficando ao lado da muralha do lado do mar, em meio a comerciantes e marinheiros. E, quando se fez tarde demais para rumores e lendas, saiu atrás de uma antiga taverna que conhecia bem, e repousou sonhando com os deuses da desconhecida Kadath que tanto procurava. No dia seguinte, procurou por todo o cais algum dos estranhos marinheiros de Inganok, mas ficou sabendo que não havia nenhum deles no porto naquele momento, e que sua galera só deveria chegar do norte em duas semanas. Descobriu, todavia, um marinheiro thoraboniano que havia estado em Inganok e trabalhara nas pedreiras de ônix daquela região crepuscular; e este marinheiro lhe contou que seguramente existia uma planície na direção norte da região habitada que todo mundo parecia temer e evitar. O thoraboniano opinou que este deserto contornava a borda mais extrema de intransponíveis picos para o horrível planalto de Leng e que esta era a razão por que as pessoas o temiam, embora admitisse haver outras vagas histórias sobre presenças malignas e sentinelas inomináveis. Se poderia ser ou não a irreal vastidão deserta onde ficava a desconhecida Kadath, ele não sabia, mas parecia improvável que aquelas presenças ou sentinelas, se realmente existiam, estivessem ali à toa.

No dia seguinte, Carter subiu a rua dos Pilares até o templo de cor turquesa onde conversou com o sumo sacerdote. Embora Nath-Horthath seja a principal divindade adorada em Celephais, todos os Grandes eram mencionados nas orações cotidianas e os sacerdotes eram razoavelmente versados em seus hábitos. Como Atal, na distante Ulthar, ele advertiu firmemente contra qualquer tentativa de encontrá-los declarando que são irritadiços e caprichosos, e sujeitos à estranha proteção dos insensíveis Outros Deuses de Fora, cuja alma e emissário é o rastejante caos Nyarlathotep. Sua ciosa ocultação da maravilhosa cidade crepuscular revelava que não queriam que Carter a descobrisse, e era imprevisível a maneira como encarariam um hóspede cuja finalidade era vê-los e suplicar diante deles. Ninguém jamais encontrara Kadath antes e poderia perfeitamente acontecer de ninguém vir a encontrá-la no futuro. Os rumores que corriam sobre aquele castelo de ônix dos Grandes não eram absolutamente tranquilizadores.

Agradecendo ao sumo sacerdote com a grinalda de orquídeas, Carter deixou o templo e foi ao bazar dos açougueiros de ovelhas, onde mora, lustroso e satisfeito, o velho chefe dos gatos de Celephais. Aquela criatura cinzenta e ilustre estava tomando sol na calçada de ônix e estendeu uma lânguida pata quando o visitante se aproximou. Mas, quando Carter repetiu a senha e as apresentações fornecidas pelo velho gato general de Ulthar, o peludo patriarca tornou-se muito cordial e comunicativo e contou-lhe muitos segredos ancestrais conhecidos pelos gatos das encostas marítimas de Ooth-Nargai. Melhor ainda, repetiu várias coisas que lhe haviam sido ditas furtivamente pelos tímidos gatos do cais de Celephais sobre os homens de Inganok, em cujas escuras naus gato nenhum entraria.

Ao que parece, esses homens têm uma aura não terrena ao seu redor, embora não seja esta a razão por que nenhum gato navega em suas embarcações. O motivo é que Inganok tem sombras que gato nenhum consegue suportar, de forma que naquele reino frio e penumbroso jamais se encontra um ronronar cordial ou um miado simpático. Ninguém saberia dizer se isso se deve a coisas sopradas sobre os intransponíveis picos da hipotética Leng, ou a coisas infiltradas do gélido deserto ao norte, mas permanece o fato de que naquela terra distante vige um espaço externo que os gatos não apreciam e ao qual são mais sensíveis que os homens. Por isso evitam embarcar naquelas naus escuras que demandam os cais basálticos de Inganok.

O velho chefe felino contou-lhe também onde encontrar seu amigo, o Rei Kuranes, que em sonhos recentes de Carter reinara alternadamente no Palácio das Setenta Delícias, de cristal rosado, em Celephais, e no castelo das nuvens protegido por torres, na flutuante Serannian. Ao que parecia, este já não conseguia encontrar satisfação naqueles lugares, desenvolvendo uma arrebatadora saudade pelos penhascos ingleses e terras baixas de sua infância onde, em pequenas vilas imaginárias, flutuam à noite velhas canções da Inglaterra por trás das treliças das janelas, e onde os campanários cinzentos das igrejas espiam amavelmente o verdor de vales distantes. Kuranes não podia retornar a essas coisas do mundo da vigília porque seu corpo tinha morrido, mas fizera a melhor coisa que poderia fazer, sonhando um pequeno trecho desse campo na região leste da cidade, onde os prados se desenrolam graciosamente dos penhascos marinhos até o sopé dos Montes Tanarianos. Ali ele morava num cinzento solar gótico de pedra, de frente para o mar, tentando pensar que era as antigas Trevor Towers, onde nascera e treze gerações de seus antepassados tinham vindo à luz. Na costa próxima, construíra uma vila pesqueira da Cornualha com ruelas íngremes calçadas de pedras roliças, assentando ali uma população com a fisionomia típica dos ingleses e tentando lhe ensinar os caros sotaques dos velhos pescadores da Cornualha. E, no vale não muito distante, instalara uma grande Abadia Normanda cuja torre podia avistar de sua janela, gravando as pedras cinzentas do cemitério que a rodeavam com os nomes de seus ancestrais e recobrindo-as com um musgo parecido com o da Velha Inglaterra. Pois embora Kuranes fosse um monarca no mundo dos sonhos, com todas as pompas e maravilhas, esplendores e belezas, êxtases e deleites, novidades e excitações imagináveis ao seu alcance, teria graciosamente renunciado para sempre a todo seu poder, luxo e liberdade por um abençoado dia como um simples garoto naquela pura e tranquila Inglaterra, aquela antiga, amada Inglaterra que moldara seu ser, e da qual sempre seria uma parte imutável.

Assim, quando Carter se despediu daquele velho chefe cinzento dos gatos, não foi à procura do palácio de cristal rosado, mas cruzou o portão oriental e um campo de margaridas rumo a um espigão pontiagudo que vislumbrara através dos carvalhos de um parque que ascendia para os penhascos marinhos. Chegou assim a uma grande cerca viva e um portão com uma pequena guarita de tijolo e quando tocou a sineta, coxeou para atendê-lo não um lacaio de palácio aparamentado e untuoso, mas um velhinho atarracado de avental que falou o melhor que pôde com as curiosas entonações da distante Cornualha. Carter percorreu o sombreado caminho entre árvores o mais parecidas possível com árvores da Inglaterra e subiu aos terraços entre jardins plantados à moda da Rainha Anne. À porta, flanqueada por gatos de pedra como nos velhos tempos, foi recebido por um mordomo de suíças numa libré aceitável e conduzido à biblioteca onde Kuranes, Senhor de Ooth-Nargai e do Céu ao redor de Serannian, estava sentado, pensativo, numa cadeira ao lado da janela, fitando sua pequena aldeia costeira e desejando que sua velha enfermeira viesse ralhar com ele por não estar pronto para aquela odiosa reunião social no gramado do vigário, com a carruagem esperando e sua mãe quase perdendo a paciência.

Kuranes, trajando um roupão do tipo preferido pelos alfaiates londrinos de sua juventude, ergueu-se energicamente para receber seu visitante, pois a vista de um anglo-saxão do mundo da vigília lhe era muito cara, mesmo em se tratando de um saxão de Boston, Massachusetts, e não da Cornualha. E durante muito tempo conversaram sobre os velhos tempos, tendo muito o que falar porque eram ambos velhos sonhadores e muito versados no encanto de lugares incríveis. Kuranes, com efeito, havia ido além das estrelas no vazio extremo e dizia-se que fora o único a ter voltado são de tal viagem.

Finalmente, Carter trouxe à baila o assunto de sua busca e fez a seu anfitrião as perguntas com que brindara tantos outros. Kuranes não sabia onde ficava Kadath nem a maravilhosa cidade crepuscular, mas sabia que os Grandes são criaturas perigosas demais para procurar e que tinham estranhas maneiras de se proteger da curiosidade impertinente. Havia aprendido muito sobre os Grandes em distantes regiões do espaço, especialmente naquela região onde a forma não existe e gases coloridos investigam os mais recônditos segredos. O gás violeta S'ngac lhe contara coisas terríveis sobre o rastejante caos Nyarlathotep e o prevenira para nunca se aproximar do vazio central onde o maligno sultão Azathoth rosna famélico na escuridão. Enfim, não convinha imiscuir-se com os Antigos e se estes persistentemente negavam acesso à maravilhosa cidade crepuscular, melhor seria não procurá-la.

Além do mais, Kuranes duvidava que seu hóspede pudesse tirar algum proveito da cidade mesmo que conseguisse descobri-la. Ele próprio havia sonhado e almejado, durante longos anos, a adorável Celephais e a terra de Ooth-Nargai, a liberdade, as cores e a sublime experiência da vida destituída de suas cadeias, convenções e tolices. Mas, agora que chegara a essa cidade e a essa terra e as governava, descobrira que liberdade e vivacidade rapidamente se esgotavam, tornando-se tediosas pela falta de uma ligação com algo sólido em seus sentimentos e memórias. Era um rei em Ooth-Nargai, mas não via nisso nenhum significado, ansiando eternamente pelas antigas coisas familiares da Inglaterra que haviam moldado sua juventude. Ele trocaria todo seu reino pelo soar dos sinos da igreja de Cornualha sobre as colinas relvosas, e todos os milhares de minaretes de Celephais pelos rústicos telhados pontiagudos do vilarejo perto de sua casa. Kuranes disse então a seu hóspede que a desconhecida cidade crepuscular poderia não ter exatamente aquilo que ele procurava e que talvez fosse melhor permanecer como um glorioso sonho parcialmente lembrado. Pois ele tinha visitado Carter frequentemente nos velhos tempos de vigília e conhecia perfeitamente as amáveis encostas da Nova Inglaterra em que este nascera.

Enfim, estava certo de que o explorador almejava tão somente as antigas cenas relembradas, o brilho do Monte Beacon ao entardecer, os altos campanários e as sinuosas ruas enladeiradas da curiosa Kingsport, os imponentes telhados de duas águas da antiga e assombrada Arkham e as abençoadas campinas e vales onde se espalham muretas de pedra e as brancas empenas de casas campestres espiavam por entre dosséis de verdura. Isso tudo ele disse a Randolph Carter, mas não conseguiu demover o explorador de seus propósitos. Ao final, eles se separaram cada qual com as próprias convicções e Carter retornou pelo portão de bronze a Celephais, descendo a rua dos Pilares até a velha muralha do lado do mar onde conversou mais com marinheiros de portos distantes à espera da escura nau da fria e crepuscular Inganok, cujos marinheiros de estranhos semblantes e comerciantes de ônix traziam neles o sangue dos Grandes.

Certa noite estrelada em que o Farol brilhava esplêndido sobre o porto, a muito esperada embarcação aportou e tais marinheiros e comerciantes foram surgindo, isoladamente ou em grupos, nas antigas tavernas ao longo da muralha marinha. Era muito excitante observar novamente aqueles rostos vivazes tão parecidos com as feições divinas do Ngranek, mas Carter não se apressou em conversar com os silenciosos marujos. Ignorava quanto de orgulho, discrição e difusa memória divina poderiam se acumular naqueles descendentes dos Grandes e estava seguro de que não seria inteligente falar-lhes de sua procura ou perguntar-lhes muito diretamente sobre aquela vastidão fria que se desdobra para o norte de sua terra crepuscular. Eles conversavam pouco com os outros frequentadores das antigas tavernas marinhas, juntando-se em grupos nos cantos afastados e cantando entre si as canções imemoriais de terras longínquas, ou entoando longos relatos, uns para os outros, com uma pronúncia estranha ao resto do mundo onírico. Eram tão raras e comoventes aquelas canções e histórias que se podia imaginar suas maravilhas pelos rostos dos que as escutavam, mesmo que as palavras lhe chegassem aos ouvidos apenas como estranha cadência e obscura melodia.

Durante uma semana, os estranhos marinheiros se demoraram nas tavernas e negociaram nos bazares de Celephais, e, antes de zarparem, Carter tinha comprado passagem para seu escuro navio dizendo-lhes ser um velho mineiro de ônix interessado em trabalhar em suas pedreiras. O navio era muito gracioso e habilmente lavrado, feito em madeira de teca com incrustações de marfim e filigranas de ouro, e a cabine onde o viajante se alojou era adornada com reposteiros de seda e veludo. Certa manhã, na virada da maré, as velas foram içadas e a âncora levantada, e Carter, instalado na popa elevada, ficou observando as muralhas e estátuas de bronze e os dourados minaretes fulgurantes ao amanhecer da perene Celephais se perderem de vista ao longe, e o cume nevado do Monte Aran ir se apequenando. Por volta do meio-dia, não havia mais nada à vista, exceto o suave azul do mar Cereneriano, com uma vistosa galera ao longe rumando para aquele reino de Serannian, onde o céu encontra o mar.

A noite desceu esplendidamente estrelada e a escura embarcação rumou na direção da Ursa Maior e da Ursa Menor, que deslizavam lentamente ao redor do polo. Os marinheiros cantavam curiosas canções de terras desconhecidas, caminhando silenciosamente, um a um, até o castelo de proa, enquanto os saudosos vigias sussurravam velhos cantos e se inclinavam sobre a amurada para vislumbrar os luminosos peixes brincando em leitos de folhagens submersos. Carter foi dormir à meia-noite e levantou-se ao raiar da aurora, notando que o sol parecia estar mais para o sul do que ele gostaria. E durante todo aquele segundo dia fez progressos sobre conhecer os homens do navio, levando-os, aos poucos, a falar de sua fria terra crepuscular, de sua admirável cidade de ônix e de seu medo dos altos e intransponíveis picos além dos quais se dizia ficar Leng. Contaram-lhe o pesar que sentiam pelo fato de os gatos não permanecerem na terra de Inganok e como, acreditavam eles, isso se devia à proximidade oculta de Leng. Somente sobre o deserto pedregoso ao norte eles não falariam nada. Havia algo perturbador naquele deserto e preferiam não admitir a sua existência

Dias mais tarde falaram das pedreiras onde Carter dizia pretender trabalhar. Eram muitas, pois toda a cidade de Inganok era feita de ônix e grandes blocos deste material eram negociados em Rinar, Ogrothan e Celephais, e na própria região, com os mercadores de Thraa, Ilarnek e Kadatheron, para os belos artesanatos daqueles fabulosos portos. Muito para o norte, quase na vastidão fria, cuja existência os habitantes de Inganok não gostavam de admitir, havia uma pedreira maior do que todas as outras, onde tinham sido cortados, em tempos imemoriais, blocos e massas tão prodigiosos que a visão de seus vazios cinzelados provocava pavor em todos. Quem teria escavado aqueles incríveis blocos e para onde teriam sido transportados, ninguém saberia dizer, mas pensava-se ser mais conveniente não perturbar aquela pedreira, à qual podiam se prender, possivelmente, lembranças tão desnaturadas. Por isso, deixavam-na abandonada ao crepúsculo, tendo apenas o corvo e o propalado pássaro shantak proliferando em sua imensidão. Quando ouviu sobre a pedreira, Carter mergulhou em profunda meditação, pois sabia de velhas narrativas que o castelo dos Grandes, no alto da desconhecida Kadath, era de ônix.

A cada dia que passava, o sol descrevia um arco mais baixo no céu e o ar enevoado tornava-se mais e mais denso. Decorridas duas semanas, já não havia nenhuma luz solar, apenas um sobrenatural crepúsculo cinzento brilhando através de uma abóbada de nuvens eternas durante o dia e a fria fosforescência sem estrelas da parte inferior daquela nuvem, à noite. No vigésimo dia, um grande recife recortado foi avistado ao longe, no mar; a primeira terra vislumbrada desde o desaparecimento do cume nevado do Aran. Carter perguntou o nome daquele recife ao capitão, mas foi-lhe dito que não tinha nome e que nunca fora procurado por nenhum navio por causa dos sons que dele emanavam durante a noite. E quando, depois de escurecer, um uivo monótono e incessante se ergueu da recortada rocha de granito, o viajante gostou que não tivessem parado e que a rocha não tivesse nome. Os marinheiros rezaram e cantaram até o ruído ficar fora de alcance; e Carter sonhou pesadelos terríveis dentro de sonhos nas primeiras horas da madrugada.

Duas manhãs depois disso, despontou, não muito distante e a leste, a linha de grandes montanhas cinzentas cujos cumes se perdiam nas imutáveis nuvens daquele mundo crepuscular. À sua vista, os marinheiros entoaram alegres canções e alguns se ajoelharam no convés para rezar; Carter percebeu então que haviam chegado à terra de Inganok e que logo atracariam nos cais de basalto da grande cidade que nomeia a região. Perto do meio-dia, surgiu uma escura linha costeira, e antes das três horas emergiram, na direção norte, as cúpulas imperiais e fantásticas flechas da cidade de ônix. Rara e curiosa erguia-se aquela arcaica cidade acima de suas muralhas e cais, toda de delicado preto com incrustações de ouro formando volutas, caneluras e arabescos. Suas casas eram altas e pontilhadas de janelas, entalhadas de todos os lados com flores e padrões cujas obscuras simetrias deslumbravam o olhar com uma beleza mais pungente que a luz. Algumas terminavam em cúpulas esféricas que se afunilavam num ponto, outras em pirâmides de topo achatado onde se enfeixavam minaretes exibindo toda sorte de estranheza e imaginação. As muralhas eram baixas e atravessadas por numerosos portões, cada um deles sob um grande e elevado arco encimado pela cabeça de um deus cinzelado com a mesma maestria daquele monstruoso rosto no distante Ngranek. Numa colina do centro da cidade erguia-se uma torre de dezesseis lados, maior do que as demais, sustentando um pontiagudo campanário sobre sua cúpula achatada. Aquele, disseram os marinheiros, era o Templo dos Antigos, governado por um velho sumo sacerdote acabrunhado por íntimos segredos.

Periodicamente, o tanger de um estranho sino retinia sobre a cidade de ônix, sendo respondido, todas as vezes, por um alarido de mística música de clarins, violas e vozes cantantes. De uma fileira de archotes na galeria que rodeava a alta cúpula do templo, eclodiam periódicas labaredas, pois os sacerdotes e habitantes daquela cidade eram versados nos mistérios primitivos e fiéis na obediência aos ritmos dos Grandes tal como foram estabelecidos em pergaminhos mais antigos que os *Manuscritos Pnakóticos*. Quando a embarcação foi deixando para trás o grande quebra-mar de basalto porto adentro e os menores ruídos da cidade foram se tornando audíveis, Carter conseguiu avistar escravos, marinheiros e mercadores nas docas. Os marinheiros e mercadores pertenciam ao povo de estranhas feições divinas, mas os escravos eram um povo atarracado de olhos puxados que, segundo rumores, havia cruzado ou contornado, de algum modo, os picos intransponíveis vindo dos vales além de Leng. As docas largas estendiam-se do lado de fora dos muros da cidade acomodando todo tipo de mercadorias das galeras ali ancoradas, apresentando, em uma extremidade, grandes pilhas de ônix talhado e não talhado à espera de embarque para os distantes mercados de Rinar, Ogrothan e Celephais.

Entardecia quando a escura nau ancorou ao lado de um saliente cais de pedra e todos os marinheiros e negociantes desembarcaram, entrando na cidade pelo portão em arco. As ruas da cidade, algumas largas e retas, outras estreitas e tortuosas, eram pavimentadas de ônix. As casas nas proximidades da água eram mais baixas que as outras, exibindo signos dourados em seus alpendres curiosamente arqueados em honra, ao que se dizia, aos pequenos deuses que favoreciam cada uma delas. O capitão do navio levou Carter a uma velha taverna marinha onde se aglomeravam marinheiros de assombrosas nações prometendo mostrar-lhe, no dia seguinte, as maravilhas da cidade crepuscular e conduzi-lo às tavernas dos mineiros de ônix perto da muralha do norte. Com o cair da noite, pequenas lanternas de bronze foram acesas e os marinheiros da taverna entoaram canções de lugares remotos. Mas, quando o grande sino tangeu em sua alta torre sobre a cidade e o misterioso estrépito de clarins, violas e vozes respondeu, todos interromperam suas canções e relatos curvando-se em silenciosa reverência até desmaiarem os últimos ecos sonoros. Pois há um prodígio e uma estranheza na cidade crepuscular de Inganok e as pessoas procuram não negligenciar seus ritos temendo uma condenação e uma vingança que estariam insuspeitamente próximas, à espreita.

Nas sombras do fundo daquela taverna, Carter enxergou uma forma acocorada que lhe desagradou, pois era, inconfundivelmente, a do velho mercador de olhos puxados que vira, há muito tempo, nas tavernas de Dylath-Leen, e que reputadamente negociava com as horríveis aldeias de pedra de Leng que são evitadas pelas pessoas sãs e cujas fogueiras malignas são vistas de longe, à noite, e comerciava até mesmo com aquele sumo sacerdote que não deve ser descrito, que tem o rosto coberto por uma máscara de seda amarela e vive solitário num pré-histórico monastério de pedra. O homem pareceu exibir um estranho lampejo de reconhecimento quando Carter perguntou aos negociantes de Dylath-Leen sobre a vastidão fria e Kadath e, de algum modo, sua presença na escura e assombrada Inganok, tão próxima das maravilhas do norte, não era tranquilizadora. Ele escapuliu antes de Carter poder lhe falar, e alguns marinheiros contaram depois que ele havia chegado com uma caravana de iaques de algum lugar incerto, trazendo os ovos colossais e aromáticos do propalado pássaro shantak para trocar pelos delicados cálices de jade que muitos comerciantes traziam de Ilarnek.

Na manhã seguinte, o capitão do navio levou Carter pelas ruas de ônix de Inganok, obscurecidas pelo céu crepuscular. Portas marchetadas e fachadas ornamentadas das casas, balcões trabalhados e sacadas ogivais com janelas de cristal, tudo reluzia com um encanto polido e sombrio, abrindo-se, aqui e ali, uma praça com pilares negros, colunatas e estátuas de curiosos seres, humanos e imaginários. Alguns panoramas das ruas longas e retas, ou de vielas laterais e de cúpulas imperiais, flechas e telhados ornamentados eram extraordinários, de uma beleza indizível, e nada era mais esplêndido que o sólido cume do enorme templo central dos Antigos com suas dezesseis faces cinzeladas, sua cúpula achatada e seu imponente campanário destacando-se acima de tudo que o cercava, sempre majestoso, sob qualquer ângulo de visão. E em toda extensão a leste, muito além das muralhas da cidade e de léguas de pastagens, erguem-se as desoladas vertentes cor de chumbo daqueles picos intransponíveis e inalcançáveis em cujo outro lado se dizia ficar Leng.

O capitão levou Carter ao majestoso templo construído, com seu jardim murado, no centro de uma grande praça circular de onde as ruas irradiam como os raios do eixo de uma roda. Os sete portões arqueados do jardim, cada um exibindo um rosto talhado como os portões da cidade, estão sempre abertos e as pessoas perambulam à vontade, reverentemente, pelos passeios ladrilhados e pequenas ruelas ladeadas de grotescos marcos e santuários de deuses modestos. Ali há fontes, lagoas e bacias para refletir o periódico clarão dos archotes do balcão superior, todas de ônix com pequenos peixes luminosos apanhados por mergulhadores em profundos bosques de plantas oceânicas. Quando o intenso tanger do campanário do templo retine sobre o jardim e a cidade e a resposta de clarins, violas e vozes ribomba das sete guaritas ao lado dos portões do jardim, emergem das sete portas do templo longas fileiras de sacerdotes vestidos de preto, mascarados e encapuzados, carregando nos braços estendidos grandes bacias douradas das quais emana um misterioso vapor. E todos os das sete colunas avançam curiosamente, em fila indiana, esticando as pernas sem dobrar os joelhos, pelos passeios que levam às sete guaritas onde desaparecem para não ressurgir. Diz-se que há caminhos subterrâneos interligando as guaritas ao templo e que as extensas filas de sacerdotes retornam por elas; não se deixa de murmurar também que profundos lances de degraus de ônix descem para inenarráveis mistérios. Mas apenas alguns insinuam que os sacerdotes das colunas mascarados e encapuzados não são seres humanos.

Carter não entrou no templo porque apenas o Rei Mascarado tem permissão para fazê-lo, mas antes de deixar o jardim, chegara a hora do sino e ele ouviu o arrepiante tanger lá no alto e a ruidosa lamentação de clarins, violas e vozes saindo das guaritas ao lado dos portões. E pelos sete grandes passeios avançaram, a passo firme, as longas filas de sacerdotes carregando as bacias de forma singular, provocando no visitante um temor que os sacerdotes humanos raramente provocam. Quando o último deles desapareceu, Carter deixou o jardim, observando, ao fazê-lo, uma mancha no piso onde as bacias haviam passado. Mesmo o capitão do navio não gostou daquela mancha, apressando-se na direção da colina onde se eleva o maravilhoso palácio de muitas cúpulas do Rei Mascarado.

Os caminhos para o palácio de ônix são íngremes e estreitos, exceto o amplo caminho curvo pelo qual o rei e os seus companheiros cavalgam iaques ou carros puxados por iaques. Carter e seu guia subiram por uma viela toda escalonada entre paredes marchetadas com estranhos signos gravados em ouro e varandas e sacadas ogivais de onde saíam, ocasionalmente, suaves compassos de música ou sopros de exótica fragrância. Sempre à frente assomavam aquelas titânicas muralhas, poderosos contrafortes e o amontoado de cúpulas imperiais que celebrizavam o palácio do Rei Mascarado. Finalmente passaram sob um grande arco escuro emergindo nos jardins dos prazeres do monarca. Ali Carter estacou embasbacado diante de tanta beleza, pois os terraços de ônix e os passeios debaixo das colunatas, os alegres canteiros e carreiras de delicadas plantas florais crescendo entre douradas treliças, os vasos e tripés de bronze com atraentes baixos-relevos, as estátuas sobre pedestais de mármore negro estriado que quase pareciam respirar, as fontes ladrilhadas em lagoas de fundo basáltico com peixes luminosos, os minúsculos templos de iridescentes pássaros canoros sobre colunas cinzeladas, os maravilhosos arabescos desenhados dos grandes portais de bronze e as trepadeiras florescentes se espalhando por cada polegada das paredes polidas uniam-se todos para formar uma vista cuja beleza ia além da realidade, chegando a ser quase fabulosa mesmo num mundo de sonhos. Ali estava ele, tremeluzindo como um espectro sob aquele crepuscular firmamento cinzento, com a magnificência cinzelada e eriçada de cúpulas do palácio à frente e a fantástica silhueta dos distantes picos intransponíveis à direita. E as avezinhas e fontes cantavam sem parar enquanto o perfume de flores raras se estendia como um véu sobre aquele incrível jardim. Não havia nenhuma outra presença humana por ali e Carter gostou que assim fosse. Depois fizeram a volta e tornaram a descer a viela escalonada de ônix, pois no palácio mesmo visitante algum podia entrar, e não se recomenda olhar por muito tempo e com muita insistência para a grande cúpula central, pois costuma-se dizer que ela abriga o pai ancestral de todos os propalados pássaros shantak, provocando sonhos mórbidos nos curiosos.

Depois disso, o capitão levou Carter ao setor norte da cidade, perto do Portão das Caravanas, onde estão as tavernas dos mercadores de iaques e mineiros de ônix. Ali, numa pousada de teto baixo de mineiros, eles se despediram, pois os negócios esperavam o capitão e Carter estava ansioso para conversar com os mineiros a respeito do norte. A pousada estava apinhada de homens e não demorou para o viajante conversar com alguns deles, dizendo-se um velho mineiro de ônix ansioso em saber mais sobre as pedreiras de Inganok. Mas tudo que conseguiu não foi muito mais do que já sabia, pois os mineiros se mostraram reticentes e evasivos no tocante ao deserto frio ao norte e a pedreira de onde ninguém se aproxima. Temiam os supostos emissários existentes no outro lado das montanhas onde se diz ficar Leng e as presenças malignas e sentinelas inomináveis que ficam bem ao norte, entre as rochas espalhadas. E murmuravam também que os propalados pássaros shantak boa coisa não são, sendo aliás oportuno que ninguém jamais tenha efetivamente avistado algum deles (pois aquele suposto pai dos shantaks, na cúpula do rei, é alimentado no escuro).

No dia seguinte, com o pretexto de dar uma espiada por conta própria nas diversas minas e visitar as fazendas e as curiosas aldeias de ônix espalhadas por Inganok, Carter alugou um iaque e carregou grandes alforjes de couro com provisões para uma expedição. Além do Portão das Caravanas, a estrada estendia-se em linha reta entre campos lavrados com muitas curiosas casas de fazenda encimadas por cúpulas baixas. Em algumas casas, o explorador parava para fazer perguntas, encontrando, em uma delas, um dono tão austero e reticente, e tão cheio de uma natural majestade semelhante à do enorme rosto no Ngranek, que não teve dúvida de ter finalmente encontrado um dos próprios Grandes, ou com pelo menos nove décimos de seu sangue, habitando entre os homens. Para aquele aldeão austero e reticente, cuidou de falar muito bem dos deuses e de louvar todas as graças que sempre lhe concederam.

Naquela noite, Carter acampou numa campina ao lado da estrada, debaixo de um grande pé de lygath ao qual amarrou seu iaque e ao amanhecer retomou sua peregrinação para o norte. Por volta das dez horas, chegou ao vilarejo de cúpulas baixas de Urg, onde os negociantes repousam e os mineiros contam suas histórias, e fez uma pausa em suas tavernas até o meio-dia. É ali que a grande estrada das caravanas vira para oeste, na direção de Selarn, mas Carter prosseguiu para o norte, pela estrada da pedreira.

Prosseguiu durante toda a tarde naquela estrada ascendente que era um pouco mais estreita que a estrada principal e que agora percorria uma região com maior incidência de rochas que de campos cultivados. Ao entardecer, os montes baixos à sua esquerda tinham se erguido em penhascos escuros de porte considerável e assim constatou que estava perto da zona de mineração. Durante todo o percurso, as grandes encostas desoladas das intransponíveis montanhas erguiam-se ao longe à sua direita, e quanto mais avançava, piores eram as histórias que ouvia sobre elas dos raros agricultores, comerciantes e condutores dos pesados carros de ônix que encontrava ao longo do caminho.

Na segunda noite, Carter acampou à sombra de um grande rochedo negro, atando seu iaque a uma estaca fincada no chão. Observou a crescente fosforescência das nuvens neste ponto mais setentrional e mais de uma vez pensou ter visto formas sinistras destacadas contra elas. E, na terceira manhã, chegou à vista da primeira pedreira de ônix, saudando os homens que ali trabalhavam com picaretas e cinzéis. Até o anoitecer, havia cruzado onze pedreiras. A terra ali estava totalmente entregue a rochedos e grandes seixos de ônix, sem nenhuma vegetação, apenas grandes fragmentos rochosos espalhados por um chão de terra negra, com os cinzentos picos intransponíveis erguendo-se, desolados e sinistros, à direita. A terceira noite ele passou num acampamento de mineiros das pedreiras cujas fogueiras bruxuleantes lançavam fabulosos reflexos nos polidos rochedos a oeste. Eles cantavam muitas canções e contavam muitas histórias revelando um conhecimento um tanto estranho dos velhos tempos e dos hábitos dos deuses que Carter não pôde deixar de perceber que conservavam muitas reminiscências latentes de seus antepassados, os Grandes. Perguntaram-lhe sobre seu destino e o aconselharam a não avançar muito na direção norte, mas Carter replicou que estava atrás de novas jazidas de ônix e que não assumiria mais riscos que os normais aos prospectores.

Pela manhã, despediu-se e cavalgou na direção do obscuro norte, onde lhe haviam advertido que encontraria as temidas e não visitadas pedreiras em que mãos mais antigas que as mãos humanas haviam talhado blocos prodigiosos. Mas não gostou quando, ao se virar para acenar um último adeus, pensou ter visto aproximar-se do acampamento aquele dissimulado e evasivo velho mercador de olhos puxados cujo conjeturado comércio com Leng era motivo de rumores na distante Dylath-Leen.

Vencidas mais duas pedreiras, a parte habitada de Inganok pareceu ter chegado ao fim e a estrada se estreitou numa trilha de iaque ascendente e íngreme entre escuras e proibitivas rochas. Sempre à direita se alteavam os desolados e distantes picos e à medida que Carter subia mais e mais naquele reino jamais percorrido, ia percebendo que a escuridão e o frio aumentavam. Logo pôde perceber que não havia marcas de pés nem de cascos na trilha escura, e que havia realmente penetrado nas estranhas e desérticas trilhas de tempos ancestrais. De vez em vez, um corvo grasnava lá no alto e, ocasionalmente, um ruflar de asas por trás de algum vasto rochedo o levava a pensar apreensivamente no propalado pássaro shantak. Durante a maior parte do tempo, porém, estava só com sua peluda montaria, inquietando-se só de observar que o excelente iaque relutava cada vez mais em avançar, resfolegando assustado ao menor ruído ao longo do percurso.

A trilha agora se estreitara entre paredões sombrios e reluzentes, tornando-se ainda mais íngreme. O caminho era difícil e o iaque escorregava frequentemente nos inúmeros fragmentos de pedra espalhados pelo local. Depois de duas horas, Carter viu à sua frente uma crista bem definida além da qual não havia nada exceto o monótono céu cor de chumbo e animou-se com a perspectiva de um caminho plano ou descendente. Alcançar a crista, porém, não era fácil, pois a trilha havia ficado quase perpendicular e era perigosa, com escuros seixos soltos também e pequenas pedras. Carter teve que desmontar e arrastar o relutante iaque, puxando com muita força quando o animal empacava ou tropeçava, equilibrando-se o melhor que podia. Finalmente chegou ao topo e pôde enxergar longe, soltando um suspiro de espanto diante do panorama que se descortinava.

A trilha de fato prosseguia reta num leve declive acompanhando os mesmos paredões naturais, como antes, mas à esquerda abria-se um espaço monstruoso, com muitos acres de extensão, onde algum antigo poder havia cortado e talhado as rochas nativas de ônix na forma de uma gigantesca pedreira. Estendendo-se ao longe, no sólido precipício, aquela ciclópica pedreira mergulhava profundamente nas entranhas da terra com cavernas de bocas escancaradas em seu ponto mais baixo. Não era uma pedreira de homens e em suas laterais côncavas foram escavados grandes quadrados com muitos metros de largura, que mostravam o tamanho dos blocos que algum dia haviam sido recortados por desconhecidas mãos e cinzéis. Bem no alto de sua borda recortada, enormes corvos adejavam grasnando e vagos chiados nas profundezas ocultas revelavam morcegos, ou urhags, ou presenças menos nomeáveis habitando a infindável escuridão. Carter parou na trilha estreita, mergulhada no crepúsculo, com o caminho pedregoso descendente à sua frente, altos rochedos de ônix à direita, que chegavam até onde sua vista podia alcançar, e altos penhascos recortados à esquerda formando aquela terrível e sobrenatural pedreira.

De repente, o iaque soltou um grito e escapou de seu controle, saltando para a frente e disparando em pânico até desaparecer pela encosta estreita ao norte. As pedras chutadas por seus cascos velozes caíam pela borda da pedreira e se perdiam na escuridão sem produzir nenhum som de quando se atinge o fundo, mas Carter ignorou os perigos daquela apertada trilha, correndo esbaforido atrás da montaria fugitiva. Pouco mais à frente, os rochedos à esquerda retomaram seu curso, transformando o caminho novamente numa trilha estreita e o viajante seguiu correndo atrás do iaque cujas pegadas espaçadas indicavam o desespero de sua fuga.

Em certo momento, pensou ter ouvido as batidas dos cascos da assustada besta e redobrou sua velocidade a este estímulo. Tendo percorrido uma longa distância, Carter foi percebendo que a trilha ia se alargando pouco a pouco à sua frente, até constatar que logo emergiria na vastidão fria e apavorante ao norte. Os áridos flancos cinzentos dos distantes picos intransponíveis eram novamente visíveis acima dos rochedos à direita, e à sua frente estavam as rochas e seixos de um espaço aberto que era claramente uma antessala da sombria e ilimitada planície. Uma vez mais as batidas de cascos soaram em seus ouvidos, mais nítidas do que antes, mas dessa vez provocando terror em vez de estímulo, porque percebeu que não eram as batidas assustadas dos cascos de seu iaque fugitivo. As batidas eram implacáveis e resolutas, e estavam atrás dele.

A perseguição de Carter ao iaque transformou-se agora na fuga de alguma coisa invisível, pois, embora não ousasse olhar por sobre seus ombros, sentia que o espectro que o seguia não poderia ser nada bom ou mencionável. Seu iaque devia tê-lo ouvido ou sentido primeiro e ele procurava não se perguntar se aquela presença o havia seguido desde os abrigos dos homens ou se saíra daquele negro poço da pedreira. Entrementes, os rochedos haviam ficado para trás de modo que a aproximação da noite desceu sobre uma grande vastidão de areia e rochas espectrais onde todos os caminhos se confundiam. Carter não conseguia enxergar as pegadas do iaque, mas, atrás dele, continuava aquele incansável e detestável trote, misturado, de vez em quando, com o que imaginava ser um ruflar titânico de asas e chiados. Era-lhe dolorosamente evidente que estava perdendo terreno; e sabia que estava irremediavelmente perdido neste deserto maldito e arruinado de rochas indiferentes e areias pouco exploradas. Somente aqueles remotos e intransponíveis picos à direita lhe davam algum senso de direção, mas mesmo eles iam ficando menos nítidos à medida que o crepúsculo cinzento avançava e a doentia fosforescência das nuvens se instaurava.

Carter vislumbrou, então, à sua frente, difusa e enevoada na direção do norte obscuro, uma coisa terrível. Por alguns instantes pensou se tratar de uma cordilheira escura, mas agora via que era outra coisa. A fosforescência das nuvens revelava com nitidez as silhuetas de partes dela contra os vapores que brilhavam por trás. A que distância estaria, ele não saberia dizer, mas devia estar muito longe. Estava a milhares de pés de altura, estendendo-se num grande arco côncavo desde os intransponíveis picos cinzentos até distâncias incalculáveis a oeste, e algum dia havia efetivamente sido uma cadeia de imponentes montanhas de ônix. Mas, agora, aquelas montanhas não eram mais montanhas porque alguma mão maior do que a do homem as tocara. Silenciosas, se acocoravam ali, no topo do mundo, como lobos ou sarcófagos, coroadas de nuvens e brumas, guardando para sempre os segredos do norte. Num grande semicírculo elas pairavam, aquelas montanhas todas semelhantes a cães, esculpidas como monstruosas estátuas vigilantes com a mão direita erguida ameaçadoramente contra a humanidade.

Foi apenas a bruxuleante luminosidade das nuvens que fez suas mitradas cabeças duplas parecerem se mover, mas enquanto cambaleava, Carter viu surgir de seus cumes sombrios, formas enormes cujos movimentos não eram ilusão. Aladas e chiando, aquelas formas foram crescendo mais e mais e o viajante soube que sua cambaleante corrida chegava ao fim. Não eram pássaros ou morcegos conhecidos na terra ou no mundo onírico, pois eram maiores que elefantes, com cabeças como de um cavalo. Carter sabia que deviam ser os pássaros shantak de maus presságios, e não cismou mais que guardiões malignos e inomináveis sentinelas fizessem os homens evitarem o pedregoso deserto boreal. Quando parou resignado, ousou enfim olhar para trás, onde de fato vinha trotando o atarracado comerciante de olhos puxados de infortunada lenda, sorrindo, montado num iaque magro e liderando uma maligna horda de furtivos shantaks cujas asas ainda escorriam a geada e o salitre dos poços profundos.

Embora cercado pelos fabulosos pesadelos hipocéfalos alados que se espremiam ao seu redor em grandes círculos profanos, Randolph Carter não perdeu a consciência. Imponentes e horríveis, as gigantescas gárgulas se ergueram sobre ele enquanto o mercador de olhos puxados saltava de seu iaque, parando, sorridente, diante do cativo. Logo depois o homem empurrou Carter para que montasse num dos repugnantes shantaks, ajudando-o a montar, pois sua razão se digladiava com a repugnância. Era difícil subir naquela coisa porque o pássaro shantak era coberto de escamas, em vez de penas, que eram muito escorregadias. Uma vez montado, o homem de olhos puxados saltou para sua garupa, deixando o magro iaque ser conduzido para o norte, para o anel de montanhas esculpidas, por um dos incríveis pássaros colossais.

Seguiu-se um medonho e interminável rodopio para cima e a leste, no gélido espaço, em direção aos desolados flancos cinzentos daquelas intransponíveis montanhas além das quais se diz ficar Leng. Eles voaram muito alto, acima das nuvens, até finalmente terem abaixo de si aqueles fabulosos cumes que os habitantes de Inganok jamais haviam visto, envoltos perpetuamente em altos turbilhões de cintilante névoa. Carter viu-os nitidamente quando os sobrevoaram, enxergando cavernas estranhas sobre seus cumes mais altos que recordavam o Ngranek, mas não interrogou seus captores sobre esses assuntos ao perceber que tanto o homem quanto o shantak de cabeça de cavalo pareciam curiosamente temê-los, apressando-se nervosamente e revelando grande tensão até se distanciarem bastante.

O shantak voava agora em menor altitude, revelando, por baixo do dossel de nuvens, uma cinzenta planície estéril onde pálidas fogueiras brilhavam a distância. À medida que desciam, foram aparecendo, com intervalos, solitárias cabanas de granito e lúgubres aldeias de pedra em cujas minúsculas janelas brilhavam luzes pálidas. E daqueles abrigos e aldeias saíam um arrepiante zumbido de flautas e um nauseante chocalhar de cascavéis, provando, instantaneamente, que o povo de Inganok estava certo em seus rumores geográficos. Pois alguns viajantes já ouviram antes esses sons e sabem que eles só emergem daquele frio planalto desértico evitado pelas pessoas sãs, aquele lugar assombrado de malignidade e mistério que é Leng.

Ao redor das pálidas fogueiras, formas escuras dançavam e Carter ficou curioso sobre os tipos de seres que ali poderiam estar, pois nenhuma pessoa sã jamais estivera em Leng e o lugar é conhecido apenas por suas fogueiras e cabanas de pedra vistas a grande distância. Lenta e desengonçadamente as formas saltitavam com contorções e curvaturas nada agradáveis de se ver, e Carter não se espantou com a monstruosa maldade a elas imputada por vagas lendas, nem com o pavor que todo o mundo onírico manifesta por seu abominável planalto gelado. À medida que o shantak voava mais baixo, a repulsividade dos dançarinos tingiu-se de uma infernal familiaridade e o prisioneiro continuou olhando-os fixamente, forçando a memória à procura de pistas sobre onde teria visto anteriormente aquelas criaturas.

Elas saltavam como se tivessem cascos em vez de pés e pareciam usar uma espécie de peruca ou capacete com pequenos chifres. Outras roupas não usavam, mas a maioria era bastante peluda. Possuíam diminuta cauda traseira e, quando olharam para cima, pôde notar a exagerada largura de sua boca. Foi então que percebeu o que eram e que não usavam perucas nem capacetes. Pois a gente misteriosa de Leng era da mesma espécie que os inquietantes mercadores das negras galeras que negociavam rubis em Dylath-Leen, aqueles mercadores não muito humanos escravizados pelas monstruosas coisas da Lua! Era, de fato, a mesma gente escura que havia dopado e sequestrado Carter para sua nauseante galé há tanto tempo, e cuja parentela ele vira ser levada, aos magotes, pelos emporcalhados cais daquela maldita cidade lunar, os mais magros mourejando, os mais gordos carregados dentro de engradados para outras necessidades de seus amos poliposos e amorfos. Agora sabia de onde vinham aquelas ambiciosas criaturas e estremeceu com o pensamento de que Leng devia ser conhecida por essas abominações informes da Lua.

Mas o shantak prosseguiu em seu voo deixando para trás as fogueiras, os abrigos de pedra e os dançarinos menos que humanos, alçando-se acima das colinas estéreis de granito cinzento e das soturnas vastidões de rocha e gelo e neve. Veio o dia, e a fosforescência das nuvens baixas deu lugar ao nebuloso crepúsculo daquele mundo boreal enquanto o abominável pássaro voava resolutamente em meio ao frio e ao silêncio. De vez em quando, o homem de olhos puxados falava com sua montaria numa linguagem abominável e gutural e o shantak respondia com sons estridentes parecidos com o rascar de vidro moído. Enquanto isso, o terreno ia se elevando e eles finalmente chegaram a um tabuleiro varrido pelo vento que parecia o próprio teto de um mundo ruinoso e desabitado. Ali, solitário em meio ao silêncio, ao crepúsculo e ao frio, erguia-se em pedras toscas um edifício achatado, sem janelas, em torno do qual se ordenava um círculo de monólitos brutos. O arranjo todo não tinha nada de humano, e Carter conjecturou, com base em antigas histórias, que efetivamente havia chegado ao mais terrível e lendário de todos os lugares, o remoto e pré-histórico monastério onde habita, solitário, o sumo sacerdote que não deve ser descrito e que usa uma máscara de seda amarela sobre o rosto e ora aos Outros Deuses e ao seu rastejante caos Nyarlathotep.

O asqueroso pássaro pousou, o homem de olhos puxados apeou e ajudou seu cativo a descer. Sobre o propósito de sua captura, Carter agora estava muito certo, pois evidentemente o mercador de olhos puxados era um agente das potências mais obscuras, ansioso para arrastar até seus amos um mortal com a presunção de encontrar a desconhecida Kadath e dizer uma prece diante dos Grandes em seu castelo de ônix. Era muito provável que esse mercador tivesse sido a causa de sua captura anterior pelos escravos das coisas da Lua em Dylath-Leen e que agora pretendia fazer o que os gatos salvadores haviam frustrado: levar a vítima a algum terrível encontro com o monstruoso Nyarlathotep contando-lhe o atrevimento com que a busca da desconhecida Kadath fora tentada. Leng e a vastidão fria ao norte de Inganok deviam estar perto dos Outros Deuses e ali as passagens para Kadath estão bem guardadas.

O homem de olhos puxados era pequeno, mas o grande pássaro com cabeça de cavalo estava ali para cuidar que ele fosse obedecido, por isso Carter seguiu para onde era conduzido, cruzando o círculo de rochas eretas e a baixa passagem arqueada para aquele monastério de pedra sem janelas. Não havia luzes no interior, mas o maligno comerciante acendeu uma pequena lâmpada de argila com ornamentos mórbidos em baixo-relevo, empurrando o prisioneiro por labirintos de estreitos corredores sinuosos. Nas paredes dos corredores estavam impressas cenas assustadoras, mais antigas que a História, num estilo desconhecido dos arqueólogos terrestres. Depois de incontáveis eras, seus pigmentos ainda brilhavam, porque o frio e a aridez da horrenda Leng conservavam muitas coisas primitivas. Carter as viu bruxuleando sob os raios daquela pálida luz em movimento, estremecendo com a história que contavam.

Através daqueles afrescos arcaicos desfilavam os anais de Leng e os quase-humanos chifrudos, cascudos e de bocas largas dançavam selvagemente em cidades esquecidas. Havia cenas de antigas guerras, onde os quase-humanos de Leng combatiam com as estufadas aranhas púrpuras dos vales vizinhos e também havia cenas da chegada das negras galeras da Lua e da submissão do povo de Leng às blasfêmias amorfas e poliposas que saltavam, se enleavam e se contorciam saindo delas. Eles adoravam como a deuses aquelas escorregadias blasfêmias branco-acinzentadas e também não se lamentavam quando levas de seus melhores e mais robustos machos eram levados em negras galés. As monstruosas bestas da Lua tinham seu acampamento numa ilha de picos entrecortados no mar e Carter pôde verificar, pelo afresco, que essa não era outra senão aquela solitária rocha sem nome que ele vira ao navegar para Inganok, aquele amaldiçoado recife cinzento que os marinheiros de Inganok evitam e de onde reverberam odiosos uivos durante toda a noite.

E nesses afrescos era mostrado o grande porto marítimo e capital dos quase-humanos, imponente e sustentado por pilares entre os penhascos e os cais de basalto, magnífico com altos templos e locais ornamentados. Grandes jardins e ruas guarnecidas de colunas levavam, dos penhascos e de cada um dos seis portões coroados de esfinges, a uma vasta praça central, e nessa praça havia um par de colossais leões alados guardando o topo de uma escadaria subterrânea. Esses enormes leões alados apareciam em vários lugares, com seus poderosos flancos de diorito cintilando sob o crepúsculo cinzento durante o dia e a fosforescência nublada da noite. Enquanto Carter cambaleava percorrendo suas frequentes e repetidas figuras, foi tomando consciência, finalmente, do que elas verdadeiramente eram e que cidade era aquela que os quase-humanos haviam governado numa época muito remota antes da chegada das negras galeras. Não poderia haver erro pois as lendas do mundo onírico são generosas e abundantes. Inquestionavelmente, aquela primitiva cidade era nada menos que Sarkomand, cujas ruínas haviam descorado um milhão de anos antes de o primeiro ser humano verdadeiro ver a luz e cujos titânicos leões gêmeos guardam eternamente os degraus que levam da terra dos sonhos ao Grande Abismo.

Outras cenas mostravam os desolados picos intransponíveis separando Leng de Inganok e os monstruosos pássaros shantak que constroem ninhos a meia altura nas saliências dos rochedos. E mostravam igualmente as curiosas cavernas perto dos cumes mais altos e como até mesmo o mais destemido dos shantaks foge gritando para longe delas. Carter havia visto essas cavernas quando as sobrevoara e observara sua semelhança com as cavernas do Ngranek. Mas sabia que essa semelhança era mais que hipotética, pois nessas ilustrações eram mostrados seus temíveis habitantes, e aquelas asas de morcego, chifres curvos, caudas espinhosas, patas agarradoras e corpos borrachosos não lhe eram estranhos. Já havia encontrado aquelas silenciosas, esvoaçantes e preênseis criaturas antes, aqueles implacáveis guardiões do Grande Abismo a quem até mesmo os Grandes temem e que têm não Nyarlathotep e sim o venerável Nodens como seu Senhor: eram os temidos esquálidos noturnos que nunca riem ou sorriem porque não têm rostos, e se agitam incansavelmente na escuridão entre o Vale de Pnath e as passagens para o mundo exterior.

O mercador de olhos puxados agora empurrara Carter para um grande espaço abobadado cujas paredes estavam ornadas com pavorosos baixos-relevos, e cujo centro era ocupado por um poço circular escancarado rodeado por um anel de altares de pedra malignamente maculados. Não havia iluminação nessa vasta cripta malcheirosa e a pequena lâmpada do sinistro mercador brilhava tão fracamente que só aos poucos era possível captar detalhes. No canto mais afastado havia uma elevada plataforma de pedra galgada por cinco degraus, sobre a qual se via, sentado num trono dourado, uma figura maciça com traje de seda amarela decorada em vermelho, com o rosto coberto por uma máscara de seda amarela. O mercador de olhos puxados fez alguns sinais com as mãos para a criatura que espreitava do escuro, que lhe replicou elevando uma repugnante flauta cinzelada de marfim com as patas cobertas de seda e soprando certos sons nauseantes por baixo da esvoaçante máscara amarela. Este colóquio prosseguiu durante algum tempo, e Carter percebeu algo doentiamente familiar no som daquela flauta e no odor do malcheiroso lugar. Aquilo o fez recordar de uma apavorante cidade iluminada de vermelho e da revoltante procissão que alguma vez a percorrera; disso e de uma terrível subida pelo campo lunar além dela, antes do ataque salvador dos amistosos gatos terrestres. Sabia que a criatura sobre a plataforma era, certamente, o sumo sacerdote que não deve ser descrito, do qual a lenda sussurra possibilidades tão diabólicas e anormais, mas relutava em pensar exatamente o que esse abominável sumo sacerdote poderia ser.

Foi então que a seda ornamentada escorregou um pouquinho por uma daquelas patas branco-acinzentadas e Carter descobriu quem era o repugnante sumo sacerdote. E, naquele terrível instante, um pavor absoluto levou-o a fazer algo que sua razão jamais ousaria tentar, pois em sua abalada consciência só havia espaço para um frenético desejo de escapar da coisa arranchada naquele trono dourado. Sabia que exasperantes labirintos de pedra se interpunham entre ele e o gélido planalto exterior e que, mesmo naquele planalto, o pérfido shantak ainda aguardava, mas a despeito disso tudo sua mente trabalhava apenas com a necessidade momentânea de fugir daquela serpeante monstruosidade de amarelo.

O homem de olhos puxados havia pousado a curiosa lâmpada sobre um dos elevados altares de pedra perversamente manchados, ao lado do poço, e adiantara-se um pouco para falar, gesticulando, com o sumo sacerdote. Carter, até então inteiramente submisso, reuniu toda a selvageria que o medo lhe incutia e deu um terrível empurrão no homem, derrubando a vítima naquele poço escancarado que os rumores dizem chegar às infernais Galerias de Zin onde os gugs caçam ghasts na escuridão. Sem perder um segundo, agarrou a lamparina do altar e disparou como uma flecha pelo labirinto dos afrescos correndo pra lá e pra cá, ao acaso, tentando não pensar no furtivo espadanar de informes patas nas pedras à sua retaguarda ou no silencioso colear e rastejar que deviam estar acontecendo lá atrás, nos tétricos corredores.

Instantes depois ele lamentou sua impensada precipitação e gostaria de ter tentado seguir de trás para a frente os afrescos que havia observado no caminho de ida. Na verdade, eles eram tão confusos e duplicados que não lhe poderiam ser de grande ajuda, mas desejou, mesmo assim, ter feito a tentativa. Os que via agora eram ainda mais horríveis, e sabia que não estava nos corredores que levavam para fora. Com o passar do tempo, Carter foi se certificando de que já não estava sendo seguido e afrouxou um pouco o passo. Mal recuperara o fôlego um tanto aliviado, porém, um novo perigo o acossou. Sua lamparina estava se apagando e em breve estaria imerso num breu, sem meios de enxergar ou se orientar.

Quando a luz se extinguiu completamente, andou tateando, lentamente, no escuro, orando aos Grandes pela ajuda que pudessem dar. Às vezes, sentia o chão de pedra ascender ou descer, e em certo momento tropeçou num degrau que parecia não ter razão de existir. Quanto mais avançava, mais parecia aumentar a umidade, e quando conseguia sentir uma junção ou a entrada de uma passagem lateral, escolhia sempre o caminho de menor declive. Acreditava, porém, que seu percurso geral estava sendo para baixo e tanto o cheiro que era semelhante ao da abóbada, como as incrustações nas paredes gordurosas e no piso, indicavam-lhe que estava penetrando nas profundezas do pérfido planalto de Leng. Mas não houve nenhum indício daquilo que finalmente sobreveio, somente a própria coisa com seu terror, choque e sufocante caos. Num momento ele tateava lentamente o chão escorregadio de um trecho quase plano, e no seguinte caía vertiginosamente pela escuridão de uma cova que devia ser quase vertical.

Da extensão daquela pavorosa descida ele jamais poderia ter certeza, mas pareceu-lhe durar horas de delirante náusea e extático frenesi. Percebeu, enfim, que estava parado com as nuvens fosforescentes de uma noite boreal brilhando doentiamente sobre sua cabeça. Ao redor, espalhavam-se paredes em ruína e colunas partidas, e a calçada sobre a qual jazia era perfurada por tufos esparsos de capim e arrebentada por arbustos e raízes. À sua retaguarda, um penhasco de basalto perpendicular se alteava a perder de vista; seu paredão era escuro cinzelado, com formas repelentes e perfurado por uma entrada em arco entalhada, que conduzia às trevas interiores de onde saíra. À sua frente estendiam-se fileiras duplas de pilares, fragmentos e pedestais de pilares, indicando uma rua ampla e antiga; e os vasos e bacias ao longo do percurso lhe diziam que aquela havia sido uma grande rua ajardinada. Ao longe, em sua extremidade, as linhas de pilares se abriam formando uma vasta praça circular em cujo círculo aberto emergia, sob as fantasmais nuvens noturnas, um gigantesco par de coisas monstruosas. Entremeados por escuridão e sombra, ali estavam dois enormes leões alados de diorito. Suas cabeças grotescas e intactas erguiam-se a vinte pés de altura rosnando zombeteiramente sobre as ruínas que as cercavam. E Carter sabia perfeitamente o que deviam ser, pois a lenda só se refere a uma dupla desse tipo. Eram os perpétuos guardiões do Grande Abismo, e aquelas ruínas escuras eram, na verdade, a primordial Sarkomand.

A primeira providência de Carter foi fechar e barricar a passagem arqueada no rochedo com blocos e indefiníveis entulhos que jaziam pelos arredores. Não desejava ter atrás de si nenhum perseguidor do odioso monastério de Leng, porque no caminho a seguir certamente haveria perigos de sobra. Sobre como ir de Sarkomand às partes habitadas do mundo onírico, não tinha a menor ideia; nem poderia ganhar muito descendo para as grutas dos sarcófagos, pois sabia que não estavam mais bem informados do que ele. Os três sarcófagos que o tinham ajudado a cruzar a cidade dos gugs para alcançar o mundo exterior não sabiam como chegar a Sarkomand em sua jornada de volta, e pretendiam perguntar a antigos comerciantes em Dylath-Leen. Não lhe agradava a ideia de retornar ao mundo subterrâneo dos gugs arriscando-se, mais uma vez, naquela infernal torre de Koth com seus degraus ciclópicos conduzindo para o bosque encantado, embora sentisse que poderia ser obrigado a tentar esse caminho se tudo o mais falhasse. Carter não ousava prosseguir, sem ajuda, pelo planalto de Leng que se estende além do solitário monastério, pois os emissários do sumo sacerdote poderiam ser muitos e no final da jornada certamente estariam os shantaks e, talvez, outras coisas mais para enfrentar. Se pudesse obter um barco, poderia navegar de volta a Inganok cruzando a odiosa rocha recortada no mar, pois os afrescos primitivos daquele aterrorizante lugar não ficam longe dos cais de basalto de Sarkomand. Mas encontrar um barco nessa cidade há tanto tempo abandonada não era provável, e não lhe pareceu possível que pudesse construir um.

Tais eram os pensamentos de Randolph Carter quando uma nova impressão começou a martelar sua mente. Durante todo esse tempo, tivera estendida à sua frente a grande vastidão arruinada da fabulosa Sarkomand com seus negros pilares quebrados e derruídos portões encimados por esfinges e pedras titânicas e monstruosos leões alados se destacando sob a doentia cintilação daquelas luminosas nuvens noturnas. Agora, porém, avistou à sua direita, a grande distância, um brilho que nuvem nenhuma poderia produzir, e percebeu que não estava sozinho na placidez daquela cidade morta. O brilho aumentava e diminuía espasmodicamente, piscando com um matiz esverdeado que inquietou o observador. E quando se esgueirou mais para perto, descendo pela rua atravancada e passando por vãos estreitos entre paredes desmoronadas, percebeu que se tratava de uma fogueira, perto do cais, com muitas formas imprecisas aglomeradas soturnamente ao seu redor. Um odor letal pairava pesadamente sobre tudo. Além, via-se as ondulações oleosas da água do porto com um grande navio ancorado e Carter parou, transido de terror, quando percebeu que o navio era efetivamente uma das pavorosas galeras negras da Lua.

Então, quando estava a ponto de se afastar daquelas detestáveis chamas, percebeu uma agitação entre as vagas formas escuras e ouviu um som peculiar e inamistoso. Era o apavorante *mipar* de um sarcófago que em poucos segundos se ampliou configurando um verdadeiro coro de angústia. Protegido que estava à sombra de monstruosas ruínas, Carter deixou que a curiosidade sobrepujasse seu medo, arrastando-se para a frente em vez de retroceder. Ao cruzar uma rua desobstruída, teve que rastejar como um verme sobre o ventre, e num outro ponto precisou ficar de pé para não produzir ruído nos montículos de mármore caído. Mas sempre conseguiu ocultar sua presença, e um pouco depois descobriu um lugar atrás de um titânico pilar de onde podia observar toda a cena esverdeada. Ali, rodeando um odioso fogo alimentado pelos detestáveis caules de fungos lunares, acocorava-se um malcheiroso círculo de bestas-sapo lunares e seus escravos quase-humanos. Alguns escravos aqueciam curiosos chuços de ferro nas labaredas do fogo, e às vezes encostavam as quentes pontas brancas em três prisioneiros firmemente amarrados, prostrados, desfigurados diante dos líderes do grupo. Pelos movimentos de seus tentáculos, Carter pôde perceber que as bestas-lunares de focinhos chatos estavam se divertindo enormemente com o espetáculo e foi imenso seu horror quando subitamente reconheceu o frenético *mipar* e percebeu que os sarcófagos torturados eram nada menos que o fiel trio que o havia guiado com segurança para fora do abismo e saíra depois do bosque encantado para encontrar Sarkomand e o portal para suas profundezas nativas.

O número de malcheirosas bestas-lunares ao redor daquele fogo esverdeado era muito grande e Carter percebeu que não havia nada que pudesse fazer para salvar seus antigos aliados. Não conseguia imaginar como os sarcófagos teriam sido capturados, mas supôs que as cinzentas blasfêmias com jeito de sapo os teriam ouvido perguntar sobre o caminho para Sarkomand, em Dylath--Leen, e não quiseram que se aproximassem demais do odioso planalto de Leng e do sumo sacerdote que não deve ser descrito. Carter ponderou durante um instante sobre o que fazer e lembrou que devia estar muito perto do portal para o tenebroso reino dos sarcófagos. O mais inteligente, certamente, seria arrastar-se até o lado leste da praça dos leões gêmeos e descer diretamente para o abismo, onde seguramente não encontraria horrores piores do que aqueles acima, e onde poderia facilmente encontrar sarcófagos dispostos a salvar seus irmãos e, talvez, destruir as bestas-lunares da escura galera. Ocorreu-lhe que o portal, como outras passagens para o abismo, poderia estar guardado por grupos de esquálidos, mas já não temia essas criaturas sem forma. Aprendera que elas estão comprometidas, por tratados solenes, com os sarcófagos, e o sarcófago que era Pickman lhe ensinara a *gliberar* uma senha que eles entendiam.

Carter pôs-se a rastejar, então, silenciosamente através das ruínas, esgueirando-se lentamente até a grande praça central e os leões alados. A operação era delicada, mas as bestas-lunares estavam muito ocupadas com a sua diversão e não ouviram os leves ruídos que ele acidentalmente produziu, por duas vezes, nas pedras espalhadas. Finalmente alcançou o espaço aberto, enveredando por entre as árvores e trepadeiras atrofiadas que ali cresciam. Os gigantescos leões alteavam-se terríveis sob o brilho doentio das fosforescentes nuvens noturnas, mas ele persistiu valentemente em sua direção, esgueirando-se diretamente para a sua frente, sabendo que aquele era o lado onde encontraria a entrada para as poderosas trevas que eles guardam. A dez pés de distância, acocoravam-se as bestas de diorito com suas expressões zombeteiras, pousadas sobre ciclópicos pedestais cujos lados eram cinzelados com baixos-relevos apavorantes. Entre eles havia um pátio ladrilhado com um espaço central que um dia fora cercado por balaustradas de ônix. No centro desse espaço abria-se um poço escuro, e Carter logo percebeu que efetivamente havia alcançado o abismo escancarado cujos degraus de pedra encrostados e mofados levavam às criptas do pesadelo.

Terrível é a lembrança daquela tenebrosa descida em que as horas passavam enquanto Carter girava e girava descendo, às cegas, por aquela interminável, íngreme e escorregadia escada espiral. Os degraus eram tão gastos e estreitos, e tão engordurados pelo gotejar dos subterrâneos da terra, que o viajante jamais saberia exatamente quando esperar uma queda vertiginosa e um impacto no fundo do poço; e igualmente não saberia quando e como os esquálidos guardiões cairiam repentinamente sobre ele, se realmente houvesse algum deles de vigia nessa primitiva passagem. Ao seu redor, persistia apenas o odor sufocante de abismos profundos e ele sentiu que o ar dessas asfixiantes profundezas não era próprio para a humanidade. Com o tempo, Carter foi ficando muito entorpecido e sonolento, movendo-se mais por automatismo do que pela vontade racional; e também não percebeu nenhuma mudança quando parou completamente de se mover porque alguma coisa o segurou por trás. Estava voando muito rapidamente pelo ar quando um maldoso cutucão o avisou que os borrachosos esquálidos estavam cumprindo seu dever.

Desperto para o fato de estar nas garras frias e úmidas daqueles voadores sem forma, Carter lembrou-se da senha dos sarcófagos e a *gliberou* o mais alto que pôde, em meio ao vento e ao caos do voo. Por mais displicentes que os esquálidos possam ser, o efeito foi instantâneo, pois os cutucões cessaram imediatamente e as criaturas se apressaram em deixar o cativo numa posição mais confortável. Encorajado, Carter aventurou algumas explicações contando sobre a captura e a tortura de três sarcófagos pelas bestas-lunares e falando da necessidade de formar um grupo para resgatá-los. Os esquálidos, incapazes que eram de articular sons, pareceram entender mostrando maior pressa e determinação em seu voo. Repentinamente, a densa escuridão cedeu lugar ao crepúsculo cinzento da terra interior e abriu-se diante deles uma daquelas planícies estéreis onde os sarcófagos adoram ficar acocorados rosnando. Túmulos e fragmentos ósseos espalhados eram indícios dos habitantes daquele lugar e quando Carter produziu um alto *mip* de convocação urgente, um bando de moradores couraçados saíram de suas tocas como cães. Os esquálidos agora voavam baixo e depuseram o passageiro sobre seus pés, afastando-se um pouco para formar um apertado semicírculo no solo, enquanto os sarcófagos saudavam o recém-chegado.

Carter *gliberou* rápida e explicitamente sua mensagem para a grotesca companhia, e quatro criaturas partiram imediatamente, por diferentes tocas, para espalhar as novas e reunir as tropas disponíveis para o resgate. Depois de prolongada espera, apareceu um sarcófago mais influente fazendo sinais significativos aos esquálidos, e dois deles saíram voando para a escuridão. Depois disso, novas levas de esquálidos foram se juntando aos que estavam apinhados na planície até o terreno lodoso ficar inteiramente escurecido, tomado por eles. Nesse ínterim, novos sarcófagos rastejavam para fora das tocas, um a um, *gliberando* excitadamente e formando uma grosseira linha de ataque perto do amontoado de esquálidos. Finalmente apareceu aquele sarcófago altivo e influente que havia sido o artista Richard Pickman, de Boston, e para ele, Carter *gliberou* um informe completo do que havia ocorrido. O antigo Pickman, contente de reencontrar seu velho amigo, pareceu muito impressionado e conferenciou com outros chefes a alguma distância da crescente multidão.

Finalmente, depois de inspecionar cuidadosamente as fileiras, os chefes reunidos *miparam* em uníssono e começaram a *gliberar* ordens para as multidões de sarcófagos e esquálidos. Um grande destacamento de voadores chifrudos desapareceu imediatamente, enquanto o resto se juntou em duplas ajoelhadas, com os membros dianteiros estendidos, esperando a aproximação dos sarcófagos. Quando um sarcófago se aproximava do par de esquálidos que lhe cabia, era içado e carregado para a escuridão, até toda aquela multidão desaparecer, exceto Carter, Pickman, os outros chefes e alguns pares de esquálidos. Pickman explicou que os esquálidos são a guarda avançada e as montarias de batalha dos sarcófagos e que o exército estava se dirigindo a Sarkomand para lidar com as bestas-lunares. Carter e os chefes dos sarcófagos aproximaram-se então das montarias que aguardavam e foram erguidos pelas patas úmidas e escorregadias. Um momento depois, todos rodopiavam no vento e na escuridão; subindo, subindo, sempre subindo, até o portal dos leões alados e as ruínas espectrais da primitiva Sarkomand.

Quando, depois de um grande lapso de tempo, Carter avistou novamente a mórbida luz do céu noturno de Sarkomand, foi para ver a grande praça central fervilhando com o exército de sarcófagos e esquálidos. O dia, ele pensava, devia estar raiando, mas o exército era tão poderoso que não seria necessário surpreender o inimigo. O clarão esverdeado perto do cais ainda brilhava fracamente, embora a ausência do *mipar* angustiado dos sarcófagos indicasse que a tortura dos prisioneiros havia sido temporariamente interrompida. *Gliberando* suavemente direções para suas montarias e para o grupo de esquálidos sem cavaleiro à frente, os sarcófagos se elevaram em amplas colunas esvoaçantes, voando sobre as tétricas ruínas na direção da chama maligna. Carter estava agora ao lado de Pickman, na linha de frente dos sarcófagos, e viu, quando se aproximaram do nauseante acampamento, que as bestas-lunares estavam totalmente desprevenidas. Os três prisioneiros jaziam amarrados e inertes ao lado da fogueira enquanto seus batráquios captores cabeceavam sonolentos e desordenados ao redor. Os escravos quase-humanos tinham pegado no sono e mesmo as sentinelas faltavam a um dever que, neste reino, devia lhes parecer meramente perfunctório.

A arremetida final dos esquálidos e sarcófagos montados foi abrupta e cada acinzentada blasfêmia-sapo e cada escravo quase-humano era agarrado por um grupo de esquálidos em profundo silêncio. As bestas-lunares, claro, não tinham voz, mas nem mesmo os escravos tiveram muita chance de gritar antes de as patas borrachosas reduzirem-nos ao silêncio. Eram horríveis as convulsões daquelas enormes anomalias gelatinosas quando os sardônicos esquálidos as agarravam, mas de nada adiantavam contra a força daquelas negras garras preênseis. Quando uma besta-lunar se contorcia com muita violência, um esquálido apertava e puxava seus frementes tentáculos rosados, provocando um tal sofrimento que a vítima parava de se debater. Carter esperava ver uma grande chacina, mas descobriu que os sarcófagos tinham planos muito mais sutis. Eles *gliberaram* certas ordens aos esquálidos que seguravam os cativos, confiando o resto ao instinto, e sem demora as infortunadas criaturas eram carregadas silenciosamente para o Grande Abismo para serem distribuídas imparcialmente entre os dholes, gugs, ghasts e outros habitantes das trevas cujos modos de se alimentar não são nada indolores às vítimas que escolhem. Enquanto isso se passava, os três sarcófagos amarrados eram libertados e consolados por seus vitoriosos companheiros, e vários grupos vasculhavam a vizinhança atrás de possíveis bestas-lunares remanescentes, abordando inclusive a escura e malcheirosa galera ancorada no porto para se certificar de que nada escapara da derrota geral. Com toda certeza, a captura havia sido completa, pois os vencedores não conseguiram detectar nenhum sinal de vida restante. Carter, ansioso para preservar um meio de acesso ao mundo onírico que restava, pediu-lhes que não afundassem a galera fundeada, e este pedido lhe foi graciosamente concedido em agradecimento por seu ato de relatar a situação do trio capturado. No navio foram encontrados alguns objetos e decorações muito curiosos, alguns dos quais Carter atirou imediatamente ao mar.

Sarcófagos e esquálidos formavam agora grupos separados, os primeiros inquirindo os companheiros salvos acerca dos acontecimentos passados. Ao que parecia, eles tinham seguido as orientações de Carter dirigindo-se ao bosque encantado e a Dylath-Leen, passando por Nir e o Skai. Haviam roubado roupas de homens numa casa de fazenda isolada, saltitando o mais próximo possível da forma humana de andar. Nas tavernas de Dylath-Leen, seus modos e rostos grotescos provocaram muitos comentários, mas eles persistiram perguntando o caminho para Sarkomand até um velho viajante finalmente lhes contar. Depois ficaram sabendo que somente um navio com destino a Lelag-Leng serviria a seus propósitos, preparando-se então para esperar pacientemente por esta embarcação.

Mas espiões malignos certamente observavam, porque, pouco tempo depois, uma negra galera atracou no porto e os mercadores de rubis de bocas largas convidaram os sarcófagos a beberem com eles na taverna. Ofereceram-lhes vinho tirado de uma daquelas garrafas grotescamente cinzeladas de um só rubi, e depois disso os sarcófagos se acharam prisioneiros na escura galera, tal como acontecera com Carter. Dessa vez, porém, os invisíveis remadores não a conduziram para a Lua, e sim para a antiga Sarkomand, pretendendo, evidentemente, levar seus cativos à presença do sumo sacerdote que não deve ser descrito. Haviam aportado no recife recortado no mar boreal que os marinheiros de Inganok evitam e os sarcófagos ali conheceram, pela primeira vez, os rubros donos do navio, ficando nauseados, apesar de sua rudeza, com os extremos de maligna deformidade e o terrível odor. Ali testemunharam ainda os inomináveis passatempos da tripulação residente das coisas-sapo — diversões que produziam os uivos noturnos tão temidos pelos homens. Depois disso viera o desembarque na ruinosa Sarkomand e o início das torturas, cuja continuação o presente salvamento havia evitado.

Planos futuros foram discutidos em seguida e os três sarcófagos resgatados sugeriram um ataque ao recife recortado e o extermínio das guarnições de coisas-sapo ali estacionadas. Isso, porém, os esquálidos rejeitaram, porque a perspectiva de voar sobre a água não lhes agradava. A maioria dos sarcófagos apoiou o projeto, mas não havia como empreendê-lo sem a ajuda dos alados esquálidos. Carter, vendo que não poderiam fazer navegar a galera ancorada, ofereceu-se para ensiná-los a usar as grandes fileiras de remos, proposta que foi imediatamente aceita. O dia cinzento se erguera e sob aquele plúmbeo céu boreal um destacamento selecionado de sarcófagos entrou no fétido navio tomando seus lugares nos bancos de remadores. Carter percebeu que eram bons aprendizes e antes do cair da noite já havia arriscado vários passeios de treinamento pelo porto. Somente três dias mais tarde, contudo, julgou seguro tentar a viagem de conquista. Então, com os remadores treinados e os esquálidos seguramente alojados no castelo de proa, o grupo finalmente levantou velas, com Pickman e os outros chefes reunidos no convés discutindo os modos de aproximação e os procedimentos da ação.

Já na primeira noite foram ouvidos os uivos que partiam da rocha. Era tal o seu timbre que toda a tripulação da galera visivelmente estremeceu, mas tremeram ainda mais os sarcófagos resgatados que sabiam perfeitamente o que aqueles uivos significavam. Achou-se melhor não empreender o ataque à noite, por isso o navio se ocultou sob as nuvens fosforescentes à espera da aurora do dia acinzentado. Quando a luz se intensificou e os uivos se acalmaram, os remadores reiniciaram suas remadas e a galé foi se aproximando mais e mais daquela rocha escarpada, cujos cumes de granito pareciam garras destacadas contra o céu nublado. Os lados do rochedo eram muito abruptos, mas em saliências espalhadas aqui e ali podia-se ver as paredes salientes de estranhas moradias sem janelas e os baixos parapeitos protegendo caminhos de chão batido. Nenhum navio de homens jamais chegara tão perto do lugar, ou, pelo menos, chegara tão perto e conseguira retornar, mas Carter e os sarcófagos não estavam com medo e avançaram inexoravelmente, contornando a face leste do rochedo à procura dos cais que na descrição do trio resgatado ficava no lado sul, no interior de uma enseada formada por íngremes promontórios.

Os promontórios eram prolongamentos da própria ilha, e suas pontas se aproximavam tanto que somente um navio de cada vez poderia passar entre eles. Não parecia haver vigias do lado de fora e a nau foi conduzida diretamente pelo acanhado estreito até o porto de águas pútridas e estagnadas. Ali, porém, tudo era alvoroço e agitação, com diversos navios ancorados ao longo de um protegido cais de pedra. Um grande número de escravos quase-humanos e bestas-lunares na frente das docas manipulava engradados e caixas ou conduzia inomináveis e fabulosos horrores amarrados em pesadas carretas. Havia uma pequena cidade de pedra cortada no penhasco vertical acima das docas, com o início de uma sinuosa estrada que serpenteava a se perder de vista na direção das saliências mais altas do rochedo. O que o interior daquele prodigioso pico de granito poderia conter, ninguém saberia dizer, mas as coisas que se via do lado de fora eram bastante desencorajadoras.

À vista da galé que chegava, as multidões do cais revelaram grande excitação: os que tinham olhos, olhando intensamente, e os que não os tinham, agitando expectantes seus tentáculos rosados. Eles certamente não haviam percebido que o escuro navio tinha mudado de mãos, pois os sarcófagos se parecem muito com os quase-humanos chifrudos e cascudos, e os esquálidos estavam embaixo, todos fora do alcance da visão. A essa altura, os líderes haviam concluído um plano que era o de soltar os esquálidos tão logo o cais fosse alcançado, e depois velejar diretamente para longe, deixando tudo inteiramente por conta do instinto daquelas criaturas quase insensíveis. Abandonados na rocha, os voadores chifrudos inicialmente agarrariam todas as coisas vivas que encontrassem e depois, quase incapazes de pensar, exceto em termos de instinto doméstico, esqueceriam seu medo da água e voariam rapidamente de volta ao abismo, levando sua repugnante presa a destinos apropriados nas trevas, de onde poucas sairiam com vida.

O sarcófago Pickman foi então para baixo, dando instruções simples aos esquálidos enquanto o navio se aproximava do malcheiroso e aziago cais. Naquele momento, uma nova onda de excitação se propagou pelo cais e Carter percebeu que a agitação na galera tinha começado a levantar suspeitas. Evidentemente, o timoneiro não estava se dirigindo para o desembarcadouro certo e provavelmente os vigias haviam notado a diferença entre os horrendos sarcófagos e os escravos quase-humanos cujos lugares estavam tomando. Algum silencioso alarme deve ter soado, porque quase instantaneamente uma horda de mefíticas bestas-lunares começou a se derramar das pequenas portas escuras das casas sem janela, descendo pela estrada serpeante à direita. Uma chuva de bizarros dardos atingiu a galera quando sua proa encostou no cais, derrubando dois sarcófagos e ferindo levemente outro, mas, a essa altura, todas as escotilhas haviam sido abertas para despejar uma nuvem negra de zumbidores esquálidos que caíram sobre a cidade como uma revoada de ciclópicos e chifrudos morcegos.

As gelatinosas bestas-lunares tinham conseguido uma grande viga e estavam tentando empurrar o navio invasor, mas, quando os esquálidos as atacaram, abandonaram a empreitada. Era um espetáculo terrível de ver aqueles borrachosos cutucadores sem face em diversão, e tremendamente impressionante observar a densa nuvem que formavam espalhando-se pela cidade e subindo pelo caminho sinuoso para as alturas superiores. Às vezes um grupo de escuros voadores soltava involuntariamente uma coisa-sapo prisioneira lá do alto e o modo como a vítima estourava era altamente chocante à vista e ao olfato. Quando o último esquálido deixou a galé, os comandantes sarcófagos *gliberaram* uma ordem de retirada e os remadores conduziram a embarcação silenciosamente para fora do porto, cruzando os promontórios cinzentos, enquanto a cidade fervia num caos de batalha e conquista.

O sarcófago Pickman concedeu várias horas para as mentes rudimentares dos esquálidos superarem seu medo de voar sobre o mar e manteve a galé a cerca de uma milha ao largo da rocha, enquanto esperava e cuidava dos feridos. Caiu a noite e o crepúsculo cinzento deu lugar à mórbida fosforescência de nuvens baixas. Durante todo esse tempo, os líderes vigiaram os altos picos da execrável rocha procurando sinais do voo dos esquálidos. Perto do amanhecer, avistou-se uma mancha escura pairando timidamente sobre o cume mais alto e, pouco depois, a mancha se transformara num enxame. Pouco antes de raiar o dia, o enxame parecia estar se dispersando e, um quarto de hora mais tarde, desaparecia totalmente ao longe, a nordeste. Vez por outra parecia que alguma coisa caía do enxame no mar, mas Carter pouco se preocupou, pois sabia, por observação própria, que as coisas-sapo lunares não nadam. Finalmente, quando os sarcófagos perceberam contentes que todos os esquálidos haviam partido para Sarkomand e para o Grande Abismo com suas malfadadas cargas, a galé regressou ao porto por entre os promontórios cinzentos e toda a horrenda companhia desembarcou e perambulou curiosa pelo rochedo desnudado com suas torres, suas altas moradas e fortalezas esculpidas na rocha sólida.

Eram apavorantes os segredos descobertos naquelas criptas maléficas e sem janelas, pois muitos eram os remanescentes de passatempos inacabados, e encontravam-se em vários estágios de transformação a partir de seu estado primitivo. Carter afastou do caminho certas coisas aparentemente vivas e fugiu precipitadamente de outras sobre as quais não estava muito certo. A maioria das malcheirosas casas estava mobiliada com grotescas poltronas e bancos entalhados em madeira da árvore da Lua e internamente decoradas com desenhos desvairados e revoltantes. Incontáveis armas, implementos e ornamentos jaziam espalhados, dentre os quais volumosos ídolos de sólido rubi representando criaturas bizarras não encontrados na terra. Estes últimos, apesar de seu material, não convidavam nem a uma apropriação, nem a uma inspeção prolongada, e Carter tratou de pulverizar alguns a marteladas. As lanças e dardos espalhados, ele recolheu, e, com a aprovação de Pickman, distribuiu entre os sarcófagos. Esses instrumentos eram desconhecidos daqueles cães trotadores, mas sua relativa simplicidade permitiu que apreendessem seu funcionamento após algumas dicas sucintas.

As cristas da rocha abrigavam mais templos do que casas particulares, e em numerosas câmaras esculpidas foram encontrados terríveis altares cinzelados, fontes e santuários com duvidosas manchas usados na adoração de coisas mais monstruosas que os deuses selvagens do alto de Kadath. No fundo de um grande templo, abria-se uma baixa e escura passagem por onde Carter entrou, aprofundando-se no interior da rocha com um archote até alcançar um salão abobadado de vastas proporções e sem iluminação, cujos arcos de sustentação estavam cobertos de entalhes demoníacos e cujo centro abrigava a boca escancarada de um infame poço sem fundo, muito parecido com o poço do hediondo monastério de Leng onde habita solitário o sumo sacerdote que não deve ser descrito. No distante canto sombreado, além do repugnante poço, Carter pensou discernir uma portinha de bronze curiosamente lavrada, mas, por alguma razão, sentiu um pavor inexplicável que o impediu de abri-la, ou mesmo aproximar-se dela, tratando de cruzar apressadamente a caverna e voltar até onde seus desagradáveis aliados bamboleavam com um desembaraço e uma despreocupação que ele estava longe de sentir. Os sarcófagos haviam encontrado inacabados passatempos das bestas-lunares e os desfrutavam à sua maneira. Encontraram também uma barrica do potente vinho da lua, rolando-a para o cais com a intenção de removê-la e usá-la posteriormente em entendimentos diplomáticos, conquanto o trio resgatado, recordando o efeito que o vinho tivera sobre eles em Dylath-Leen, prevenisse seus companheiros para não provarem dele. Havia uma grande provisão de rubis das minas lunares, brutos e polidos, numa daquelas cúpulas perto da água, mas, quando os sarcófagos descobriram que não prestavam para comer, desinteressaram-se deles. Carter não tentou levar nenhum, pois sabia perfeitamente quem os havia extraído.

Inesperadamente, elevou-se um *mipar* excitado das sentinelas que estavam no cais e todos os asquerosos saqueadores largaram suas ocupações para olhar na direção do mar, agrupando-se na beira do cais. Por entre os cinzentos promontórios, avançava célere uma nova galera escura, e não levaria muito para os quase--humanos no convés perceberem a invasão da cidade e darem o alarma para as coisas monstruosas no porão. Felizmente os sarcófagos ainda estavam com as lanças e dardos que Carter distribuíra e, ao seu comando, apoiado por Pickman, trataram de formar uma linha de combate e se preparar para impedir a atracação do navio. Uma onda de excitação na galé deixou claro que a tripulação descobrira a mudança da situação e a instantânea paralisação do barco comprovou que o número superior de sarcófagos havia sido observado e levado em consideração. Depois de hesitar por alguns instantes, os recém-chegados silenciosamente fizeram meia-volta e atravessaram a passagem entre os promontórios para o mar, mas os sarcófagos não imaginaram, por um instante sequer, que o conflito houvesse sido evitado. Ou o escuro navio sairia à procura de reforços, ou a tripulação tentaria desembarcar em outro ponto da ilha. Portanto, um grupo de batedores foi imediatamente enviado para o ponto mais alto para observar o curso que o inimigo tomaria.

Poucos minutos depois, os sarcófagos retornaram esbaforidos contando que as bestas-lunares e quase-humanos estavam desembarcando do lado de fora do mais oriental dos recortados promontórios cinzentos e subindo por caminhos e saliências ocultos que mesmo um bode dificilmente conseguiria percorrer com segurança. Logo depois, a galera foi vista novamente através do estreito acanalado, mas por um instante apenas. Um pouco adiante chegou um segundo mensageiro ofegante vindo do alto para relatar que outro grupo estava desembarcando no outro promontório; e que ambos eram muito mais numerosos do que a galera parecia abrigar. A própria embarcação, movendo-se lentamente por uma fileira irregular de remos, logo surgiu entre os penhascos, fundeando na fétida enseada como que para observar a refrega iminente e ficar de prontidão para qualquer eventualidade.

A essa altura, Carter e Pickman haviam dividido os sarcófagos em três grupos, um para cada coluna invasora e um para ficar na cidade. Os dois primeiros subiram imediatamente pelas rochas em suas respectivas direções, enquanto o terceiro era subdividido em um grupo de terra e um de mar. O grupo de mar, comandado por Carter, ocupou a galera ancorada e remou ao encontro da galé dos recém-chegados. Entrementes, esta última retrocedera para mar aberto através do estreito. Carter não saiu imediatamente em sua perseguição, pois sabia que poderia ser chamado com necessária urgência para perto da cidade.

Nesse ínterim, os terríveis destacamentos de bestas-lunares e quase-humanos conseguiram subir até o alto dos promontórios sobre os quais se destacavam apavorantes contra o plúmbeo céu crepuscular. As esguias flautas infernais dos invasores começaram a guinchar e o efeito geral daqueles cortejos híbridos e disformes era tão nauseante quanto o odor exalado pelos batráquios blasfemos lunares. Foi então que apareceram os dois grupos de sarcófagos para integrar o panorama silhuetado. Dardos começaram a voar dos dois lados e os crescentes *mips* dos sarcófagos e os uivos bestiais dos quase-humanos foram se fundindo gradualmente com o ganido infernal das flautas para formar um furioso e indescritível caos de demoníaca cacofonia. De vez em quando, cadáveres caíam das cristas estreitas dos promontórios no mar, ora no lado de fora, ora na enseada, sendo, neste último caso, rapidamente sugados por certas criaturas submarinas de espreita cuja presença só se fazia notar por prodigiosas bolhas.

Meia hora durou essa dupla e furiosa batalha travada no céu, até os invasores serem totalmente aniquilados no braço oeste do penhasco. No lado leste, porém, onde parecia estar o líder do grupo de bestas-lunares, os sarcófagos não se deram bem e foram recuando lentamente até as encostas do pico mais próximo. Pickman rapidamente enviou reforços do grupo da cidade para essa frente e eles foram de grande ajuda nos primeiros estágios do combate. Depois, quando a batalha do oeste terminou, os sobreviventes vitoriosos se apressaram para o outro lado em auxílio a seus companheiros em dificuldades, virando a maré e forçando os invasores a voltarem pela estreita crista do promontório. Os quase-humanos, a essa altura, estavam todos mortos, mas as derradeiras pavorosas coisas-sapo lutavam desesperadamente com grandes lanças agarradas em suas poderosas e nauseantes patas. O momento para os dardos havia praticamente acabado e a luta se transformara num embate corpo a corpo dos poucos lanceiros que podiam se encontrar no alto da estreita crista.

Com o recrudescimento da violência, o número dos que tombavam para o mar aumentou muito. Os que caíam no porto encontravam inominável extinção pelos invisíveis borbulhadores, mas aqueles que caíam em mar aberto, alguns conseguiam nadar até o pé dos rochedos e sair da água para as rochas da arrebentação enquanto a galera do inimigo ia de um lado para outro resgatando muitas coisas-sapo. As falésias não eram escaláveis, exceto no ponto onde os monstros haviam desembarcado, por isso nenhum dos sarcófagos que estava sobre as rochas conseguiu voltar à linha de combate. Alguns foram mortos por dardos lançados da galera inimiga ou por bestas-lunares que estavam acima, mas alguns sobreviveram para serem resgatados. Quando a segurança dos grupos de terra pareceu garantida, a galera de Carter navegou por entre os promontórios e expulsou o navio inimigo para o mar aberto, parando para resgatar os sarcófagos que estavam nas rochas ou ainda nadavam no oceano. Várias bestas-lunares lançadas sobre rochas e recifes foram prontamente exterminadas.

Finalmente, com a galé inimiga a distância segura e o exército invasor de terra concentrado num único lugar, Carter desembarcou uma força considerável sobre o promontório oriental, na retaguarda do inimigo; depois disso a batalha não durou muito mais. Atacados pelos dois lados, os nauseabundos chafurdeiros foram rapidamente despedaçados ou atirados ao mar, até que, ao anoitecer, os chefes dos sarcófagos concordaram em que a ilha estava novamente livre deles. A galera inimiga, nesse ínterim, desaparecera, e decidiu-se que era melhor evacuar a maléfica rocha recortada antes que qualquer esmagadora horda de horrores lunares pudesse ser reunida e lançada contra os vencedores.

À noite, Pickman e Carter reuniram então todos os sarcófagos e fizeram uma cuidadosa contagem, descobrindo que mais de um quarto havia se perdido nas batalhas do dia. Os feridos foram colocados em beliches, na galera, pois Pickman sempre desencorajara o antigo costume dos sarcófagos de matar e comer seus próprios feridos, e os soldados em boa forma foram enviados aos remos ou a outros locais onde pudessem melhor servir. Sob as baixas nuvens fosforescentes, a galera partiu, e Carter não sentiu nenhum pesar em deixar a ilha de maléficos segredos, cujo escuro salão abobadado com seu poço sem fundo e sua repelente porta de bronze inquietava permanentemente sua imaginação. A aurora encontrou o navio à vista do arruinado cais de basalto de Sarkomand onde ainda aguardavam alguns esquálidos de sentinela, acocorados como negras gárgulas chifrudas sobre as colunas partidas e as esfinges em ruínas daquela apavorante cidade que vivera e morrera antes dos tempos do homem.

Os sarcófagos acamparam entre as pedras caídas de Sarkomand, enviando um mensageiro para convocar um número suficiente de esquálidos que lhes serviria de montaria. Pickman e os outros chefes agradeceram efusivamente a Carter pela ajuda que lhes dera. Carter começava a sentir que seus planos estavam realmente funcionando e que poderia fazer jus à ajuda desses destemidos aliados, não só para sair daquela parte do mundo onírico, mas também para prosseguir sua busca maior, a dos deuses no alto da desconhecida Kadath e da maravilhosa cidade crepuscular, que tão misteriosamente se afastavam em seus sonos. Tendo isso em mente, falou do assunto com os líderes dos sarcófagos, contando-lhes o que sabia sobre a vastidão fria onde fica Kadath e sobre os monstruosos shantaks e as imagens bicéfalas esculpidas nas montanhas que a guardam. Falou do medo que os shantaks têm dos esquálidos e de como os enormes pássaros hipocéfalos fogem, gritando, das escuras covas no alto dos pavorosos picos cinzentos que separam Inganok da detestável Leng. Falou também das coisas que aprendera sobre os esquálidos nos afrescos do monastério sem janelas do sumo sacerdote que não deve ser descrito; de como até mesmo os Grandes os temem e que seu governante não é o rastejante caos Nyarlathotep, e sim o venerável e imemorial Nodens, Senhor do Grande Abismo.

Todas essas coisas Carter *gliberou* para os sarcófagos reunidos, esboçando, em seguida, o pedido que havia em mente e que não considerou exagerado dado os serviços que recentemente ele prestara aos borrachosos trotadores de aparência canina. Muito apreciaria, disse, os serviços de um número suficiente de esquálidos para levá-lo pelo ar, em segurança, para além do reino dos shantaks e das montanhas esculpidas, até a vastidão fria que fica além dos caminhos de onde qualquer outro mortal deve retornar. Desejava voar até o castelo de ônix no alto da desconhecida Kadath, na vastidão fria, e suplicar aos Grandes pela cidade crepuscular que lhe negavam, e tinha certeza que os esquálidos poderiam levá-lo até lá sem problemas, voando muito acima dos perigos da planície e das hediondas cabeças duplas esculpidas daquelas montanhas-sentinelas perpetuamente acocoradas no crepúsculo cinzento. Nada que fosse da Terra poderia trazer perigo para as criaturas cornudas e sem face, pois os próprios Grandes as temiam. E mesmo que surgissem coisas inesperadas dos Outros Deuses, que procuram fiscalizar os assuntos dos deuses mais brandos da terra, os esquálidos não precisavam temê-las, pois esses voadores silenciosos e escorregadios, que não têm Nyarlathotep como seu mestre e se curvam apenas ao poderoso e arcaico Nodens, pouco se importam com os infernos exteriores.

Um grupo de dez ou quinze esquálidos, *gliberou* Carter, seria o bastante para manter qualquer bando de shantaks a distância, embora não fosse mau contar com alguns sarcófagos no grupo para manejar as criaturas, uma vez que hábitos destes eram mais bem conhecidos por seus aliados sarcófagos do que pelos homens. O grupo poderia pousá-lo em algum ponto conveniente no interior de uma possível muralha que aquela fabulosa cidade de ônix poderia ter, esperando nas sombras por sua volta ou por seu sinal, enquanto ele se aventurava pelo interior do castelo para rogar aos deuses da terra. Se alguns sarcófagos quisessem escoltá-lo à sala do trono dos Grandes, ele lhes seria muito grato, pois sua presença daria maior peso e importância a seu apelo. Todavia, não insistiria nisso, solicitando apenas o transporte de ida e volta para o castelo no alto da desconhecida Kadath. A jornada final ou seria à própria fabulosa cidade crepuscular, caso os deuses lhe fossem favoráveis, ou de volta ao Portal do Sono Mais Profundo no Bosque Encantado, caso seus apelos fossem infrutíferos.

naquele horrível abismo escavado na rocha do desfiladeiro ao norte de Inganok, pois era tal o seu tamanho que um homem em sua soleira pareceria uma formiga sobre os degraus da mais alta fortaleza da terra. A dupla coroa de estrelas desconhecidas acima da miríade de torreões abobadados cintilava com um clarão amarelado, doentio, fazendo pairar uma espécie de crepúsculo sobre as paredes sombrias de escorregadio ônix. O pálido farol, agora se via, era uma solitária janela brilhando bem no alto, em uma das torres mais imponentes, e à medida que o desamparado exército se aproximava do topo da montanha, Carter pensou ter detectado sombras incômodas esvoaçando naquela vastidão pobremente iluminada. Era uma janela curiosamente arqueada, com formato inteiramente estranho às janelas da Terra.

A rocha sólida agora cedia lugar às gigantescas fundações do monstruoso castelo e a velocidade do grupo pareceu diminuir um pouco. As vastas muralhas se agigantaram vislumbrando-se um grande portão através do qual os viajantes foram varridos para dentro. Tudo era noite no titânico pátio e depois veio a escuridão mais profunda das coisas mais secretas quando um enorme portal arqueado engolfou a coluna. Úmidos turbilhões de vento frio sopravam por invisíveis labirintos de ônix, e Carter não poderia dizer que ciclópicos corredores e escadas balizavam silenciosos o longo percurso deste interminável rodopiar aéreo. Sempre para cima levava o terrível mergulho na escuridão e não havia nenhum som, toque ou vislumbre para quebrar a densa mortalha de mistério. Por maior que fosse o exército de sarcófagos e esquálidos, ele se perdia nos prodigiosos vazios daquele aberrante castelo. E quando, enfim, alvoreceu subitamente ao seu redor a lívida luz daquela única sala da torre, cuja elevada janela servira de farol, Carter precisou de muito tempo para discernir as paredes afastadas e o alto teto distante, e perceber que não havia retornado ao ilimitado espaço exterior.

Enquanto Carter falava, todos os sarcófagos escutavam-no com grande atenção, e, depois de algum tempo, o céu começou a escurecer com nuvens daqueles esquálidos que haviam sido avisados pelos mensageiros. Os horríveis alados acomodaram-se num semicírculo em torno do exército de sarcófagos, esperando respeitosamente enquanto os cães chefes analisavam o desejo do viajante terrestre. O sarcófago que era Pickman *gliberou* gravemente com seus companheiros e, no final, concederam a Carter muito mais do que ele esperava. Como havia colaborado com os sarcófagos em sua vitória sobre as bestas-lunares, eles o ajudariam em sua temerária viagem a reinos de onde ninguém jamais regressara, emprestando-lhe não só alguns de seus esquálidos aliados, mas todo o exército ali acampado, veteranos combatentes sarcófagos e também os esquálidos recém-chegados, exceto uma pequena guarnição de guardas para a galera negra capturada e para as presas de guerra trazidas da rocha recortada no mar. Partiriam por ar tão logo ele quisesse e, chegando a Kadath, uma comitiva apropriada de sarcófagos o acompanharia quando fosse fazer sua súplica diante dos deuses da terra em seu castelo de ônix.

Comovido por uma gratidão e um contentamento indizíveis, Carter fez planos com os líderes dos sarcófagos para a audaciosa viagem. Decidiram que o exército voaria a grande altura sobre Leng com seu revoltante monastério e suas perversas aldeias de pedra, parando apenas nos vastos picos cinzentos para conferenciar com os esquálidos temidos pelos shantaks, cujas tocas minavam seus cumes. Depois, dependendo das recomendações que recebessem desses habitantes, escolheriam seu percurso final, aproximando-se da desconhecida Kadath, quer pelo deserto com montanhas entalhadas ao norte de Inganok, quer pelas extensões mais setentrionais da repulsiva Leng. Desalmados e caninos como são, os sarcófagos e esquálidos não temiam o que aqueles desertos nunca antes percorridos pudessem revelar, nem sentiam nenhum intimidante pavor com a ideia de Kadath alteando-se solitária com seu misterioso castelo de ônix.

Por volta do meio-dia, os sarcófagos e esquálidos prepararam-se para alçar voo, cada sarcófago escolhendo um par adequado das cornudas montarias. Carter foi colocado bem à frente da coluna, ao lado de Pickman, e à frente de todos, uma dupla linha de esquálidos sem cavaleiros foi colocada na vanguarda. Ao som de um forte *mip* de Pickman, todo o estupendo exército alçou voo numa nuvem de pesadelo por cima das colunas partidas e carcomidas esfinges da primordial Sarkomand, voando cada vez mais alto, até desaparecer o grande penhasco de basalto por trás da cidade e abrir-se à vista o planalto desolado e frio das cercanias de Leng. Mais alto ainda voou a hoste negra até o próprio planalto apequenar-se abaixo. Enquanto rumavam para o norte sobre o planalto de horror varrido pelo vento, Carter avistou mais uma vez, com um calafrio, o círculo de monólitos de pedra bruta e o achatado edifício sem janelas onde sabia estar a apavorante blasfêmia de máscara de seda de cujas garras escapara por tão pouco. Dessa vez não houve nenhuma descida enquanto o exército passava como uma revoada de morcegos por sobre a paisagem desolada, cruzando a grande altitude sobre as pequenas fogueiras das maléficas aldeias de pedra, sem parar para observar as mórbidas contorções dos quase-humanos cornudos e cascudos que dançam e flauteiam eternamente por ali. Em certo momento, avistaram um pássaro shantak voando baixo sobre a planície, mas, quando este os viu, soltou seu grito repugnante e voou na direção oposta tomado de bizarro pânico.

O dia começava a escurecer quando atingiram os recortados picos cor de chumbo que constituem o limite de Inganok e pairaram sobre as estranhas cavernas perto dos seus cumes, que Carter lembrava serem muito aterrorizantes para os shantaks. Sob o insistente *mipar* dos líderes sarcófagos, uma profusão de negros cornudos voadores começou a sair de cada caverna elevada, com os quais os sarcófagos e esquálidos do grupo confabularam, finalmente, por meio de feios gestos. Logo ficou claro que o melhor caminho a seguir passaria sobre a vastidão fria ao norte de Inganok, pois as regiões mais setentrionais de Leng estão cheias de ciladas que até aos esquálidos desagradam: forças abissais no centro de certas construções brancas hemisféricas sobre curiosos outeiros, as quais o folclore vulgar associa desprazerosamente com os Outros Deuses e seu rastejante caos Nyarlathotep.

Sobre Kadath, os voadores dos picos não sabiam quase nada, exceto que devia haver alguma poderosa maravilha na direção norte, sobre a qual os shantaks e as montanhas esculpidas montam guarda. Eles sugeriram a existência de anormalidades de grandes proporções naquelas léguas jamais percorridas adiante, e recordaram vagos murmúrios sobre um reino onde a noite se eterniza, mas nada tinham a oferecer de concreto. Carter e seu grupo agradeceram cordialmente e, cruzando os mais altos cumes de granito rumo aos céus de Inganok, desceram abaixo do nível das nuvens noturnas fosforescentes avistando, a distância, aquelas terríveis gárgulas acocoradas que eram montanhas até que alguma mão titânica esculpiu o pavor em sua rocha virgem.

Ali elas se acocoravam num semicírculo diabólico, as pernas assentadas na areia do deserto, as mitras perfurando as nuvens luminosas; sinistras, bicéfalas, lupinas, com expressão enfurecida e as mãos direitas erguidas, vigiando inerte e malignamente o limite do mundo dos homens e guardando com seu horror os confins do gélido mundo boreal que não é humano. De seus regaços odiosos elevavam-se maléficos shantaks de porte elefantino, mas todos voaram em debandada com insanos risos silenciosos quando a vanguarda dos esquálidos foi vista no céu enevoado. Para o norte, por cima dessas monumentais gárgulas, o exército voou sobre léguas de deserto penumbroso onde não se erguia marco algum. Menos e menos luminosas iam ficando as nuvens, até que finalmente Carter só conseguia enxergar escuridão ao seu redor, mas em nenhum momento as aladas montarias hesitaram, pois haviam crescido nas criptas mais escuras da terra, enxergando não com os olhos, mas com toda a úmida superfície de suas formas viscosas. Sempre em frente elas voavam, entre ventos de cheiros duvidosos e sons de origem incerta, penetrando sempre mais na densa escuridão, cobrindo distâncias tão prodigiosas que Carter imaginou se ainda estariam no mundo onírico da terra terrestre.

Então as nuvens subitamente se esgarçaram e as estrelas brilharam espectralmente lá no alto. Tudo abaixo era escuridão, mas aqueles pálidos faróis no céu pareciam vivos, com um significado e orientação que jamais teriam tido em outra parte. Não que a forma das constelações fosse diferente, mas as mesmas formas familiares revelavam agora um significado que jamais haviam deixado claro anteriormente. Tudo apontava para o norte, cada curva e asterismo do firmamento cintilante se tornava parte de um vasto desígnio cuja finalidade era conduzir, primeiro, o olhar e, depois, o observador todo para algum secreto e terrível ponto de convergência além da vastidão fria que se desdobrava interminavelmente à frente. Carter olhou para o leste onde a grande cordilheira de picos limítrofes se alteava em toda a extensão de Inganok e viu contra a luminosidade das estrelas uma silhueta recortada, que alertava a sua permanente presença. Ela parecia ainda mais recortada agora, com fendas escancaradas e píncaros fantasticamente irregulares. Carter analisou atentamente os sugestivos contornos e inclinações daquela grotesca silhueta, que parecia partilhar com as estrelas alguma sutil incitação para o norte.

Voavam a uma velocidade estupenda, exigindo muita concentração para o observador captar detalhes, quando, de repente, ele avistou, pouco acima da linha dos mais altos picos, um objeto escuro movendo-se contra as estrelas, cujo curso era exatamente paralelo ao de seu próprio e bizarro grupo. Os sarcófagos também o haviam visto, pois Carter ouviu-os *gliberar* baixo a esse respeito. Por um momento imaginou que o objeto era um gigantesco shantak, infinitamente maior que um espécime normal. Em breve, porém, Carter percebeu que essa suposição não se sustentava, pois a forma da coisa acima dos picos montanhosos não era a de um pássaro hipocéfalo. Sua silhueta, destacada contra as estrelas, necessariamente vaga, parecia-se mais com uma fenomenal cabeça mitrada, ou um par de cabeças infinitamente aumentado, e seu rápido avanço balouçante pelo céu parecia, muito peculiarmente, um voo sem asas. Carter não saberia dizer de que lado das montanhas a coisa estava, mas logo percebeu que ela tinha partes abaixo das que inicialmente avistara, pois encobria todas as estrelas nos lugares onde a crista era profundamente recortada.

Depois veio um amplo espaço vazio na cordilheira, onde as hediondas extensões da transmontana Leng se uniam à vastidão fria por um baixo desfiladeiro através do qual as estrelas brilhavam palidamente. Carter observou com todo o cuidado esse espaço vazio, sabendo que poderia ver se delineando contra o céu as partes inferiores da enorme coisa que esvoaçava ondulante acima dos picos. O objeto avançara flutuando e todos os olhos do grupo estavam fixados no penhasco onde sua silhueta apareceria por inteiro. Gradualmente a enorme coisa acima dos picos se aproximou do espaço vazio, arrefecendo um pouco sua marcha como se tomasse consciência de ter se distanciado demais do exército dos sarcófagos. Um minuto mais de aguda ansiedade e, então, por um breve instante, a silhueta se completou, trazendo a revelação e um *mip* estarrecido e meio abafado de medo cósmico aos lábios dos sarcófagos e um calafrio à alma do viajante que nunca mais o abandonou completamente. Pois a mastodôntica forma balouçante que se projetava acima da crista da cordilheira era apenas uma cabeça — uma cabeça dupla mitrada — e abaixo dela, com terrível imensidão, trotava o apavorante corpo inchado que a sustentava, a monstruosidade de porte montanhoso que caminhava silenciosa e furtivamente, a gigantesca deformidade em forma de uma hiena antropoide que trotava lugubremente contra o céu, com seu repulsivo par de cabeças mitradas atingindo quase a metade do zênite.

Carter não perdeu a consciência nem gritou, pois era um velho sonhador, mas olhou horrorizado para trás estremecendo ao ver que havia outras cabeças monstruosas delineadas acima do nível dos picos, balouçando furtivamente na esteira da primeira. E bem na traseira do cortejo havia três das poderosas formas montanhosas vistas integralmente contra as estrelas meridionais, caminhando furtivamente como lobos e, com dificuldade, suas altas mitras balançando a milhares de pés nas alturas. Então as montanhas esculpidas não ficaram acocoradas naquele rígido semicírculo ao norte de Inganok, com as mãos direitas erguidas. Havia obrigações a cumprir e elas não eram relapsas. Mas era horrível elas nunca falarem e nem sequer fazer o menor ruído ao se locomoverem.

Enquanto isso, o sarcófago Pickman *gliberou* uma ordem para os esquálidos e todo o exército subiu para uma altitude maior. Na direção das estrelas a grotesca coluna disparava até não haver mais nada contra o céu, nem a inerte cadeia de granito cinzento, nem as esculpidas montanhas mitradas que caminhavam. Abaixo, tudo era escuridão quando a esvoaçante legião se lançava para o norte em meio a ventos impetuosos e invisíveis risadas no éter, e nenhum shantak ou alguma entidade menos mencionável se ergueu das assombradas regiões para persegui-los. Quanto mais longe avançavam, mais rápido voavam, até que sua velocidade alucinante pareceu ultrapassar a de uma bala de espingarda, aproximando-se da velocidade de um planeta em órbita. Carter ficou imaginando como, movendo-se com tal velocidade, a Terra ainda se estendia abaixo deles, mas sabia que no mundo dos sonhos as dimensões têm estranhas propriedades. Estava seguro de que estavam num reino de noite eterna e julgou que as constelações acima haviam sutilmente reforçado seu rumo setentrional, agrupando-se de tal forma a arremessar o exército volante para um vazio do polo boreal, como as dobras de um saco são apertadas para expelir as últimas porções da substância que contém.

Depois percebeu aterrorizado que as asas dos esquálidos haviam deixado de bater. As cornudas montarias sem forma haviam recolhido seus apêndices membranosos e repousavam passivamente no caos do vento que rodopiava e casquinava ao conduzi-los. Uma força extraterrestre apanhara o exército, e sarcófagos e esquálidos eram impotentes diante de uma corrente que puxava, incansável e loucamente, para o norte, de onde nenhum mortal jamais regressara. Finalmente, uma pálida luz solitária foi vista na linha do horizonte, crescendo continuamente à medida que se aproximavam, com uma massa escura embaixo encobrindo as estrelas. Carter imaginou que fosse algum farol instalado sobre uma montanha, pois somente uma montanha poderia se erguer tão elevadamente a ponto de ser vista a uma altura tão prodigiosa no espaço.

Mais alta, cada vez mais alta ascendiam a luz e a escuridão sob ela, até o céu setentrional ficar obscurecido pela escarpada massa cônica. Por mais alto que estivesse o exército, aquele pálido e sinistro farol se elevava acima dele, alteando-se monstruoso sobre todos os picos e relevos da Terra, tateando o éter sem átomos onde a misteriosa Lua e os enlouquecidos planetas rodopiam. Não era uma montanha qualquer conhecida pelo homem a que emergia diante deles. As altas nuvens muito abaixo eram apenas as fímbrias de seus contrafortes. A estonteante altura da atmosfera superior não passava de uma cinta para seus quadris. Desdenhosa e espectral se alteava aquela ponte entre a Terra e o céu em meio às trevas da noite eterna, encimada por uma coroa dupla de estrelas desconhecidas, cujo horrível e significativo contorno ia ficando mais claro a cada instante. Os sarcófagos *miparam* maravilhados quando a viram e Carter estremeceu de medo de que todo o crepitante exército se espatifasse contra o inflexível ônix daquele ciclópico penhasco.

Mais alta, cada vez mais alta ascendia a luz até se confundir com as mais altas esferas do zênite, piscando para os voadores com lívida zombaria. Toda a região norte abaixo era agora escuridão, aterradora, pétrea escuridão de profundezas infinitas a infinitas alturas, apenas com aquele tênue farol piscante empoleirado inatingivelmente no alto de todo o panorama. Carter analisou mais atentamente a luz e viu finalmente as linhas que seu fundo tinto desenhava contra as estrelas. Havia torres naquele titânico cume montanhoso, horrendas torres abobadadas formando repugnantes e incalculáveis fileiras e grupos diferentes de qualquer obra sonhável pelo homem; muralhas e terraços de espanto e ameaça, tudo minúsculo, escuro e distante contra a faraônica dupla coroa de estrelas que cintilava malevolamente no limite do alcance da visão. Coroando essa que é a mais imensurável das montanhas, havia um castelo além de qualquer pensamento mortal e nele brilhava a luz demoníaca. Randolph Carter soube então que sua procura havia chegado ao fim e que via acima de si a meta de todos os passos proibidos e visões audaciosas, a fabulosa, a incrível morada dos Grandes no topo da desconhecida Kadath.

No mesmo momento em que isso lhe ocorria, Carter notou uma mudança no curso do grupo inelutavelmente sugado pelo vento. Eles agora subiam abruptamente e era evidente que o alvo de seu voo era o castelo de ônix onde brilhava a luz pálida. A grande montanha escura estava tão próxima que seus paredões corriam por eles vertiginosamente em seu disparo para o alto, e na escuridão reinante não conseguiam discernir nada à sua superfície. Vastas, cada vez mais vastas, despontavam as tenebrosas torres do lúgubre castelo lá no alto, e Carter pôde perceber que aquilo era quase blasfemante em sua imensidão. Suas pedras poderiam perfeitamente ter sido talhadas por inomináveis trabalhadores

Randolph Carter esperava chegar à sala do trono dos Grandes com compostura e dignidade, ladeado e seguido por impressionantes fileiras de sarcófagos em formação cerimonial e oferecer sua prece como um livre e poderoso mestre entre os sonhadores. Havia aprendido que os mortais estavam perfeitamente aptos a lidar com os Grandes, confiando em que os Outros Deuses e seu rastejante caos Nyarlathotep não viriam em ajuda deles no momento crucial, como fizeram com tanta frequência anteriormente, quando os homens procuraram os deuses da terra em sua morada ou suas montanhas. E contando com sua hedionda escolta, quase esperava poder mesmo desafiar os Outros Deuses se fosse preciso, sabendo que os sarcófagos não têm senhores e que os esquálidos não têm Nyarlathotep mas somente o arcaico Nodens como mestre. Agora via que a divina Kadath, na vastidão fria, é na verdade cercada de escuras maravilhas e inomináveis sentinelas, e que os Outros Deuses certamente protegem vigilantes os suaves e frágeis deuses da terra. Embora não tenham supremacia sobre sarcófagos e esquálidos, as néscias blasfêmias sem forma do espaço exterior ainda assim podem controlá-los quando precisam, por isso não foi na condição de um livre e poderoso mestre dos sonhadores que Randolph Carter entrou na sala do trono dos Grandes com seus sarcófagos. Varrido e pastoreado por tempestades de pesadelo das estrelas e vigiado por horrores invisíveis da vastidão boreal, todo aquele exército flutuou cativo e impotente sob a luz pálida, caindo entorpecido sobre o chão de ônix quando, atendendo a uma ordem silenciosa, os pavorosos ventos se dissolveram.

Randolph Carter não foi levado até diante de nenhum trono dourado, nem havia por ali nenhum círculo de augustos seres coroados e aureolados com olhos puxados, orelhas de lobos compridos, nariz fino e queixo proeminente cujo parentesco com o rosto esculpido no Ngranek pudesse indicá-los como aqueles a quem um sonhador devia orar. Exceto por essa única sala da torre, o castelo de ônix no alto de Kadath estava escuro e os mestres não estavam ali. Carter chegara à desconhecida Kadath na vastidão fria, mas não encontrara os deuses. No entanto, brilhava ainda a luz pálida naquela sala da torre cujo tamanho era pouca coisa menor que o de todas as portas de saída e cujas paredes e teto distantes se perdiam de vista envoltos em tênues espirais de névoa. Os deuses da terra certamente não estavam presentes, é verdade, mas presenças sutis e menos visíveis talvez poderiam. Onde os deuses gentis estão ausentes, os Outros Deuses não deixam de se apresentar, e certamente o castelo dos castelos de ônix estava longe ser desabitado. Com que forma ou formas abomináveis de terror se revelariam em seguida, Carter não podia absolutamente imaginar. Sentia que sua visita era esperada e ficou imaginando quão próxima havia sido a vigilância permanente exercida sobre ele pelo rastejante caos Nyarlathotep. É a Nyarlathotep, horror de infinitas formas, alma temível e emissário dos Outros Deuses, que as fúngicas bestas-lunares servem, e Carter pensou na galera escura que desaparecera quando a maré da batalha virou contra os anormais batráquios na rocha escarpada do mar.

Refletindo sobre essas coisas, ele se levantava cambaleante em meio a sua pesadelar companhia, quando soou inesperadamente através daquela descomunal câmara penumbrosa o odioso som de uma demoníaca trombeta. Três vezes troou aquele apavorante uivo de latão e quando os ecos do terceiro toque extinguiram--se gargarejantes, Randolph Carter percebeu que estava só. Para onde, por que e como os sarcófagos e esquálidos haviam sumido de seu campo de visão, não lhe cabia adivinhar. Sabia apenas que estava inesperadamente só, e que as forças invisíveis que espreitavam zombeteiras ao seu redor não eram forças do cordial mundo onírico terrestre. Então, um novo som partiu das mais distantes alturas da câmara. Era também um trombetear ritmado, mas de um tipo muito diferente das três clarinadas que haviam desfeito suas benévolas coortes. Nesta clarinada baixa ecoavam toda a maravilha e a melodia de sonhos etéreos, visões exóticas de inimaginável graça flutuando de cada estranho acorde e sutil cadência estranha. Odores de incenso vieram se juntar às notas douradas e uma grande luz alvoreceu no alto, suas cores se alterando com ciclos desconhecidos do espectro terrestre, acompanhando a canção das trombetas com fabulosas harmonias sinfônicas. Tochas brilharam ao longe e o rufar de tambores latejou mais perto em meio a ondas de tensa expectativa.

Saindo das névoas que se esfumavam e da nuvem de estranhos incensos, avançaram duas colunas de colossais escravos negros usando tangas de seda iridescente. Traziam amarrados no alto da cabeça enormes archotes de metal cintilante em forma de elmo, dos quais se espalhava, em vaporosas espirais, a fragrância de misteriosos bálsamos. Suas mãos direitas carregavam cetros de cristal cujas pontas estavam esculpidas com furtivas quimeras, enquanto as mãos esquerdas seguravam longas trombetas finas de prata que eles sopravam em sequência. Traziam braceletes e argolas de ouro nos tornozelos e entre cada par de argolas estendia-se uma corrente dourada que os forçava a um andar solene. Que eram verdadeiros homens negros do mundo onírico da terra ficou de imediato evidente, mas pareceu menos provável que seus ritos e costumes fossem inteiramente terrestres. A dez pés de Carter, as colunas pararam, e, ao fazê-lo, cada trombeta subiu abruptamente até os lábios grossos de seu portador. Selvagem e extática foi a clarinada que se sucedeu, e mais selvagem ainda o grito em coro que se seguiu das escuras gargantas que algum estranho artifício tornava mais penetrante, estridente.

Então, pela larga passagem entre as duas colunas, avançou em passos solenes uma figura solitária, uma figura alta e esguia com o rosto juvenil de um antigo faraó, alegrada por vestes prismáticas e laureada com uma coroa dupla dourada com luz própria. Avançou até bem perto de Carter aquela figura régia cujo porte orgulhoso e feições inteligentes traziam o fascínio de um deus das trevas ou de um arcanjo caído, e ao redor de cujos olhos espreitava a lânguida centelha de um humor inconstante. A figura falou, e em seus doces tons modulava a música suave das correntezas do Letes.

"Randolph Carter", disse a voz, "vieste ver os Grandes a quem é vedado aos homens ver. Observadores faltaram desta coisa, e os Outros Deuses resmungaram enquanto rodopiavam e tombavam descuidadamente ao som das finas flautas no derradeiro vazio final onde paira o demoníaco sultão cujo nome os lábios não ousam pronunciar em voz alta.

"Quando Barzai, o Sábio, subiu o Hatheg-Kla para ver os Grandes dançarem e uivarem acima das nuvens ao luar, ele jamais regressou. Os Outros Deuses lá estavam e fizeram o que era esperado. Zenig de Aphorat tentou atingir a desconhecida Kadath na vastidão fria, e seu crânio agora está enfiado num anel do dedo mindinho de quem não preciso nomear.

"Mas tu, Randolph Carter, afrontaste todas as coisas do mundo onírico e ainda ardes com a chama da procura. Vieste, não como curioso, mas como alguém que cumpre o seu dever, e também não faltastes jamais com a reverência para com os benévolos deuses da terra. No entanto, esses deuses te afastaram da maravilhosa cidade crepuscular de teus sonhos, apenas por sua própria e pequena cupidez, pois na verdade, desejavam ardentemente para si a extraordinária graça daquilo que tua fantasia construíra, e juraram que daquele momento em diante nenhum outro lugar seria sua morada.

"Eles abandonaram seu castelo na desconhecida Kadath para habitar tua maravilhosa cidade. Em meio a seus palácios de mármore estriado, eles festejam durante o dia, e quando chega o pôr do sol, saem para os perfumados jardins e admiram a glória dourada em templos e colunatas, pontes em arco e fontes com bacias prateadas, e as largas ruas com vasos floridos e estátuas de marfim em cintilantes fileiras. E, quando a noite desce, sobem aos altos terraços sob o sereno e sentam-se em bancos esculpidos de pórfiro observando as estrelas, ou recostam-se sobre as alvas balaustradas para admirar as íngremes encostas ao norte, onde, uma a uma, as pequenas janelas nas antigas flechas pontiagudas põem-se a brilhar suavemente com a calmante luz amarela de rústicas velas.

"Os deuses amam tua fabulosa cidade e já não seguem o caminho dos deuses. Esqueceram os locais elevados da Terra e as montanhas que conheceram em sua juventude. A Terra já não possui mais deuses que sejam deuses, e apenas os Grandes do espaço exterior se ocupam da abandonada Kadath. Muito distante, num vale de tua própria infância, Randolph Carter, brincam os incautos Grandes. Sonhaste bem demais, ó sábio arquissonhador, pois afastaste os deuses oníricos do mundo das visões de todos os homens para aquele que é inteiramente teu, tendo construído com as pequenas fantasias de tua meninice uma cidade mais graciosa que todos os fantasmas passados.

"Não fica bem os deuses da terra deixarem seus tronos para as aranhas tecerem suas teias, e seu reino para os Outros dominarem à sua maneira tenebrosa. De bom grado os poderes de fora trariam o caos e o horror para ti, Randolph Carter, que são a causa de sua perturbação, mas que eles saibam é somente por teu intermédio que os deuses podem ser mandados de volta a seu mundo. Neste mundo de sonhos semidesperto que é teu, nenhuma potência das trevas extremas pode importunar-te; e somente tu podes mandar os interesseiros Grandes gentilmente para fora de tua maravilhosa cidade crepuscular, de volta através do crepúsculo boreal até seu lugar habitual no topo da desconhecida Kadath na vastidão fria.

"Assim, Randolph Carter, em nome dos Outros Deuses, eu te poupo e te encarrego de buscar esta cidade crepuscular que é tua e despachar dali os preguiçosos negligentes deuses que o mundo dos sonhos aguarda. Não é difícil achar essa rósea febre dos deuses, essa clarinada de trombetas sublimes e o estrondo de címbalos imortais, aquele mistério cujo lugar e significado te assombraram pelos salões da vigília e os abismos dos sonhos, atormentando-te com os fragmentos de memórias esquecidas e a dor de maravilhosas e estupendas coisas perdidas. Não é difícil encontrar aquele símbolo e relíquia de teus dias de deslumbramento, pois ele é tão somente a gema imutável e eterna onde se cristalizaram todas aquelas maravilhosas centelhas para iluminar teu caminho noturno. Olha! Não é sobre mares desconhecidos, mas sobre épocas bem conhecidas que tua busca deve prosseguir, de volta às brilhantes curiosidades da infância e os rápidos vislumbres de magia banhados de sol que aquelas antigas cenas traziam a arregalados olhos juvenis.

"Pois saiba que tua maravilhosa cidade de ouro e mármore é apenas a soma do que tu viste e amaste na juventude. É a glória dos telhados em aclive e das janelas do lado oeste inflamadas pelo pôr do sol de Boston, do Common perfumado de flores e da grande cúpula sobre a colina e o emaranhado de empenas e chaminés no vale violeta onde o Charles de muitas pontes flui sonolento. Essas coisas tu viste, Randolph Carter, quando tua babá te levou, pela primeira vez, num carrinho de bebê, durante a primavera, e serão as últimas que verás com os olhos da memória e do amor. E há a antiga Salem com seus anos e anos de gerações, e a espectral Marblehead estendendo seus rochosos precipícios rumo a séculos passados; e a glória das torres e flechas de Salem vistas de longe, das pastagens de Marblehead, através do porto, contra o sol poente.

"Há a Providence curiosa e senhorial sobre suas sete colinas acima da enseada azul, com terraços gramados ascendendo até campanários e cidadelas de viva antiguidade, e Newport subindo fantasmagórica de seu quebra-mar onírico. Lá está Arkham com seus musgosos telhados de duas águas e as ondulantes campinas rochosas por trás, e a antediluviana Kingsport, venerável com suas empinadas chaminés e cais desertos, suas empenas salientes e a maravilha dos altos penhascos e do oceano vestido de leitosa névoa com suas boias balançando ao longe.

"Vales frescos em Concord, vielas calçadas com pedras arredondadas em Portsmouth, curvas crepusculares das rústicas estradas de New Hampshire onde olmos gigantes entremostram as paredes brancas das casas de fazenda e os rangentes poços de água. Os cais de sal de Gloucester e os salgueiros agitados pelo vento de Truro. Vistas dos altos campanários de distantes vilarejos e colinas atrás de colinas ao longo da North Shore, silenciosas encostas pedregosas e baixas casinhas cobertas de hera nas faldas dos enormes blocos arredondados de rocha no interior de Rhode Island. Aroma do mar e fragrância dos campos, encanto dos bosques sombrios e alegria dos pomares e jardins ao alvorecer. Tudo isso, Randolph Carter, é a tua cidade, pois é tu mesmo. A Nova Inglaterra criou-te e derramou em tua alma um eterno fascínio. Esse fascínio, moldado, cristalizado e polido por anos de sonhos e recordações é a tua maravilha com terraços e crepúsculos fugidios, e para encontrar aquele parapeito de mármore com curiosos vasos e amurada cinzelada, e descer finalmente aqueles intermináveis degraus abalaustrados até a cidade de amplas praças e fontes prismáticas, precisas apenas voltar aos pensamentos e visões de tua saudosa meninice.

"Vê! Por aquela janela brilham as estrelas da noite eterna. Ainda agora elas brilham sobre as cenas que tu conheceste e amaste, bebendo de seu encanto para poderem brilhar mais graciosamente sobre os jardins de sonho. Ali está Antares — ela está piscando neste momento sobre os telhados da rua Tremont, e tu poderias vê-la da janela do Monte Beacon. Muito além dessas estrelas escancaram-se os abismos de onde meus insensíveis mestres me enviaram. Algum dia poderás também cruzá-los, mas, se fores sábio, evitarás esta loucura, pois dos mortais que ali chegaram e conseguiram regressar, apenas um preserva a mente não abalada pelos marteladores e grudentos horrores do vazio. Terrores e blasfêmias roem-se uns aos outros por espaço, e há mais maldade nos menores que nos maiores, como até mesmo tu sabes pelas proezas dos que tentaram colocar-te em minhas mãos, embora eu mesmo não abrigue nenhum desejo de maltratá-lo e, na verdade, teria mesmo te ajudado a chegar até aqui há muito tempo se não estivesse ocupado em outro lugar e certo de que tu saberias encontrar o caminho por conta própria. Evita-os, esses infernos exteriores, e prende-te às coisas calmas e graciosas de tua juventude. Busca tua maravilhosa cidade e expulsa delas os Grandes folgazões, enviando-os de volta gentilmente àqueles cenários que são próprios de sua própria juventude e que aguardam ansiosos seu retorno.

"Mais fácil ainda que o caminho confuso da memória é o caminho que prepararei para ti. Vê! Aí se aproxima um monstruoso shantak, conduzido por um escravo que, para tua tranquilidade, achou por bem conservar-se invisível. Monta e prepara-te — pronto! Yogash, o negro, vai ajudar-te a montar no horror escamado. Dirige para aquela estrela mais brilhante pouco ao sul do zênite — é Vega, e dentro de duas horas estarás bem em cima do terraço de tua cidade crepuscular. Dirige-te para ela somente até ouvir um longínquo cantar no alto éter. Acima dali espreita a loucura, portanto, refreia teu shantak quando surgirem as primeiras notas. Olha então para a Terra e verás brilhando a imortal chama do altar de Ired-Naa pelo sacro telhado de um templo. Esse templo se encontra em tua almejada cidade crepuscular. Vira, pois, em sua direção antes de prestar atenção no canto e se perder.

"Quando chegar perto da cidade, dirija-te para o mesmo parapeito alto de onde perscrutaste, há tempos, a irradiada glória aguilhoando o shantak até ele gritar. Esse grito, os Grandes, sentados em seus terraços perfumados, ouvirão e reconhecerão e serão tomados de tal saudade do lar que todas as maravilhas de tua cidade não os consolarão da falta do austero castelo de Kadath e a dupla coroa de estrelas eternas que o encima.

"Deves então pousar no meio deles com o shantak e deixar que vejam e toquem nesse repugnante pássaro hipocéfalo enquanto tu discorres para eles sobre a desconhecida Kadath que terás deixado tão recentemente, contando-lhes como são encantadores e luminosos os infinitos salões onde eles costumavam saltitar e festejar antigamente em sublime esplendor. E o shantak lhes falará à maneira dos shantaks, mas não terá poderes de persuasão além de recordar os velhos tempos.

"Mais e mais deverás falar aos errantes Grandes sobre seu lar e sua juventude até que finalmente chorem e peçam para lhes mostrarem o caminho de volta que esqueceram. Então podes soltar o expectante shantak, enviando-o para o céu com o chamado doméstico de sua espécie, a cuja audição os Grandes corcovearão e saltarão com ancestral alegria e sem demora sairão apressadamente atrás do asqueroso pássaro ao modo dos deuses, através dos abismos profundos do céu para as torres e cúpulas familiares de Kadath.

"Assim a maravilhosa cidade crepuscular será tua para que a admires e habites para sempre, e uma vez mais os deuses da terra governarão os sonhos dos homens de seu costumeiro trono. Vai agora — a janela está aberta e as estrelas esperam lá fora. Teu shantak já resfolega e ri mansamente impaciente. Ruma para Vega através da noite, mas desvia-te quando surgirem os sons melódicos. Não te esqueças dessa advertência, caso contrário horrores impensáveis te sugarão para o abismo da guinchante e ululante insanidade. Lembra-te dos Outros Deuses; eles são grandes, cruéis e terríveis, e estão à espreita nos vazios exteriores. Farás bem em evitá-los.

"*Ei! Aa-shanta 'nygh!* Parte! Envia de volta os deuses da terra a suas moradas na desconhecida Kadath e reza a todo o espaço para nunca mais me encontrares em qualquer de minhas milhares de outras formas. Adeus, Randolph Carter, e toma cuidado, *pois eu sou Nyarlathotep, o Rastejante Caos!*"

E Randolph Carter, ofegante e estonteado sobre seu horrível shantak, disparou como uma flecha para o espaço na direção do frio clarão azulado da setentrional Vega, olhando uma vez apenas para trás, para os torreões amontoados e caóticos do pesadelo de ônix onde ainda cintilava a solitária luz pálida daquela janela acima da atmosfera e das nuvens do mundo onírico terrestre. Grandes horrores poliposos deslizavam sombriamente para trás e um grande número de invisíveis asas de morcego batia ao seu redor, mas ele se manteve agarrado à repugnante crina daquele nauseante pássaro hipocéfalo escamado. As estrelas dançavam zombeteiramente, quase mudando de posição, às vezes, para formar pálidos sinais aziagos que se poderia imaginar jamais terem sido vistos ou temidos antes, e os ventos inferiores uivavam continuamente sobre vaga escuridão e solidão além do cosmos.

Então, pela cintilante abóbada acima desceu um silêncio pressago e todos os ventos e horrores recolheram-se furtivamente como seres noturnos se recolhem antes do alvorecer. Estremecendo em ondas que fragmentos dourados da nebulosa tornavam fantasticamente visíveis, emergiu um tímido fio de distante melodia, zumbindo tênues acordes desconhecidos de nosso próprio universo estelar. E, enquanto a música crescia, o shantak esticou suas orelhas e inclinou-se para a frente, e Carter igualmente se curvou para melhor captar cada delicioso compasso. Era uma canção, mas não a canção de alguma voz. A noite e as esferas a cantavam e ela já era antiga quando o espaço e Nyarlathotep e os Outros Deuses nasceram.

O shantak apressou seu voo e mais para a frente curvou-se o cavaleiro embevecido com a maravilha de estranhos abismos, rodopiando nas espiras de cristal da magia exterior. Então, chegou-lhe tarde demais a advertência do maligno, o sardônico aviso do diabólico enviado o qual alertara o explorador para se acautelar contra a loucura daquela canção. Somente para escarnecer, Nyarlathotep indicara o caminho para a segurança e a maravilhosa cidade crepuscular; só de zombaria o negro emissário revelara o segredo daqueles deuses negligentes cujos passos ele poderia tão facilmente comandar. Pois a loucura e a selvagem vingança do vazio são as únicas dádivas de Nyarlathotep aos incautos, e por mais que o febril cavaleiro tentasse virar aquela detestável montaria, o furtivo e escarninho shantak seguia em frente, impetuoso e incansável, batendo suas grandes asas escorregadias com maligna alegria, na direção daqueles abismos profanos onde nenhum sonho alcança; àquelas derradeiras e amorfas influências malignas da mais baixa confusão onde borbulha e blasfema, no centro do infinito, o estúpido sultão demoníaco Azathoth, cujo nome não se ousa proferir em voz alta.

Resoluto e obediente às ordens do pérfido emissário, aquele pássaro infernal disparava para cima, através de multidões de informes espreitadores e saltadores na escuridão, e ociosas hordas de entidades flutuantes que relavam e tateavam e tateavam e relavam as inomináveis larvas dos Outros Deuses que, como eles, são cegas e néscias, com fomes e sedes singulares.

Resoluta e incansavelmente para cima, e rindo hilariamente ao observar o casquinar histérico em que se tornara a grandiosa canção da noite e das esferas, aquele hediondo monstro escamoso conduzia seu indefeso cavaleiro, arremessando-se e disparando, traspassando o mais alto limite e penetrando nos mais longínquos abismos, deixando para trás as estrelas e os reinos da matéria, disparando como um meteoro pela total informidade àquelas câmaras escuras inconcebíveis além do tempo, onde Azathoth grunhe informe e voraz em meio ao enlouquecedor rufar abafado de repulsivos tambores e o fino e monótono soprar de flautas profanas.

Avante — avante — através dos gritantes, casquinantes abismos tetricamente habitados —; mas então, de alguma confusa abençoada distância, uma imagem e um pensamento ocorreram a Randolph Carter, o condenado. Nyarlathotep planejara muito bem sua zombaria e sua tantalização, pois havia produzido algo que nenhuma rajada de gélido terror poderia apagar inteiramente. Lar — Nova Inglaterra — Monte Beacon — o mundo da vigília.

"Pois saiba que tua maravilhosa cidade de ouro e mármore é apenas a soma do que tu viste e amaste na juventude... A glória dos telhados em aclive e das janelas do lado oeste inflamadas pelo pôr do sol de Boston, do Common perfumado de flores e da grande cúpula sobre a colina e o emaranhado de empenas e chaminés no vale violeta onde o Charles de muitas pontes flui sonolento... Este fascínio, moldado, cristalizado e polido por anos de sonhos e recordações, é a tua maravilha com terraços e crepúsculos fugidios, e para encontrar aquele parapeito de mármore com curiosos vasos e amurada cinzelada e descer finalmente aqueles intermináveis degraus abalaustrados até a cidade de amplas praças e fontes prismáticas precisas apenas voltar aos pensamentos e visões de tua saudosa meninice."

Avante — avante — vertiginosamente adiante até o destino final através da escuridão onde cegos sensitivos tateiam e focinhos viscosos colidem e coisas inomináveis escarninhas riam e riam e riam. Mas a imagem e o pensamento haviam acorrido e Randolph Carter sabia claramente que estava sonhando, apenas sonhando, e que em algum lugar no fundo, o mundo da vigília e a cidade de sua infância permaneciam. As palavras retornaram — "Precisas apenas voltar aos pensamentos e visões de tua saudosa meninice". Voltar — voltar — escuridão por todos os lados, mas Randolph Carter poderia voltar.

Por mais denso que fosse o alucinante pesadelo que agarrava seus sentidos, Randolph Carter poderia virar e se mover. Poderia se mover e, se quisesse, saltar do maligno shantak que o conduzia abruptamente para um destino sob as ordens de Nyarlathotep. Poderia saltar fora e afrontar aquelas profundezas da noite que se escancaravam interminavelmente abaixo, aquelas profundezas de medo cujos terrores poderiam não exceder o inominável destino que espreitava no coração do caos. Ele poderia virar e mover-se e saltar — ele poderia — ele iria — iria.

Daquela enorme abominação hipocéfala saltou o condenado e desesperado sonhador, e para baixo, através de intermináveis vazios de senciente escuridão, ele caiu. Transcorreram eras, universos morreram e renasceram, estrelas viraram nebulosas e nebulosas viraram estrelas, e Randolph Carter continuava a cair por aqueles intermináveis vazios de senciente escuridão. Então, no lento percurso rastejante da eternidade, o derradeiro ciclo do cosmos agitou-se numa nova vã configuração e todas as coisas tornaram a ser como eram incalculáveis *kalpas*[1] atrás. Matéria e luz renasciam como o espaço antes as conhecera, e cometas, sóis e mundos surgiram flamejantes para a vida, embora nada tenha sobrevivido para contar que eles haviam existido e sumido, existido e sumido, sempre e sempre, não de volta a um primeiro começo.

E havia novamente um firmamento, e um vento, e um clarão de luz púrpura nos olhos do sonhador em queda. Havia deuses e presenças e vontades; beleza e maldade, e o guincho da noite repugnante roubado de sua presa. Pois durante o desconhecido ciclo final havia existido um pensamento e uma visão da infância de um sonhador, e agora foram refeitos um mundo de vigília e uma velha cidade querida para dar corpo e justificar essas coisas. No coração do vazio, o gás violeta S'ngac havia apontado o caminho e o arcaico Nodens vociferava sua orientação de insuspeitas profundezas.

Estrelas se expandiram em auroras e auroras explodiram em fontes de ouro, carmim e púrpura, e o sonhador continuava caindo. Gritos rasgaram o éter enquanto cortinas de luz expulsavam

[1] *Kalpa*: do sânscrito, designa um longo período de tempo nas cosmologias hindu e budistas, equivalente a cerca de 4.32 bilhões de anos. (N.T.)

os demônios de fora. E o imponente Nodens lançou um uivo de triunfo quando Nyarlathotep, perto de sua pedreira, parou aturdido por um clarão que fez murchar seus informes e monstruosos caçadores em poeira cinzenta. Randolph Carter finalmente descera as amplas escadarias de mármore até sua maravilhosa cidade, pois havia regressado ao belo mundo da Nova Inglaterra que o formara.

Assim, ao som dos acordes de órgão de miríades de sopros matinais e do deslumbrante esbrasear da aurora atravessando os purpúreos vitrais da grande cúpula dourada da State House, sobre a colina, Randolph Carter saltou acordado, com um grito, dentro de seu quarto, em Boston. Pássaros cantavam em ocultos jardins e o perfume das trepadeiras enrascadas nas treliças chegavam saudosos dos caramanchões que seu avô havia cultivado.

Luz e beleza irradiavam da cornija de lareira clássica e das paredes e cimalhas entalhadas com figuras grotescas, enquanto um lustroso gato preto despertava, bocejando, de seu sono, ao lado da lareira, que o sobressalto e o grito de seu dono haviam perturbado. E a imensas infinitudes de distância, além do Portal do Sono Mais Profundo e do bosque encantado e das terras ajardinadas e do mar Cereneriano e das extensões crepusculares de Inganok, o rastejante caos Nyarlathotep avançava pesadamente para o castelo de ônix no topo da desconhecida Kadath na vastidão fria, insultando insolentemente os brandos deuses da terra, a quem ele arrancara abruptamente de seus aromáticos festins na maravilhosa cidade crepuscular.

(1927)

Celephaïs

Num sonho, Kuranes viu a cidade no vale, e a costa marítima além dela, e um pico nevado contemplando o mar, e as galés de cores vistosas que navegam do porto para regiões distantes onde o mar encontra o céu. Foi também num sonho que recebeu seu nome, Kuranes, pois quando acordado, outro era o nome com que o chamavam. Talvez lhe fosse natural sonhar um novo nome, pois era o último de sua estirpe, uma criatura solitária rodeada por milhões de londrinos indiferentes. Não havia muitos, portanto, para falar-lhe e lembrá-lo de quem havia sido. Seu dinheiro e suas terras se foram e não lhe importava o modo como as pessoas o tratavam, preferindo sonhar e escrever sobre seus sonhos. As coisas que escrevia eram zombadas por aqueles a quem as mostrava, de modo que, depois de algum tempo não as mostrava a ninguém e finalmente parou de escrever. Quanto mais se afastava do mundo que o cercava, mais maravilhosos se tornavam seus sonhos e seria bastante fútil tentar colocá-los no papel. Kuranes não era moderno e não pensava como outros escritores. Enquanto estes tratavam de despir a vida de seus mantos bordados de mitos revelando sua crua fealdade, a face turva da realidade, Kuranes buscava apenas a beleza. Quando verdade e experiência não a conseguiam revelar, ele a buscava na fantasia e na ilusão, encontrando-a no pórtico de sua casa em meio a embaçadas lembranças de sonhos e histórias infantis.

Poucos conhecem as maravilhas que se descortinam para si nas histórias e visões de sua juventude, pois quando somos crianças escutamos e sonhamos e pensamos tão somente pensamentos incompletos e quando, já adultos, tentamos recordá-los, estamos entorpecidos e vulgarizados pelo veneno da vida. Mas alguns de nós despertam no meio da noite com estranhos fantasmas de colinas e jardins encantados, de fontes que cantam sob o sol, de penhascos dourados debruçados sobre mares murmurantes, de planícies que descem até cidades adormecidas de bronze e de pedra, e de vagas companhias de heróis montados em cavalos brancos ricamente ajaezados, cavalgando pelas fímbrias de densas florestas. Sabemos então que olhamos para trás, pelos portais de marfim, para aquele mundo de magia que nos pertencia antes de nos tornarmos sábios e infelizes.

Kuranes entrara bruscamente nesse velho mundo da infância. Estivera sonhando com a casa onde nascera, a grande casa de pedra coberta de hera onde treze gerações de seus antepassados haviam morado e onde esperava morrer. A noite estava enluarada e ele saíra silenciosamente para a perfumada noite estival, percorrendo os jardins, descendo pelos terraços, passando pelos grandes carvalhos do parque e caminhando pela longa estrada branca até a aldeia. Esta parecia muito antiga, com suas margens reduzidas como os da lua minguante, e Kuranes ficou imaginando se era morte ou sono o que se ocultava sob os pontiagudos telhados das casinhas. Nas ruas estavam eriçados compridos talos de capim e as vidraças de ambos os lados ou estavam quebradas, ou fitavam turvamente o ambiente. Kuranes não se demorara por ali, caminhando pesadamente, como que impelido para algum destino certo. Não ousara desobedecer aos apelos por medo de que possam revelar uma ilusão como as urgências e aspirações da vida em vigília que não levam a nenhum fim. Uma viela o levou então da rua principal da aldeia aos penhascos do canal, e chegara ao fim das coisas — o precipício e o abismo onde a aldeia toda e o mundo todo despencavam abruptamente no vazio silencioso do infinito, onde até mesmo o céu que se abria à sua frente estava vazio e soturno sob a luz de uma Lua decadente e de estrelas furtivas. A fé o impelira a se atirar no precipício, por onde descera flutuando, sempre para baixo, mais para baixo, passando por sonhos informes, obscuros, não sonhados, por esferas palidamente brilhantes que poderiam ter sido sonhos parcialmente sonhados, e por coisas aladas que pareciam rir zombeteiramente dos sonhadores de todos os mundos. Então uma fenda pareceu abrir-se na escuridão à sua frente e avistou a cidade do vale cintilando radiante muito, muito abaixo, tendo por fundo o mar, o céu e uma montanha de cume nevado perto da costa.

Kuranes despertara no exato instante em que avistara a cidade, embora soubesse, de seu breve vislumbre, que outra não era senão Celephais, no Vale de Ooth-Nargai, além dos Montes Tanarianos, onde seu espírito habitara durante toda a eternidade de uma hora em certa tarde de verão, muitos anos antes, quando escapara de sua babá e deixara a cálida brisa marinha niná-lo até dormir, mirando as nuvens do penhasco próximo da aldeia. Protestara, então, quando o encontraram, despertaram e carregaram-no para casa, pois, no momento em que o acordaram, estava prestes a vogar numa galé dourada para aquelas regiões fascinantes onde o mar encontra o céu. Agora estava igualmente chateado por ter acordado, pois havia encontrado sua fabulosa cidade depois de quarenta longos e cansativos anos.

Três noites mais tarde, porém, Kuranes voltou a Celephais. Como antes, primeiro sonhou com a aldeia adormecida ou morta e com o abismo para cujas profundezas era preciso flutuar silenciosamente. Depois reapareceu a fenda e avistou os cintilantes minaretes da cidade, as graciosas galeras flutuando ancoradas no porto azul, observando as árvores gingko do Monte Aran balançando ao sabor da brisa do mar. Mas dessa vez não o arrancaram dali e, como um ser alado, foi sendo vagarosamente conduzido para baixo até a relvada encosta de uma colina onde seus pés pousaram suavemente sobre o gramado. Voltara, finalmente, ao Vale de Ooth-Nargai e à esplêndida cidade de Celephais.

Morro abaixo, em meio a relvas perfumadas e flores cintilantes, Kuranes caminhou, cruzando o borbulhante Naraxa pela pequena ponte de madeira onde gravara seu nome há tantos anos, e pelo bosque sussurrante até a grande ponte de pedra diante do portão da cidade. Estava tudo como antigamente; as paredes de mármore não haviam descorado, nem manchadas estavam as luzidias estátuas de bronze que as encimavam. E Kuranes percebeu que não precisava temer pelo desaparecimento das coisas que conhecia, pois até mesmo as sentinelas postadas nos baluartes eram as mesmas e pareciam tão jovens como as recordava. Tendo entrado na cidade pelos portões de bronze, percorreu os passeios de ônix com os mercadores e condutores de camelos o saudando como se nunca houvesse partido, e o mesmo aconteceu no templo de cor turquesa de Nath-Horthath, onde sacerdotes em trajes cor de orquídea haviam lhe contado que em Ooth-Nargai o tempo não existe e ali reina a eterna juventude. Kuranes caminhou então pela rua dos Pilares até a muralha do lado do mar onde se reuniam mercadores e marinheiros e homens bizarros das regiões em que o mar encontra o céu. Ali permaneceu, por muito tempo, admirando o porto brilhante no qual as pequenas ondas cintilavam sob um sol desconhecido e flutuavam suavemente sobre a água as galeras de regiões distantes. E dali fitou também o Monte Aran alteando-se majestoso à beira-mar com suas encostas inferiores esverdeadas por árvores frondosas e seu alvo cume tocando o céu.

Mais do que nunca desejou Kuranes navegar numa galé para os lugares distantes de que ouvira tantas histórias maravilhosas, e uma vez mais procurou o capitão que concordara em transportá-lo numa época remota. Encontrou o homem, Athib, sentado no mesmo baú de especiarias em que estivera sentado no passado, e Athib não pareceu dar-se conta de que tanto tempo se passara. Os dois remaram então para uma galera ancorada no porto e, comandando os remadores, navegaram pelo encapelado mar Cereneriano que conduz ao céu. Durante sete dias eles vogaram, balançando sobre as águas, até alcançar o horizonte onde o mar encontra o céu. Ali chegando a galera não parou e seguiu flutuando serenamente pelo azul do céu por entre macias nuvens rosadas. E muito abaixo da quilha, Kuranes podia enxergar estranhas terras e rios e cidades de arrebatadora beleza espalhando-se indolentemente à luz do sol que parecia jamais arrefecer ou se extinguir. Athib lhe disse enfim que a viagem se aproximava de seu término e que em breve entrariam no porto de Serannian, a cidade de mármore rosado entre as nuvens, construída na costa etérea onde o vento oeste sopra para o céu. Mas, no momento em que avistava as mais altas torres esculpidas da cidade, um som se projetou de algum lugar do espaço e Kuranes despertou no sótão onde vivia, em Londres.

Durante muitos meses depois disso, Kuranes procurou a maravilhosa cidade de Celephais e suas galeras celestiais, mas foi em vão. E, apesar de seus sonhos o conduzirem a muitos lugares deslumbrantes e desconhecidos, ninguém soube lhe dizer como achar Ooth-Nargai além dos Montes Tanarianos. Certa noite, saiu voando sobre montanhas escuras onde se avistavam tênues fogueiras solitárias e estranhos e felpudos rebanhos puxados por líderes com sininhos tilintantes, e na parte mais selvagem dessa terra montanhosa e tão remota, que poucos homens jamais puderam vê-la, encontrou uma muralha ou passarela de pedra terrivelmente antiga serpeando entre cristas e vales. Era de tal forma gigantesca que não podia ter sido construída por mãos humanas e era tal sua extensão que não se podia enxergar nenhuma de suas extremidades. Cruzando essa muralha, durante o amanhecer cinzento, chegou a uma terra de bizarros jardins e cerejeiras, e quando o sol se ergueu avistou uma paisagem tão bela de flores vermelhas e brancas, folhagens e prados verdejantes, caminhos brancos, riachos adamantinos, pequenas lagoas azuis, pontes ornamentadas e pagodes de telhados vermelhos que, por um momento, esqueceu-se de Celephais, mergulhado em completo deleite. Mas recordou-a novamente ao descer por um alvo caminho na direção de um pagode de telhado vermelho, e teria inquirido a gente dessa terra sobre ela se não houvesse percebido que não era habitada por gente e sim por pássaros, abelhas, borboletas. Numa outra noite, Kuranes galgou interminavelmente uma úmida escadaria de pedra em espiral até alcançar a janela de uma torre debruçada sobre uma imensa planície e um rio banhados pela lua cheia. E na cidade silenciosa que se estendia pela margem do rio, pensou ter avistado algumas características e disposições que já conhecera. Kuranes teria descido e perguntado pelo caminho para Ooth-Nargai se uma indomável aurora não tivesse se precipitado de algum lugar remoto além do horizonte, revelando a ruína e antiguidade da cidade, a estagnação do rio recoberto de juncos e a morte que jazia sobre aquela terra, como ali jazera desde que o Soberano Kynaratholis voltara ao lar depois de suas conquistas para fazer frente à vingança dos deuses.

Assim Kuranes procurava inutilmente a maravilhosa cidade de Celephais e suas galeras que navegam pelo céu para Serannian, admirando muitas maravilhas, e, certa vez, quase não conseguindo escapar do sumo sacerdote que não deve ser descrito, que cobre a face com uma máscara de seda amarela e mora sozinho num pré-histórico monastério de pedra no gélido e desértico planalto de Leng. Com o tempo, foi se impacientando de tal forma com os sombrios intervalos do dia que começou a comprar drogas para aumentar a duração dos períodos de sono. O haxixe ajudou-o muito, e certa vez o enviou a uma parte do espaço onde a forma não existe e gases cintilantes desvendam os segredos da existência. Ali, um gás violáceo contou-lhe que aquela parte do espaço estava fora do que ele havia chamado de infinito. O gás jamais ouvira de planetas e organismos, mas identificava Kuranes como um mero ser do infinito onde existem matéria, energia e gravitação. Kuranes, muito ansioso agora para retornar à Celephais pontilhada de minaretes, aumentou a dosagem das drogas, mas acabou ficando sem dinheiro para comprá-las. Então, num certo dia de verão, foi despejado de seu sótão; vagou sem rumo pelas ruas, cruzando uma ponte para um lugar onde as casas iam se espaçando cada vez mais. E foi ali que a realização se deu, e ele encontrou o cortejo de cavaleiros de Celephais que viera levá-lo para lá por todo o sempre.

Eram garbosos cavaleiros montando cavalos ruões e vestindo brilhantes armaduras com tabardos de brocados de ouro curiosamente brasonados. Eram tão numerosos que Kuranes quase os confundiu com um exército, mas haviam sido enviados em sua honra, pois fora ele o criador de Ooth-Nargai em seus sonhos e por isso estava sendo elevado a seu deus supremo para sempre. Os ginetes entregaram um cavalo a Kuranes, colocaram-no à frente do cortejo e todos cavalgaram majestosamente pelas colinas relvosas do Surrey dirigindo-se para a região onde os antepassados de Kuranes haviam nascido. Era muito estranho, mas à medida que avançavam, os cavaleiros pareciam galopar de volta no tempo, pois, sempre que passavam por uma aldeia ao crepúsculo, viam apenas aquelas casas e aldeões, assim como Chaucer ou homens anteriores a ele poderiam ter visto, e às vezes viam cavaleiros cavalgando com pequenas companhias de seguidores. Quando escureceu, apressaram o passo até flutuarem estranhamente, como se estivessem pairando no ar. No turvo alvorecer, chegaram a uma aldeia que Kuranes conhecera viva em sua infância, e morta ou adormecida em seus sonhos. Estava viva agora e os aldeões madrugadores curvavam-se reverentemente à passagem dos cavaleiros que se deslocavam estrepitosamente rua abaixo e viravam para a viela que termina no abismo dos sonhos. Kuranes só entrara antes no abismo à noite , e ficou imaginando como ele seria à luz do dia, observando com ansiedade a coluna se aproximar de sua margem. No momento em que galopavam pela ladeira que levava à beira do precipício, um brilho dourado surgiu de alguma parte do oeste ocultando toda a paisagem em cortinas resplandecentes. O abismo era um caos fervilhante de esplendor róseo e cerúleo onde vozes invisíveis cantavam exultantes enquanto a briosa companhia mergulhava pela margem e flutuava graciosamente entre nuvens cintilantes e fulgurações argênteas. Os cavaleiros flutuavam interminavelmente pelo abismo, seus cavalos movendo as patas no éter como se galopassem em areias douradas. Os vapores luminosos desfizeram-se então para revelar um brilho ainda maior, o brilho da cidade de Celephais e da costa marítima além dela, e o cume nevado debruçado sobre o mar, e as galeras vistosamente decoradas que navegam do porto para regiões distantes onde o mar encontra o céu.

E daquele momento em diante reinou Kuranes sobre Ooth-Nargai e todas as regiões oníricas vizinhas, reunindo sua corte alternadamente em Celephais e na enevoada Serannian. Ali ainda reina e reinará venturosamente para sempre, embora nas faldas dos penhascos, em Innsmouth, as ondas do canal tenham brincado zombeteiramente com o corpo de um vagabundo que se arrastara pela aldeia semideserta ao amanhecer. Brincaram zombeteiramente e o atiraram sobre as rochas que ladeiam as Trevor Towers, cobertas de hera, onde um cervejeiro, afrontosamente rico e espantosamente gordo, desfruta de uma adquirida aparência de extinta nobreza.

(1920)

a chave de prata

Quando Randolph Carter tinha trinta anos, perdeu a chave do portal dos sonhos. Antes dessa época ele se preparara para a insipidez da vida em noturnas excursões para cidades antigas e fantásticas além do espaço, e graciosas, incríveis regiões floridas, cruzando etéreos oceanos. Mas à medida que a meia-idade foi se impondo, começou a sentir essas liberdades gradualmente se esvaírem, até desaparecerem definitivamente. Suas galés já não conseguiam navegar pelo rio Oukranos acima, além dos dourados píncaros de Thran, nem suas caravanas de elefantes podiam mais estrondear pelas selvas perfumadas de Kled, onde palácios abandonados com colunas de mármore rajado dormiam graciosos e intactos ao luar.

Lera muito sobre as coisas reais e conversara com uma infinidade de pessoas. Filósofos bem-intencionados haviam lhe ensinado a examinar as conexões lógicas das coisas e a analisar os processos que formavam suas ideias e fantasias. O encantamento se fora e ele havia esquecido que a vida toda não passa de um conjunto de imagens no cérebro, entre as quais não se diferenciam as que resultam de coisas reais e as que nascem de sonhos interiores, e que não há motivo para se valorizar umas mais do que outras. Tal hábito entorpecera seus ouvidos com uma supersticiosa reverência por tudo que tivesse uma existência física e tangível, e o tornara intimamente envergonhado de viver mundos fictícios. Os sábios lhe haviam dito que suas fantasias ingênuas eram fúteis e infantis, e ainda mais absurdas porque seus atores persistiam em fantasiá-las como cheias de significado e propósito, enquanto o cego cosmos batalha sem rumo do nada para algo e de algo para o nada, sem se importar ou tomar conhecimento dos anseios ou da existência das mentes que brilham por um ocasional instante na escuridão.

Haviam-no aprisionado às coisas tangíveis, e depois explicaram-lhe o funcionamento dessas coisas até o mundo perder todo o seu mistério. Quando se queixava, desejando fugir para os reinos crepusculares onde a magia molda todos os pequenos fragmentos vívidos e as associações privilegiadas da mente em visões de aflita esperança e ávido deleite, arrastavam-no para os recém-descobertos prodígios da ciência, forçando-o a encontrar magia na voragem do átomo e mistério nas dimensões do céu. E, quando não conseguiu encontrar essas dádivas nas coisas cujas leis são conhecidas e mensuráveis, disseram-lhe que lhe faltava imaginação e maturidade porque preferia as ilusões oníricas às ilusões de nossa criação física.

Carter tentara então fazer como outros haviam feito, fingindo que os acontecimentos e emoções comuns das mentes da terra eram mais importantes que as fantasias das almas raras e sensíveis. Quando lhe disseram que a dor animal de um porco apunhalado, ou de um agricultor dispéptico, na vida real é superior à beleza sem par de Narath com suas cem cavernas esculpidas e suas cúpulas de calcedônia de que se lembrava vagamente de seus sonhos, não protestou. Orientado por eles, cultivou um meticuloso senso de compaixão e tragédia.

Às vezes, porém, não podia deixar de perceber como são rasas, volúveis e insignificantes todas as aspirações humanas, e quão inutilmente nossos verdadeiros impulsos contrariam aqueles pomposos ideais que professamos defender. Apelava então para o riso polido que lhe haviam ensinado a usar contra a extravagância e a artificialidade dos sonhos, pois percebia que cada milímetro da vida cotidiana de nosso mundo é igualmente extravagante e artificial e muito menos merecedor de respeito por causa da pobreza de sua beleza e a tola relutância em admitir a própria falta de sentido e finalidade. Assim se transformou numa espécie de humorista, pois não percebia que o humor também é vão num universo indiferente, destituído de qualquer padrão real de consistência ou inconsistência.

Nos primeiros tempos de sua servidão, voltara-se para a doce fé eclesiástica que a ingênua crença de seus pais lhe incutira, pois dela estendiam-se místicos caminhos que pareciam prometer uma libertação da vida. Foi preciso uma avaliação mais cuidadosa para perceber a decadência da beleza e da fantasia, a desgastada e tediosa trivialidade e a pomposa gravidade das grotescas alegações de verdade inquestionável que monotonamente reinavam na esmagadora maioria de seus mentores; ou sentir, em toda sua extensão, a ineficácia com que ela tentava manter vivos, como fato literal, os crescentes temores e indagações de um povo primitivo diante do desconhecido. Aborrecia Carter perceber a maneira solene com que as pessoas tentavam construir a realidade terrena a partir de velhos mitos refutados por cada novo avanço de sua alardeada ciência, e essa deslocada seriedade destruía o apego que poderia ter pelos antigos credos se eles se contentassem em oferecer os ritos harmoniosos e as válvulas emocionais em sua verdadeira aparência de fantasia etérea.

Mas quando estudou os que haviam abandonado os velhos mitos, descobriu que eram ainda mais repulsivos do que aqueles que não o fizera. Não percebiam que a beleza reside na harmonia, e que o fascínio da vida não obedece a uma norma, imerso que está num cosmos inconstante, exceto a sua harmonia com os sonhos e sentimentos idos que moldaram cegamente nossas pequenas esferas a partir dos restos do caos. Não percebiam que bem e mal, beleza e fealdade, são apenas frutos ornamentais da perspectiva cujo exclusivo valor reside em sua relação com aquilo que o acaso fez nossos pais pensarem e sentirem, e cujos detalhes mais delicados são diferentes para cada povo e cada cultura. Em vez disso, negaram inteiramente essas coisas, ou então as transferiram para os vagos e rudes instintos que compartilhavam com as feras e os camponeses. Assim, sua vida se arrastava fetidamente em sofrimento, fealdade e aberração, embora preenchida de um ridículo orgulho por terem escapado de algo não menos mórbido do que aquilo que ainda os dominava. Haviam trocado os falsos deuses do medo e da cega piedade pelos da licenciosidade e anarquia.

Carter não experimentou largamente essas modernas liberdades, pois sua vulgaridade e esqualidez repugnavam a um espírito amante apenas da beleza, enquanto sua razão se rebelava contra a frágil lógica com que seus mentores tentavam disfarçar o impulso animal com uma santidade extraída dos ídolos que haviam rejeitado. Percebeu que a maioria deles, assim como seus descartados cleros, não conseguia se furtar à decepção de que a vida tem um significado além daquele que os homens sonham para ela, e que não poderia pôr de lado as cruas noções de ética e dever, além da de beleza, mesmo que toda a Natureza uivasse sobre sua inconsciência e impessoal amoralidade à luz de suas descobertas científicas. Pervertidos e fanatizados por ilusões preconcebidas de justiça, liberdade e consistência, descartaram a velha sabedoria e os velhos hábitos junto com as velhas crenças, e jamais pararam para pensar que aquela sabedoria e aqueles hábitos eram os únicos formadores de seus pensamentos e juízos presentes, e os únicos guias e paradigmas num universo sem sentido, sem metas fixas ou pontos estáveis de referência. Havendo perdido essas referências artificiais, sua vida ficou privada de direção e interesse dramático até que, finalmente, trataram de afogar seu tédio na agitação e pretensa utilidade, no barulho e na excitação, nas exibições bárbaras e nas sensações animais. Quando essas coisas perderam o ímpeto, desapontaram ou se tornaram insuportavelmente nauseantes, passaram a cultivar a ironia e a amargura, e descobriram o erro na ordem social. Jamais conseguiram perceber que seus sólidos alicerces eram tão mutáveis e contraditórios quanto os deuses de seus antepassados, e que a satisfação de um momento é o veneno do próximo. A beleza calma e duradoura só pode vir no sonho e este conforto o mundo descartou quando, em sua adoração do real, desfez-se dos segredos da infância e da inocência.

Em meio ao caos de falsidade e inquietação, Carter tentou viver como convinha a um homem de pensamento arguto e boa descendência. Com seus sonhos se esvaindo sob o ridículo da idade, não conseguia acreditar em mais nada, mas o amor pela harmonia o mantinha ligado aos hábitos de seu povo e de sua posição. Caminhava impassível pelas cidades dos homens e suspirava porque nenhuma visão lhe parecia inteiramente real; porque cada feixe de amarelada luz solar sobre os altos telhados e cada vislumbre de praças cercadas de balaustradas às primeiras luzes do anoitecer serviam-lhe apenas para lembrar sonhos que já conhecera e deixá-lo saudoso de lugares etéreos que já não sabia encontrar. Viajar era um esforço inútil. Nem mesmo a Grande Guerra o excitara muito, ainda que tenha servido, desde o início, na Legião Estrangeira da França. Durante algum tempo procurou amigos, mas logo se agastou com a brutalidade de suas emoções e a mesmice e vulgaridade de suas fantasias. Sentia-se vagamente satisfeito com o fato de todos os seus parentes viverem longe e sem contato com ele, pois nenhum deles teria compreendido sua vida mental. Isto é, nenhum exceto seu avô e seu tio-avô Christopher, e já fazia muito que haviam morrido.

Começou então, mais uma vez, a escrever livros, algo que deixara de fazer quando os sonhos começaram a abandoná-lo. Mas também nisso não encontrava satisfação ou plenitude, pois o toque da mundanidade estava em sua mente e não conseguia pensar nas coisas encantadoras como fizera outrora. O humor irônico acabou com todos os minaretes ao crepúsculo que cultivara e o medo banal da improbabilidade varreu todas as flores fantásticas e delicadas de seus feéricos jardins. A convenção de presumida compaixão salpicava insipidez em seus personagens, enquanto o mito de uma realidade importante e de emoções e acontecimentos humanos significativos corrompia toda sua elevada fantasia numa alegoria velada e numa sátira social barata. Seus novos romances foram muito mais bem-sucedidos que os antigos, mas como sabia quanto deviam ser vazios para agradar à horda vazia, queimou-os e parou de escrever. Eram romances muito agradáveis, nos quais ria urbanamente dos sonhos que ligeiramente esboçava, mas logo percebeu que sua sofisticação havia solapado toda a sua vida fora deles.

Foi então que passou a cultivar uma ilusão deliberada e procurou se imiscuir nas noções do bizarro e do excêntrico como um antídoto ao lugar-comum. A maioria delas, porém, logo deixou evidente sua pobreza e vacuidade, e percebeu que as populares doutrinas de ocultismo são tão áridas e inflexíveis quanto as da ciência, não dispondo sequer do paliativo da verdade para redimi-las. Total estupidez, falsidade e pensamento confuso não são sonho e não constituem uma escapatória da vida real para uma mente treinada acima de seu próprio nível. Carter comprou então livros estrangeiros e procurou homens mais profundos e terríveis de tamanha e fantástica erudição, pesquisando arcanos da consciência que poucos ousaram investigar e aprendendo coisas sobre as fontes secretas da vida, da lenda e de imemorial antiguidade que o perturbaram para sempre. Decidiu viver num plano mais irreal e mobiliou sua casa, em Boston, adequando-a a seus cambiantes estados de espírito: um cômodo para cada, decorado com as cores apropriadas, mobiliado com livros e objetos condizentes, e com fontes das sensações apropriadas de luz, calor, som, sabor e odor.

Certa vez, ouviu falar de um homem do Sul que era evitado e temido pelas coisas blasfemantes que lia em livros e tabuletas de argila pré-históricas contrabandeados da Índia e da Arábia. Tal homem, Carter visitou, convivendo com ele e compartilhando seus estudos durante sete anos, até que o horror os possuiu em certa meia-noite, num cemitério antigo e desconhecido, quando apenas um saiu de onde dois haviam entrado. Voltou então para Arkham, a antiga e terrível cidade de seus ancestrais na Nova Inglaterra, assolada pelas bruxas, e viveu experiências tenebrosas entre venerandos salgueiros e cambaleantes telhados de duas águas que o levaram a lacrar, para sempre, certas páginas do diário de um visionário antepassado. Mas esses horrores só conseguiram levá-lo à margem da realidade e não eram o verdadeiro país dos sonhos que conhecera em sua mocidade. Por isso, aos cinquenta anos, desiludiu-se de conseguir qualquer descanso ou contentamento num mundo que se tornara ocupado demais para a beleza e arguto demais para os sonhos.

Tendo finalmente percebido a vacuidade e futilidade das coisas reais, Carter passava os dias recluso em meio às angustiadas lembranças desencontradas de sua mocidade sonhadora. Considerava uma grande tolice preocupar-se com tocar a vida e conseguiu, por intermédio de um conhecido sul-americano, um curioso líquido capaz de conduzi-lo, sem sofrimento, ao olvido. No entanto, a inércia e a força do hábito fizeram-no adiar o ato e permanecia indeciso entre lembranças de tempos antigos, retirando os estranhos objetos pendurados em suas paredes e redecorando a casa como se estivesse em sua primeira meninice — janelas com vidros púrpura, móveis vitorianos e tudo o mais.

Com o tempo, quase se alegrou de não ter partido, pois as relíquias da mocidade e a ruptura com o mundo faziam a vida e a sofisticação parecerem muito distantes e irreais, tanto mais que um toque de magia e esperança voltou a se apresentar em seus repousos noturnos. Durante muitos anos, aqueles repousos só haviam conhecido reflexos desvirtuados das coisas do cotidiano, como acontece nos sonos mais comuns, mas agora retornara uma centelha de algo mais estranho e selvagem, algo de uma iminência vagamente apavorante que tomava a forma de imagens tensamente claras de sua infância e faziam-no pensar nas pequenas coisas inconsequentes que há muito esquecera. Muitas vezes acordava chamando por sua mãe e seu avô, ambos enterrados havia um quarto de século.

Certa noite, seu avô lembrou-o da chave. O velho sábio grisalho, animado como se estivesse vivo, falou longa e entusiasticamente sobre sua antiga linhagem e as estranhas visões dos homens sensíveis e delicados que a constituíam. Falou do cavaleiro cruzado de olhos chamejantes que aprendera terríveis segredos com os sarracenos que o mantinham cativo, e do primeiro Sir Randolph Carter, que estudara magia no reinado de Elizabeth. Falou também daquele Edmund Carter, que escapara milagrosamente de ser enforcado na caça às bruxas de Salem e que havia colocado, numa caixa antiga, uma grande chave de prata que lhe fora deixada por seus antepassados. Antes de Carter despertar, o amável visitante lhe informara onde encontrar a caixa, aquela caixa de carvalho entalhado com maravilhas arcaicas cuja grotesca tampa por dois séculos mão nenhuma abrira.

Encontrou-a imersa na obscuridade e na poeira do grande sótão, remota e esquecida no fundo de uma gaveta numa cômoda alta. Era quadrada e media aproximadamente um pé, e seus entalhes góticos eram tão assustadores que não o admirou que ninguém houvesse ousado abri-la desde Edmund Carter. Ela não produzia nenhum ruído ao ser balançada, mas era mística, com seu aroma de especiarias desconhecidas. Que continha uma chave, isso não passava de uma frágil lenda, e o pai de Randolph Carter jamais soubera da existência de semelhante caixa. Era reforçada com lâminas de ferro enferrujadas e não havia meio visível de abrir a formidável fechadura. Carter compreendeu vagamente que encontraria em seu interior alguma chave para a porta perdida dos sonhos, mas seu avô nada lhe dissera sobre onde e como usá-la.

Um velho criado forçou a tampa entalhada, estremecendo diante das faces medonhas da madeira escura que o olhavam de soslaio e com alguma deslocada familiaridade. No interior, embrulhada num pergaminho desbotado, havia uma enorme chave de prata deslustrada coberta de arabescos misteriosos, mas sem nenhuma explicação legível para eles. O pergaminho era volumoso e continha apenas os curiosos hieróglifos de uma língua desconhecida gravados com alguma antiga pena de bambu. Carter reconheceu os caracteres como aqueles que havia visto num certo papiro do tétrico estudioso do sul que desaparecera certa meia-noite num inominável cemitério. O homem sempre estremecia ao ler aquele pergaminho e Carter estremeceu naquele momento.

Mas limpou a chave e a conservava a seu lado, todas as noites, dentro de sua fragrante caixa de carvalho antigo. Seus sonhos aumentavam agora de vivacidade e apesar de não lhe exibirem as fabulosas cidades e incríveis jardins dos velhos tempos, iam tomando um padrão definido, cujo propósito não poderia passar despercebido. Eles o estavam chamando de volta ao passado e, reunindo as vontades combinadas de todos os seus antepassados, o estavam conduzindo a alguma fonte oculta e ancestral. Percebeu então que devia voltar ao passado e mergulhar nas coisas antigas, e dia após dia pensava nas colinas ao norte onde jaziam a assombrada Arkham, o impetuoso Miskatonic e a solitária e rústica herdade de sua gente.

No estimulante resplendor do outono, Carter enveredou pelo velho caminho relembrado percorrendo as linhas graciosas da colina ondulante e do prado entrecortado de muretas de pedra, o vale distante e o bosque em declive, a serpeante estrada e as aconchegantes chácaras, e as sinuosidades cristalinas do Miskatonic, cruzado aqui e ali por rústicas pontes de madeira ou de pedra. Dobrando uma curva do caminho, avistou o grupo de olmos gigantescos onde um seu antepassado desaparecera misteriosamente um século e meio antes, e estremeceu quando o vento soprou intencionalmente por entre as árvores. Depois vinha a carcomida casa do sítio da velha Goody Fowler, a bruxa, com suas tenebrosas janelinhas e o amplo telhado descendo quase até o chão no lado norte. Carter apressou o passo ao cruzá-la e não arrefeceu a marcha até galgar a colina onde sua mãe e os pais dela haviam nascido, onde a velha casa branca ainda mirava altivamente a estrada, e o arrebatador panorama de colina rochosa e vale verdejante, com as distantes flechas de Kingsport ao longe, e vislumbres do antigo mar carregado de sonhos no mais longínquo horizonte.

Depois vinha a encosta mais íngreme com o antigo lar dos Carter, que ele não visitara nos últimos quarenta anos. Avançara a tarde quando atingiu as faldas da colina, e na curva da metade da subida parou um instante para observar a paisagem rural gloriosa e dourada que se estendia por todos os lados nas superpostas marés de magia derramadas pelo sol poente. Toda a estranheza e expectativa de seus sonhos recentes parecia estar presente nesse panorama silencioso e irreal, e pensou nas solidões desconhecidas de outros planetas, enquanto seus olhos reconheciam as campinas aveludadas e desérticas cintilando ondulantes entre suas muretas ruinosas e os grupos de árvores de uma floresta feérica delimitando colinas púrpuras além de colinas, e o verdejante vale espectral convergindo em sombras para clareiras úmidas onde riachos travessos murmuravam e gorgolejavam correndo entre raízes retorcidas e inchadas.

Alguma coisa sugeriu-lhe que os motores não pertenciam ao reino que estava admirando, então ele encostou o carro à beira da floresta e, colocando a grande chave no bolso do casaco, continuou subindo a colina a pé. Os bosques agora o cercavam completamente, embora soubesse que a casa ficava num alto cômoro inteiramente descampado, exceto na direção do norte. Ficou imaginando que aparência ela teria, pois ficara desabitada e abandonada por negligência sua desde a morte de seu estranho tio-avô Christopher, trinta anos antes. Em sua meninice, divertira-se imensamente em suas longas estadias naquele lugar e descobrira maravilhas extraordinárias nos bosques além do pomar.

A noite se aproximava e sombras se adensaram ao seu redor. Em certo momento, abriu-se um vazio entre as árvores à sua direita e pôde avistar, por sobre léguas de um prado crepuscular, o velho campanário da igreja Congregacional na Colina Central, em Kingsport, rosado pelos derradeiros lampejos do dia, com os vidros das janelinhas redondas ardendo com as fulgurações refletidas do poente. Depois, novamente mergulhado nas sombras envolventes, recordou, com sobressalto, que aquele vislumbre deve ter vindo apenas da memória de sua infância, pois a velha igreja branca há muito fora demolida para ceder espaço ao Hospital Congregacional. Lera sobre isso com interesse, pois o jornal mencionara estranhas cavernas ou passagens encontradas na colina rochosa por baixo dela.

Estava ainda perplexo quando uma voz esganiçada assobiou, e novamente se sobressaltou com a familiaridade mesmo depois de tantos anos. O velho Benijah Corey havia sido empregado de seu tio Christopher, e já era velho naqueles tempos remotos de suas visitas de infância. Devia ter agora mais de cem anos, mas aquela voz esganiçada não podia pertencer a mais ninguém. Não conseguiu distinguir as palavras, mas o tom era atemorizante e inconfundível. Pensar que o "Velho Benijy" ainda pudesse estar vivo!

"Sinhô Randy! Sinhô Randy! Cadê ocê? Qué que tua Tia Marthy bata as bota? Ela já num ti disse pra ficá pur perto daqui di tarde e vortá antes discurecê? Randy! Ran...dii!... Eli é u menino mais danadu pra fugi pros mato quieu já cunheci; metadi du tempu arrudianu aquela cova de serpente nu arto du matu!... Ei! Seu Ran...dii!"

Randolph Carter parou no denso breu e esfregou a mão nos olhos. Algo estava errado. Estivera em algum lugar onde não deveria ter estado; afastara-se para muito longe, para lugares onde não devia ir e agora estava indesculpavelmente atrasado. Não vira a hora no campanário de Kingsport, embora pudesse facilmente ter feito isso com sua luneta de bolso, mas sabia que seu atraso era algo muito estranho e sem precedente. Não estava muito certo de trazer consigo a pequena luneta e colocou a mão no bolso do blusão para verificar. Não, não a trouxera, mas ali estava a grande chave de prata que encontrara numa caixa em algum lugar. Tio Chris lhe contara, certa vez, algo estranho sobre uma antiga caixa com uma chave dentro que nunca havia sido aberta, mas Tia Martha cortara abruptamente a história dizendo que não era coisa para se contar a uma criança cuja cabeça já estava suficientemente cheia de fantasias mórbidas. Tentou se lembrar do lugar exato onde havia descoberto a chave, mas algo parecia muito confuso. Imaginou que havia sido no sótão de sua casa, em Boston, e lembrou vagamente ter subornado Parks com metade de sua semanada para ajudá-lo a abrir a caixa e não contar nada a ninguém. Mas, ao recordar-se disso, a face de Parks lhe pareceu muito estranha, como se as rugas de longos anos houvessem se instalado no alegre pequeno *cockney*.[1]

"Ran...dii! Ran...dii! Ei! Ei! Randy!"

Uma lanterna balouçante surgiu na curva escura e o velho Benijah irrompeu na silenciosa e desnorteante forma do andarilho.

"Garoto mardito, então cê tá aí! Cê num tem uma língua na cabeça que num pode respondê pra genti? Tô chamanu faiz meia hora e cê deve tê miscuitado faiz muito tempo! Cê num sabe que tua Tia Marthy fica afrita docê ficá fora dispois d'iscurecê? Deixa

[1] Habitante dos bairros pobres de Londres. (N.T.)

só eu contá pro teu Tio Chris quandu eli vortá pra casa! Cê divia sabê qui essis matu daqui num é lugá pra tá passeanu esta hora! Tem coisa pur aí qui num faz beim pra ninguém, cumu meu avô mi dizia. Venha, Siô Randy, ou Hannah num vai guardá mais u jantá!"

Randolph Carter foi escoltado então estrada acima, onde maravilhosas estrelas cintilavam através dos altos ramos outonais. E cachorros latiram quando a luz amarela das janelinhas de vidro brilhou na curva mais distante e as Plêiades piscaram sobre o descampado outeiro, onde um grande telhado de duas águas destacava-se soturno contra o poente difuso. Tia Martha estava à porta da frente e não o repreendeu com muita dureza quando Benijah empurrou o traquinas para dentro. Ela conhecia perfeitamente o Tio Chris para esperar por essas coisas do sangue dos Carter. Randolph não mostrou sua chave e comeu sua ceia em silêncio, protestando somente na hora de ir para a cama. Muitas vezes sonhava melhor acordado e estava ansioso para usar aquela chave.

Pela manhã, Randolph levantou-se cedo e teria saído correndo para a mata superior se o Tio Chris não o tivesse apanhado e colocado sentado, à força, em sua cadeira, diante do café da manhã. Ele correu o olhar impacientemente pela sala de teto baixo com o tapete roto e os caibros e travessas aparentes, e só conseguiu sorrir quando os ramos do pomar arranharam os vidros da janela traseira. As árvores e as colinas eram-lhe íntimas e constituíam o portal daquele reino intemporal que era seu verdadeiro mundo.

Uma vez livre, apalpou o bolso do blusão para sentir a chave e, tendo se tranquilizado a esse respeito, chispou pelo pomar para o aclive que se estendia além dele, onde a frondosa colina ascendia novamente para alturas acima do descampado cômoro. O chão da floresta era musgoso e irreal com grandes rochas cobertas de líquen erguendo-se esparsamente aqui e ali sob a luz mortiça, como monólitos druídicos entre os enormes e retorcidos troncos de um bosque sagrado. Na subida, Randolph cruzou um riacho impetuoso cujas corredeiras, um pouco mais adiante, entoavam encantamentos rúnicos para faunos, sátiros e dríades espreitantes.

Finalmente chegou à estranha caverna na encosta da floresta, a temida "Toca da Serpente", que a gente do condado evitava e que Benijah o advertira tantas vezes para evitar. Ela era profunda, bem mais profunda do que todos, exceto Randolph, suspeitavam, pois o garoto encontrara uma fenda no canto escuro mais afastado levando para uma gruta mais espaçosa além dela — um lugar sepulcral e assustador cujas paredes de granito davam uma curiosa ilusão de obra artificial. Nessa ocasião, arrastou-se como sempre, iluminando o caminho com fósforos surrupiados da caixa na sala de estar, esgueirando-se pela última fenda com uma destreza que ele mesmo sequer saberia explicar. Não saberia dizer por que se aproximara da parede mais distante com tanta confiança, ou por que instintivamente estendera a grande chave de prata ao fazer isso. Mas foi em frente e quando voltou saltitando para casa, naquela noite, não se desculpou pela demora, nem se importou com as repreensões que recebeu por ignorar completamente a sacrossanta hora do jantar.

* * *

É fato aceito por todos os parentes distantes de Randolph Carter que alguma coisa havia espicaçado sua imaginação em seu décimo ano de vida. Seu primo, o bacharel Ernest B. Aspinwall, de Chicago, dez anos mais velho do que ele, recorda-se distintamente de uma mudança ocorrida com o garoto depois do outono de 1883. Randolph fora o espectador de cenas fantásticas que poucas pessoas jamais teriam visto; e eram ainda mais estranhas algumas aptidões que ele revelou em relação a coisas corriqueiras. Em suma, parecia ter adquirido um estranho dom de profecia e reagia de maneira incomum a coisas que, conquanto não tivessem muito significado na época, mais tarde foram consideradas provas de singulares impressões. Nas décadas seguintes, à medida que novas invenções, novos nomes e novos acontecimentos foram surgindo, um a um no livro da história, as pessoas ocasionalmente se recordariam maravilhadas de como Carter, anos antes, deixara escapar comentários despretensiosos indubitavelmente relacionados com algo que viria a pertencer ao futuro distante. Nem ele mesmo compreendera aquelas palavras ou soubera por que certas coisas o emocionavam, mas imaginava que algum sonho não lembrado as teria causado. Em 1897, já empalidecia quando algum viajante mencionava a cidadezinha francesa de Belloy-en-Santerre, e amigos lembraram-se disso quando, nesta cidade, ele foi ferido quase fatalmente, em 1916, quando servia na Legião Estrangeira, na Grande Guerra.

Os parentes de Carter andam falando muito nesses casos porque ele ultimamente desapareceu. Seu pequeno e velho criado, Parks, que durante anos aturara pacientemente suas excentricidades, o viu pela última vez na manhã em que Carter saiu guiando seu carro, levando uma chave recentemente encontrada. Parks o ajudara a tirar a chave de uma velha caixa e sentira-se estranhamente afetado pelos seus entalhes grotescos e por alguma outra qualidade estranha da caixa que não saberia nomear. Quando partiu, Carter dissera que ia visitar seu velho e ancestral condado, nos arredores de Arkham.

Na metade do Monte Elm, no caminho para as ruínas da velha morada dos Carter, encontraram o carro cuidadosamente estacionado ao lado da estrada e nele havia uma caixa de madeira fragrante decorada com entalhes que apavoraram os aldeões que a encontraram. A caixa continha apenas um curioso pergaminho cujos caracteres nenhum linguista ou paleontólogo foi capaz de decifrar ou identificar. A chuva há muito apagara qualquer pegada porventura existente, embora investigadores de Boston tivessem algo a dizer sobre evidências de desordem no madeirame desmoronado da casa dos Carter. Era, garantiram eles, como se alguém houvesse andado às apalpadelas entre as ruínas não fazia muito tempo. Um lenço branco comum encontrado entre as rochas da floresta, na colina além dela, não pôde ser identificado como pertencente ao homem desaparecido.

Há entendimentos sobre a partilha dos bens de Randolph Carter entre seus herdeiros, mas eu me oporei firmemente a isso porque não acredito que esteja morto. Há entrelaçamentos de tempo e de espaço, de visão e realidade, que somente um sonhador pode adivinhar, e do que conheço de Carter, penso que ele simplesmente encontrou uma maneira de percorrer esses meandros. Se vai voltar ou não, eu não posso afirmar. Almejava as terras de sonho que perdera e ansiava pelos dias de sua infância. Depois encontrou uma chave e acredito que de algum modo foi capaz de usá-la para alguma fabulosa proeza.

Quando o encontrar, devo lhe perguntar, pois espero encontrá-lo brevemente numa certa cidade de sonho que ambos costumávamos frequentar. Comenta-se em Ulthar, além do rio Skai, que um novo soberano reina sobre o trono de opala de Ilek--Vad, aquela fabulosa cidade de torreões no alto dos penhascos ocos de vidro contemplando o mar crepuscular onde o barbado e pisciforme Gnorri construiu seus curiosos labirintos, e creio saber interpretar esses rumores. Certamente anseio ver, no futuro, aquela grande chave de prata, pois em seus arabescos misteriosos podem estar simbolizados todos os objetivos e mistérios de um cosmos cegamente impessoal.

(1926)

através dos portais da chave de prata[1]

1

Numa vasta sala ornamentada com tapeçarias bizarramente adornadas e revestida com tapetes de Bukhara de notável antiguidade e lavor, quatro homens estavam sentados ao redor de uma mesa forrada de documentos. Dos cantos distantes, onde curiosos tripés de ferro batido eram ocasionalmente reabastecidos por um negro incrivelmente velho trajando uma sóbria libré, chegavam hipnóticas fumaças de incenso, enquanto num profundo nicho em um dos lados batia um estranho relógio em forma de esquife, cujo mostrador exibia desconcertantes hieróglifos e os quatro ponteiros não seguiam nenhum sistema de medição do tempo conhecido neste planeta. Era um aposento singular e perturbador, mas perfeitamente adequado ao assunto que estava sendo tratado. Isso porque ali, na morada de Nova Orleans daquele que era o maior místico, matemático e orientalista do continente, estava sendo finalmente acertada a divisão do espólio de um nada menos que notável místico, estudioso, escritor e sonhador que desaparecera da face da Terra havia quatro anos.

Randolph Carter, que durante toda sua vida tentara escapar do tédio e das imposições da realidade da vigília invocando panoramas de sonhos e fabulosas avenidas de outras dimensões,

[1] Escrito em colaboração com E. Hoffman Price.

desaparecera das vistas humanas no sétimo dia de outubro de 1928, com a idade de cinquenta e quatro anos. Sua carreira havia sido estranha e solitária, e houve quem inferisse, de seus curiosos romances, episódios mais bizarros do que quaisquer outros de sua história registrada. Ele havia mantido íntima associação com Harley Warren, o místico da Carolina do Sul cujos estudos sobre a língua primitiva Naacal, dos monges do Himalaia, provocara conclusões tão injuriosas. Com efeito, fora Carter que — em certa noite tenebrosa e enevoada num antigo cemitério — havia visto Warren descer por uma cripta úmida e salitrosa para nunca mais voltar. Carter vivia em Boston, mas fora das selvagens colinas assombradas por trás da imponente e amaldiçoada Arkham que vieram todos os seus antepassados. E fora no coração daquelas colinas antigas e misteriosamente lúgubres que finalmente desaparecera.

Seu velho criado, Parks — que morrera no início de 1930 —, havia contado algo sobre a caixa de madeira de aroma exótico e entalhes medonhos que Carter encontrara num sótão, e dos indecifráveis pergaminhos e da chave de prata excentricamente adornada que a caixa continha: assuntos sobre os quais Carter também escrevera a outros. Carter, disse, havia lhe contado que a chave viera de seus antepassados e o ajudaria a abrir as portas para sua infância e para estranhas dimensões e reinos fantásticos que até então só visitara em sonhos vagos, breves e fugidios. Um certo dia, Carter pegara a caixa e o que ela continha e partira em seu carro, para nunca mais voltar.

Mais tarde, algumas pessoas haviam encontrado o carro ao lado de uma antiga estrada invadida pelo mato nas colinas por trás da arruinada Arkham — colinas em que os ancestrais de Carter um dia habitaram e onde a porta do carcomido porão da herdade dos Carter ainda se escancarava para o céu. Foi num bosque de altos olmos perto dali que um outro Carter desaparecera misteriosamente em 1781, e não muito distante ficava o chalé meio apodrecido onde Goody Fowler, a bruxa, cozinhara suas ominosas poções ainda antes dessa época. A região fora colonizada em 1692 por fugitivos da caça às bruxas de Salem, e ainda hoje ostentava um nome reportando a coisas vagamente aziagas e raramente imaginadas. Edmund Carter escapara por pouco das sombras do Morro dos Enforcados e muitas eram as histórias que se contavam sobre suas feitiçarias. Agora, ao que parece, seu único descendente partira para se reunir a ele em algum lugar!

No carro, haviam encontrado uma caixa tetricamente lavrada de madeira aromática e o pergaminho que ninguém conseguiu decifrar. A chave de prata se fora — presumivelmente com Carter. Além disso não havia nenhuma pista clara. Investigadores de Boston disseram que as madeiras desmoronadas do velho lar dos Carter pareciam ter sido estranhamente revolvidas, e alguém havia encontrado um lenço na ladeira sinistramente arborizada e eriçada de rochas por trás das ruínas, perto da temível caverna conhecida como Toca da Serpente.

Foi então que as lendas locais sobre a Toca da Serpente ganharam novo alento. Os agricultores murmuravam sobre os usos blasfemos que o velho Edmund Carter, o mago, dera àquela horrível gruta, acrescentando histórias posteriores sobre a afeição que o próprio Randolph Carter lhe votara, quando menino. Na meninice de Carter, o venerável solar com telhado de duas águas ainda estava de pé e era habitado por seu tio-avô Christopher, que visitava o lugar frequentemente e contava curiosidades sobre a Toca da Serpente. As pessoas recordavam o que dissera sobre uma profunda fenda e uma desconhecida caverna interior além dela, e especulavam sobre a mudança que ele parecia ter sofrido depois de passar todo um memorável dia naquela caverna, quando tinha nove anos. Isso fora em outubro, também — e depois daquilo ele pareceu revelar uma estranha aptidão para prever acontecimentos futuros.

Havia chovido na madrugada da noite em que Carter desaparecera e ninguém conseguiu rastrear suas pegadas a partir do carro. O interior da Toca da Serpente estava tomado por um informe lodo mole provocado pela profusa infiltração. Somente os rústicos ignorantes murmuraram sobre as pegadas que pensavam haver encontrado onde os grandes olmos se debruçam sobre a estrada e na sinistra ladeira perto da Toca da Serpente, onde o lenço fora encontrado. Quem daria atenção a rumores que falavam de pequenas pegadas com ponta quadrada como as que teriam deixado as botinas de bico largo de Randolph Carter quando menino? Era uma ideia maluca, assim como aquele outro rumor — o de que as pegadas das peculiares botas sem salto de Benijah Corey encontraram as pequenas pegadas rombudas na estrada. O velho Benijah havia sido empregado dos Carters quando Randolph era jovem; mas ele morrera há trinta anos.

Devem ter sido esses rumores — mais as próprias declarações de Carter a Parks e a outros de que a chave de prata curiosamente ornamentada o ajudaria a abrir as portas para sua perdida meninice — que levaram alguns estudiosos místicos a declarar que o homem desaparecido havia efetivamente dado meia-volta no curso do tempo, retornando quarenta e cinco anos até aquele dia de outubro de 1883 em que estivera na Toca da Serpente quando garoto. Ao sair, naquela noite, disseram, ele de algum modo conseguira viajar até 1928 e regressar, pois não ficara então sabendo, dali em diante, as coisas que aconteceriam posteriormente? No entanto, jamais havia falado algo que viesse a acontecer depois de 1928.

Um estudioso — um velho excêntrico de Providence, Rhode Island, que mantivera uma extensa e íntima correspondência com Carter — tinha uma teoria ainda mais elaborada e acreditava que Carter não só retornara à sua meninice, mas conseguira uma libertação ainda maior, perambulando livremente pelas paisagens prismáticas de sonhos de sua infância. Depois de uma estranha visão, esse homem publicou um relato sobre o desaparecimento de Carter, no qual sugeria que o homem perdido agora reinava soberano no trono de opala de Ilek-Vad, aquela maravilhosa cidade de torreões no alto dos ocos penhascos de vidro voltados para o mar crepuscular onde o barbado e pisciforme Gnorri construiu seus fabulosos labirintos.

Foi esse velho, Ward Phillips, quem se opôs mais obstinadamente à partilha dos bens de Carter entre seus herdeiros — todos primos distantes —, com base em que ele ainda estaria vivo em outra dimensão temporal e poderia perfeitamente retornar algum dia. Contra ele, arregimentou-se o talento jurídico de um dos primos, Ernest K. Aspinwall, de Chicago, dez anos mais velho do que Carter, mas ardoroso como um jovem nas batalhas forenses. A furiosa disputa estendeu-se por quatro anos, mas agora chegara a hora da partilha e aquele vasto e misterioso aposento em Nova Orleans seria o cenário dos entendimentos.

Era a casa do letrado e executor financeiro de Carter — o eminente estudioso *creole* de mistérios e antiguidades orientais, Etienne-Laurent de Marigny. Carter conhecera De Marigny durante a guerra, quando ambos serviam na Legião Estrangeira francesa, e logo se afeiçoara a ele pela similaridade de seus gostos e perspectivas. Quando, numa memorável licença conjunta, o erudito jovem *creole* levara o melancólico sonhador de Boston a Bayonne, no sul da França, e lhe mostrara alguns segredos terríveis nas soturnas e imemoriáveis criptas que se ocultam por baixo daquela lúgubre e ancestral cidade, a amizade fora selada para sempre. O testamento de Carter nomeara como executor De Marigny e agora aquele estudioso incansável estava presidindo, com relutância, a divisão do espólio. Era-lhe dolorosa a tarefa, pois, como o velho morador de Rhode Island, não acreditava que Carter estivesse morto. Mas que força podem ter os sonhos dos místicos contra a vulgar sabedoria mundana?

Ao redor da mesa daquela estranha casa no velho Bairro Francês estavam sentados os homens que pleiteavam uma participação nos bens. Haviam sido feitos os anúncios legais de rotina sobre a reunião em jornais dos lugares nos quais se supunha haver herdeiros de Carter, mas só quatro pessoas estavam ali sentadas ouvindo a batida anormal daquele relógio em forma de esquife que não indicava um tempo terreno, e o murmurinho da fonte no pátio por trás das claraboias semicortinadas. Com o passar das horas, as faces dos quatro estavam envoltas nas espirais vaporosas que subiam dos tripés que, abastecidos incansavelmente de combustível, pareciam merecer cada vez menos cuidados do velho negro que deslizava silenciosamente pelo local, com crescente nervosismo.

Ali estava o próprio Etienne de Marigny — esbelto, moreno, elegante, de bigodes e ainda jovem. Aspinwall, representando os herdeiros, era corpulento, de cabelos brancos, suíças e rosto apoplético. Phillips, o místico de Providence, era magro, grisalho, bem barbeado e tinha nariz comprido e os ombros encurvados. O quarto homem tinha uma idade indefinida — magro, rosto barbado, tez escura, singularmente imóvel, de contornos muito regulares, enrolado no turbante de um brâmane de alta casta e exibindo olhos negros muito escuros e ardentes, quase sem íris, que pareciam olhar de uma enorme distância por trás de suas feições. Apresentara-se como Swami Chandraputra, um iniciado de Benares com importantes informações a oferecer; e tanto De Marigny como Phillips — que haviam se correspondido com ele — prontamente reconheceram a autenticidade de suas pretensões místicas. Sua fala tinha um tom metálico, oco, estranhamente forçado, como se o uso do inglês exigisse muito de seu aparelho vocal. Sua linguagem, no entanto, era tão fácil, correta e idiomática quanto a de qualquer anglo-saxão nativo. No vestuário em geral, era o europeu civilizado normal, mas suas roupas frouxas caíam-lhe especialmente mal, enquanto a hirsuta barba negra, o turbante oriental e as grandes mitenes brancas davam-lhe um ar de exótica excentricidade.

De Marigny, manipulando o pergaminho encontrado no carro de Carter, falava.

— Não, não consegui nada com o pergaminho. O Sr. Phillips, aqui, também desistiu. O Coronel Churchward declara que não é Naacal e não se parece nem um pouco com os hieróglifos daquela clava da Ilha da Páscoa. Os entalhes naquela caixa, porém, estranhamente sugerem imagens da Ilha da Páscoa. A coisa mais próxima que posso associar a esses caracteres do pergaminho — observem como todas as letras parecem penduradas em linhas de escrita horizontal — é a escrita de um livro que pertencia ao pobre Harley Warren. O livro chegou-lhe da Índia quando Carter e eu o visitávamos, em 1919, e ele nunca nos disse nada a seu respeito — disse que seria melhor não sabermos, sugerindo que o livro poderia ter vindo originalmente de algum lugar fora da Terra. Levava-o consigo em dezembro quando desceu naquela cripta, no velho cemitério — mas nem ele nem o livro jamais retornaram. Faz algum tempo, enviei a nosso amigo aqui — o Swami Chandraputra — um esboço, feito de memória, de algumas daquelas letras e também uma cópia fotostática do pergaminho de Carter. Ele acredita que pode lançar alguma luz sobre essas coisas após algumas referências e consultas.

— Quanto à chave, Carter enviou-me uma foto dela. Seus curiosos arabescos não eram letras, mas parecem ter pertencido à mesma tradição cultural do pergaminho. Carter sempre falava de estar prestes a desvendar o mistério, embora nunca entrasse em detalhes. Certa ocasião, ele se tornou quase poético sobre o assunto todo. Aquela antiga chave de prata, dizia, abriria as portas sucessivas que impedem nossa livre jornada pelos poderosos corredores do espaço e do tempo para a verdadeira Fronteira que nenhum homem cruzou desde que Shaddad, com seu fabuloso gênio, construiu e ocultou, nas areias de Arábia Pétrea, os prodigiosos domos e incontáveis minaretes da Irem de mil pilastras. Dervixes quase mortos de inanição — escreveu Carter — e nômades enlouquecidos de sede regressaram para contar sobre aquele monumental portal e sobre a mão esculpida acima da chave de abóbada do arco, mas nenhum homem o cruzou e voltou para dizer que suas pegadas nas espargidas areias granadas de seu interior são testemunho de sua visita. A chave, ele suspeitava, era aquilo que a ciclópica mão esculpida buscava inutilmente agarrar.

— O motivo por que Carter não levou o pergaminho e a chave, não podemos dizer. Talvez o tenha esquecido — ou talvez desistido de carregá-la ao se lembrar de alguém que levara um livro com caracteres semelhantes para uma cripta e jamais regressara. Ou talvez não fosse efetivamente importante para o que pretendia fazer.

Quando De Marigny se calou, o velho Sr. Phillips falou numa voz áspera, esganiçada.

— Só podemos saber das andanças de Randolph Carter através dos sonhos. Estive em lugares muito estranhos, em sonhos, e ouvi falar de muitas coisas formidáveis e significativas em Ulthar, além do rio Skai. Ao que parece, o pergaminho não era necessário, pois evidentemente Carter reentrou no mundo dos sonhos de sua infância e agora é soberano em Ilek-Vad.

O Sr. Aspinwall foi adquirindo uma aparência duplamente apoplética à medida que salivava:

— Será que ninguém vai fechar a boca desse velho tolo? Já tivemos maluquices de sobra. O problema é como dividir os bens e já é tempo de chegarmos a isso.

Pela primeira vez Swami Chandraputra falou com sua voz curiosamente estrangeira.

— Senhores, há mais neste assunto do que imaginam. O Sr. Aspinwall não faz bem em rir da evidência dos sonhos. O Sr. Phillips adotou um ponto de vista parcial — talvez porque não tenha sonhado o suficiente. Eu mesmo já sonhei um bocado. Nós, indianos, sempre fizemos isso, bem como todos os Carter. O senhor, Sr. Aspinwall, na condição de primo materno, naturalmente não é um Carter. Meus próprios sonhos, e outras fontes de informação, contaram-me muitas coisas que o senhor ainda achará obscuras. Por exemplo, Randolph Carter esqueceu aquele pergaminho que não conseguiu decifrar, no entanto, teria sido bom para ele que se tivesse lembrado de levá-lo. Percebe, realmente descobri muito sobre o que aconteceu com Carter depois que ele saiu de seu carro com a chave de prata no entardecer daquele sete de outubro, há quatro anos.

Aspinwall zombou audivelmente, mas os outros permaneceram sentados com o interesse recrudescido. A fumaça dos tripés aumentou e a batida maluca daquele relógio-esquife parecia descer em configurações bizarras como os pontos e traços de alguma alienígena e insolúvel mensagem telegráfica do espaço exterior. O hindu reclinou-se para trás, entrecerrou os olhos e prosseguiu naquele seu discurso estranhamente elaborado, embora idiomático, enquanto começava a pairar diante de sua audiência uma imagem do que acontecera com Randolph Carter.

2

As colinas além de Arkham estão impregnadas de um estranho feitiço — algo, talvez, que o velho mago Edmund Carter invocara das estrelas e das criptas do interior da terra quando para ali fugira vindo de Salem, em 1692. Tão logo Randolph Carter voltou a elas, soube que estava perto de um dos portais por onde alguns poucos homens audaciosos, abominados e de alma alienígena irromperam por muralhas titânicas que separam do mundo o exterior absoluto. Aqui, sentiu ele, e neste exato dia do ano, poderia levar a cabo com sucesso a mensagem que havia decifrado meses antes dos arabescos daquela deslustrada chave de prata e incrivelmente antiga. Agora sabia como devia girá-la e segurá-la na direção do sol poente e as sílabas cerimoniais que deviam ser entoadas no vazio à nona e última volta. Num local tão próximo de uma polaridade secreta e um portal induzido como este, ela não poderia falhar em suas funções primordiais.

Com certeza ele poderia descansar, naquela noite, na meninice perdida que nunca deixara de lamentar.

Saiu do carro levando a chave no bolso, caminhou colina acima penetrando sempre mais profundamente no coração sombrio daquela região assombrada e lúgubre de estradas sinuosas, muretas de pedra cobertas de trepadeiras, bosques soturnos, abandonados pomares retorcidos, herdades desertas com suas janelas escancaradas e indescritível ruína. Ao pôr do sol, quando os distantes esbraseados píncaros de Kingsport cintilavam, pegou a chave e deu as voltas e emitiu as entonações necessárias. Somente mais tarde percebeu a rapidez com que o ritual funcionou.

Então, ao escurecer do crepúsculo, ouviu uma voz chegando do passado: o Velho Benijah Corey, empregado de seu tio-avô. O velho Benijah não morrera havia trinta anos? Trinta anos antes de *quando*. O que era o tempo? Onde havia estado? Por que seria estranho que Benijah o estivesse chamando neste sete de outubro de 1883? Então não estivera fora além do horário que a Tia Martha dissera que ficasse? O que significava essa chave no bolso de seu blusão onde sua pequena luneta — que o pai lhe dera em seu nono aniversário, dois meses antes — deveria estar? Ele a teria encontrado no sótão, em sua casa? Será que ela abriria a mística torre que seu olhar agudo avistara, em meio às rochas recortadas, no fundo daquela caverna interior por trás da Toca da Serpente, na colina? Aquele era o lugar ao qual sempre associavam o velho Edmund Carter, o mago. As pessoas não costumavam frequentar o lugar e ninguém, exceto ele, jamais notara a fenda obstruída por raízes ou se contorcera através dela para aquela grande câmara escura interna com o pilar. Que mãos teriam escavado aquele marco em forma de pilar na rocha viva? O Velho Mago Edmund — ou teriam sido *outros* por ele conjurados e comandados?

Naquela noite, Randolph jantou com Tio Chris e Tia Martha no velho solar com telhado de duas águas.

Na manhã seguinte, levantou cedo, cruzou o pomar de macieiras retorcidas avançando para o mato acima, onde a boca da Toca da Serpente espreitava sombria e ameaçadora por entre carvalhos grotescos e monstruosos. Estava tomado de uma expectativa indescritível e nem deu pela perda de seu lenço ao revolver o bolso do blusão para verificar se a fabulosa chave de prata estava segura. Arrastou-se pelo tenebroso orifício com tensa e aventurosa confiança, iluminando o caminho com os fósforos tirados da sala de estar. Logo depois esgueirava-se pela fenda obstruída por raízes na extremidade oposta e se encontrava na vasta e desconhecida gruta interior, cujo paredão de pedra, ao fundo, parecia um monstruoso pilar artificialmente construído. Diante do paredão úmido e gotejante, parou, intimidado, em silêncio, acendendo um fósforo atrás do outro enquanto observava. Seria aquela saliência rochosa acima da chave de abóbada do imaginado arco realmente uma gigantesca mão esculpida? Estendeu então a chave de prata realizando os movimentos e entoações cuja origem mal conseguia recordar. Teria esquecido alguma coisa? Tudo o que sabia era que desejava cruzar a barreira para a desabrida terra de seus sonhos e os abismos onde todas as dimensões se dissolviam no absoluto.

3

O que aconteceu, então, dificilmente poderá ser descrito em palavras. Está cheio daqueles paradoxos, contradições e anomalias que não ocorrem na vida desperta, mas enchem nossos mais fantásticos sonhos e são tomados como fato consumado até retornarmos ao mundo estreito, rígido e objetivo da causalidade limitada e da lógica tridimensional. Prosseguindo em sua narrativa, o hindu encontrava dificuldade em evitar o que parecia — mais do que a ideia de alguém transportado através dos tempos à sua meninice — um ar de trivial e pueril extravagância. O Sr.

Aspinwall, enfastiado, soltou um bufo apoplético e virtualmente parou de escutar.

Isso porque o rito da chave de prata, tal como praticado por Randolph Carter na caverna sombria e assombrada, não se provara inútil. Desde o primeiro gesto e sílaba surgiu um halo de transformação estranho e espantoso — um senso de incalculável perturbação e confusão no tempo e no espaço, sem nenhum indício, porém, daquilo que reconhecemos como movimento e duração. Imperceptivelmente, coisas como idade e localização deixaram de ter qualquer significado. No dia anterior, Randolph Carter saltara, milagrosamente, um abismo de anos. Agora já não havia distinção entre homem e menino. Havia apenas a entidade Randolph Carter com uma certa carga de imagens que perderam qualquer relação com cenas terrestres e as circunstâncias de sua aquisição. Um momento antes, havia uma caverna interior com vagas sugestões de um monstruoso arco e uma gigantesca mão esculpida no paredão final. Agora não havia caverna nem ausência de caverna; nem parede, nem ausência de parede; apenas um fluxo de impressões mais cerebrais do que visuais, em meio às quais a entidade que era Randolph Carter experimentava percepções ou registros de tudo aquilo que sua mente meditava, embora sem nenhuma consciência nítida da maneira como as recebia.

Quando o rito terminou, Carter percebeu que não estava em nenhuma região cujo local pudesse ser descrito por geógrafos da Terra e em nenhuma idade cuja data a história pudesse determinar; isso porque a natureza do que estava acontecendo não era inteiramente incomum para ele. Havia indícios dela nos misteriosos fragmentos *Pnakóticos*, e todo um capítulo do esquecido *Necronomicon*, do alucinado árabe Abdul Alhazred, adquiriu significado quando decifrou os desenhos gravados na chave de prata. Um portal fora aberto — não o Supremo Portal, é certo, mas um que levava da Terra e do tempo para aquela extensão da Terra que fica fora do tempo e da qual, por sua vez, o Supremo Portal leva perigosamente ao Vazio Supremo que fica além de todas as terras, todos os universos e toda a matéria.

Haveria um Guia — e muito terrível; um Guia que fora uma entidade da Terra milhões de anos antes, quando nem se sonhava com o homem e formas esquecidas se locomoviam num planeta envolto em vapores, construindo estranhas cidades entre cujas derradeiras ruínas os primeiros mamíferos haveriam de brincar. Carter recordava o que o nefando *Necronomicon* insinuara vaga e desconcertantemente sobre aquele Guia:

"E embora existam aqueles que", escrevera o alucinado árabe, *"ousaram vislumbrar além do Véu e aceitá-LO como guia, eles teriam sido mais prudentes se tivessem evitado esta relação com ELE; pois está escrito no Livro de Thoth quão terrível é o preço de um mero vislumbre. Também aqueles que passarem nunca retornarão, pois na vastidão transcendente de nosso mundo existem formas tenebrosas que agarram e cegam. A Ocorrência que se arrasta na escuridão, o demônio que desafia o Velho Signo, a Horda que vigia o secreto portal que cada túmulo sabidamente possui e que medra nos que medram dos seus inquilinos: — todos esses Seres da Escuridão são inferiores a ELE QUE guarda a Passagem: ELE QUE guiará o temerário além de todos os mundos até o Abismo de devoradores inomináveis. Pois Ele é 'UMR AT-TAWIL, o Mais Antigo, que o escriba apresenta como O PROLONGADO DE VIDA."*

Memória e imaginação construíram obscuras imagens de contornos incertos no meio do revoltoso caos, mas Carter sabia que eram apenas memória e imaginação. Sentia, porém, que não fora o acaso que construíra aquelas coisas em sua consciência, e sim alguma vasta realidade, inefável e desmedida, que o rodeava e esforçava-se por traduzir-se nos únicos símbolos que era capaz de apreender. Pois nenhuma mente terrestre poderia apreender as extensões de forma que se entrelaçam nos abismos oblíquos além do tempo e das dimensões que conhecemos.

Flutuava diante de Carter um cortejo nebuloso de formas e cenas que ele relacionava, de alguma forma, com o passado primitivo e imemorial da Terra. Monstruosos seres vivos moviam-se deliberadamente por cenários de fantásticos artefatos que sonho algum jamais contivera e as paisagens apresentavam vegetações, penhascos, montanhas e construções incríveis, sem nenhum padrão humano. Havia cidades submarinas habitadas por seres alienígenas e torres que se erguiam em imensos desertos onde globos, cilindros e inomináveis entidades aladas se projetavam rapidamente para o espaço, ou mergulhavam vertiginosamente no espaço. Tudo isso, Carter captou, embora as imagens não guardassem nenhuma relação fixa entre si ou com ele. Ele próprio não tinha forma ou posição estável, apenas sugestões cambiantes de forma e posição conforme sua alucinada fantasia lhe ia fornecendo.

Carter almejara encontrar as regiões encantadas dos sonhos de sua infância, onde galeras navegam pelo rio Oukranos acima para além dos dourados píncaros de Thran, e caravanas de elefantes estrondam pelas selvas perfumadas de Kled, além de palácios esquecidos com colunas de marfim rajado que dormem adoráveis e intactas ao luar. Agora, inebriado por visões mais amplas, mal sabia o que procurava. Ideias de infinita e blasfemante presunção tomaram sua mente e soube que enfrentaria impavidamente o temível Guia, perguntando-lhe coisas monstruosas e terríveis.

De repente, o desfile de impressões pareceu alcançar uma vaga espécie de estabilidade. Havia grandes massas verticais de pedra esculpidas com desenhos alienígenas e incompreensíveis, acomodadas segundo as leis de alguma desconhecida geometria invertida. A luz penetrava de um céu sem cor definível em direções enganosas e contraditórias e brincava quase sensitivamente sobre o que parecia ser uma curva com gigantescos pedestais hieroglíficos, quase hexagonais, encimados por imprecisas formas embuçadas.

Havia também uma outra forma que não ocupava nenhum pedestal e parecia deslizar ou flutuar sobre o enevoado nível inferior, semelhante a um piso. Não tinha um contorno permanente preciso, mas continha sugestões de algo remotamente precedente ou paralelo à forma humana, embora tivesse a metade do tamanho de um homem comum. Parecia estar pesadamente encapotada, como as formas nos pedestais, num tecido de cor neutra, e Carter não conseguiu detectar nenhuma abertura por onde ela pudesse olhar. Provavelmente não precisava olhar, pois parecia pertencer a uma ordem de seres muito distante do meramente físico em organização e faculdades.

Um instante depois, Carter percebeu que isso era assim mesmo, pois a Forma havia falado para sua mente sem usar nenhum som ou linguagem. E, apesar de ter proferido um nome temível e apavorante, Randolph Carter não se sobressaltou. Ele respondeu, também sem nenhum som ou linguagem, prestando aquelas homenagens que o medonho *Necronomicon* lhe ensinara. Pois essa forma era tão somente aquela que o mundo todo temera desde que Lomar erguera-se do mar e a Criança da Névoa de Fogo viera à Terra para ensinar a Sabedoria Antiga ao homem. Era efetivamente o assustador Guia e Guardião do Portal — 'UMR AT-TAWIL, o antigo, que o escriba apresentara como o PROLONGADO DE VIDA.

O Guia sabia, pois sabia todas as coisas, da busca e da chegada de Carter, e que esse explorador de sonhos e segredos estava impávido à sua frente. Não havia horror ou malignidade no que irradiava, e Carter imaginou, por um momento, se as terríveis insinuações blasfemas do alucinado árabe teriam vindo da inveja e de um abortado desejo de realizar o que agora estava para ser feito. Podia acontecer, também, que o Guia reservasse seu horror e malignidade para aqueles que o temiam. Com o prosseguimento das irradiações, Carter acabou interpretando-as como palavras.

"Sou mesmo o Mais Antigo", disse o Guia, "de quem soubeste. Nós te esperávamos — os Antigos e eu. És bem-vindo ainda que chegues muito tarde. Tens a chave e abriste o Primeiro Portal. Agora o Supremo Portal está pronto para tua tentativa. Se temeres, não precisas prosseguir. Ainda podes voltar sem danos da mesma forma que chegaste. Mas se escolhes avançar..."

A pausa era ominosa, mas as irradiações continuavam sendo amistosas. Carter não hesitou um segundo, impelido por irreprimível curiosidade.

"Prosseguirei", ele pronunciou de volta, "e aceito-vos como meu Guia."

A essa resposta, o Guia pareceu fazer um sinal por certos movimentos de seu manto que podem ou não ter envolvido o levantar de um braço ou algum membro homólogo. Seguiu-se um segundo sinal e, com seu conhecimento bem assimilado, Carter soube que finalmente estava muito perto do Supremo Portal. A luz adquirira agora uma outra cor indefinível e as formas sobre os pedestais quase hexagonais tornaram-se mais nitidamente definidas. Sentados, eretos, suas silhuetas se assemelhavam mais a homens, mas Carter sabia que não poderiam ser homens. Sobre as cabeças encapuzadas pareciam descansar altas mitras de cor indefinível, estranhamente sugestivas daquelas existentes em certas figuras inomináveis cinzeladas pelo desconhecido escultor dos penedos reais de uma alta e esquecida montanha na Tartária, enquanto despontavam de certas dobras de suas vestes longos cetros agarrados cujas cabeças entalhadas corporificavam um grotesco e arcaico mistério.

Carter pensou sobre o que seriam, de onde teriam vindo e a Quem serviriam e imaginou também qual seria o preço de seu serviço. Mas ainda estava contente porque, por um poderoso acaso, estava prestes a aprender tudo. Danação, refletiu, não passa de uma palavra disseminada por aqueles cuja cegueira os leva a condenar todos os que podem ver, mesmo com um único olho. Meditou sobre o vasto conceito daqueles que haviam tagarelado sobre os *maléficos* Antigos, como se Eles pudessem interromper seus sonhos eternos para descarregar seu ódio sobre a humanidade. Da mesma forma, pensou, poderia um mamute deixar de exercer furiosa vingança sobre uma minhoca. Agora, todo o grupo nos pilares vagamente hexagonais o estava saudando com um gesto daqueles cetros curiosamente entalhados e irradiando uma mensagem que ele compreendeu:

"Nós vos saudamos, ó Mais Antigo, e a ti, Randolph Carter, cujo destemor te tornou um de nós."

Carter percebeu então que um dos pedestais estava vago e um gesto do Mais Antigo informou-lhe que estava reservado a ele. Viu então outro pedestal, mais alto que os demais, e no centro da curiosa linha curva — nem semicírculo, nem elipse, parábola ou hipérbole — que formavam. Este, imaginou, seria o trono do próprio Guia. Movendo-se para cima de um modo dificilmente definível, Carter tomou seu assento e, ao fazê-lo, percebeu que o próprio Guia se sentara.

Gradual e difusamente foi ficando visível que o Mais Antigo segurava algo — algum objeto agarrado nas dobras projetadas de seu manto como que para a vista, ou o que correspondesse à visão, dos encapuzados Companheiros. Tratava-se de uma grande esfera, ou aparente esfera, de algum metal foscamente iridescente, e quando o Guia a estendeu, começou a aumentar e diminuir uma impressão invasiva e baixa semelhante a um *som*, com intervalos que pareciam rítmicos sem equivalência com algum ritmo da Terra. Havia uma sugestão de canto — ou de algo que a imaginação poderia interpretar como canto. Neste momento, a luz da quase-esfera começou a se intensificar e enquanto brilhava com uma luz fria, pulsante, de cor indescritível, Carter percebeu que suas cintilações se harmonizavam com o estranho ritmo do canto. Todas as Formas com mitra e cetro sobre os pedestais começaram então a se embalar num balanço suave e estranho com o mesmo ritmo inexplicável, enquanto auréolas de uma luz indescritível — parecida com a da quase-esfera — brincavam ao redor das cabeças encobertas.

O hindu fez uma pausa em sua narrativa e fitou curiosamente o alto relógio em forma de esquife com os quatro ponteiros e o mostrador hieroglífico, cuja tresloucada batida disparatava de qualquer ritmo terrestre.

— Ao senhor, Sr. De Marigny — disse ele, subitamente, para seu erudito hóspede —, não é preciso descrever o ritmo particularmente estranho com que aquelas Formas encapuzadas nos pilares hexagonais entoavam e se embalavam. O senhor é a única outra pessoa, na América, a ter provado a Extensão Exterior. Aquele relógio, imagino que lhe tenha sido enviado pelo iogue sobre o qual o pobre Harley Warren costumava falar, o vidente segundo o qual, de todos os homens vivos, apenas ele esteve em Yian-Ho, o oculto legado da ancestral Leng, trazendo certos objetos daquela cidade esquecida e assustadora. Fico pensando quantos desses bens sutis o senhor conhece? Se meus sonhos e leituras estão corretos, foi construído por aqueles que sabiam muito sobre o Primeiro Portal. Mas permitam-me prosseguir com minha história.

Finalmente — continuou o Swami —, o balanço e aquela insinuação de canto cessaram, as auréolas bruxuleantes ao redor das cabeças agora tombadas e imóveis enfraqueceram, enquanto as formas encapuzadas ficavam curiosamente encurvadas em seus pedestais. A quase-esfera, porém, continuava a pulsar com sua luz inexplicável. Carter sentiu que os Antigos dormiam tal como no momento em que os vira pela primeira vez e ficou imaginando que sonhos cósmicos sua chegada lhes provocara. Lentamente foi se infiltrando em sua mente a verdade de que aquele estranho ritual de canto havia sido uma instrução, e que os Companheiros haviam sido conduzidos pelo Mais Antigo a um novo e peculiar tipo de sono para que seus sonhos pudessem abrir o Supremo Portal ao qual a chave de prata servia de passaporte. Carter sabia que nas profundezas desse sonho estavam contemplando insondáveis vastidões da absoluta e total exterioridade e que deveriam realizar aquilo que sua presença demandara.

O Guia não compartilhava desse sono, mas parecia instruir de alguma forma sutil e silenciosa. Evidentemente, estava implantando imagens das coisas que desejava que os Companheiros sonhassem e Carter sabia que, quando cada um dos Antigos figurasse o pensamento prescrito, se originaria o núcleo de uma manifestação visível a seus olhos terrenos. Quando os sonhos de todas as Formas houvessem atingido a unidade, essa manifestação ocorreria e tudo que quisesse seria materializado através da concentração. Vira coisas semelhantes na Terra — na Índia, onde a vontade combinada, projetada por um círculo de iniciados, conseguia fazer um pensamento adquirir substância tangível, e na imponente Atlaanât, da qual poucos ousam falar.

Exatamente o que seria o Supremo Portal e como deveria ser transposto, Carter não tinha certeza, mas um sentimento de tensa expectativa cresceu em seu íntimo. Estava consciente de ter uma espécie de corpo e de estar segurando a fatídica chave de prata em sua mão. A massa de pedra empilhada do lado oposto ao seu parecia possuir a uniformidade de uma parede para cujo centro seus olhos eram irresistivelmente atraídos. E então sentiu subitamente interromper-se o fluxo das correntes mentais do Mais Antigo.

Pela primeira vez, Carter percebeu quão terrível pode ser o total silêncio físico e mental. Os momentos anteriores nunca deixaram de conter algum ritmo perceptível, pelo menos o frágil, misterioso pulsar da extensão dimensional da Terra, mas agora a quietude do abismo parecia descer sobre todas as coisas. A despeito das sugestões corporais, não possuía respiração audível e o brilho da quase-esfera de 'Umr at-Tawil tornara-se petrificantemente fixo e sem pulso. Uma poderosa auréola, mais brilhante que as que haviam pairado ao redor da cabeça das Formas, fulgurou gelidamente sobre o crânio encapuzado do fabuloso Guia.

Carter foi tomado por uma vertigem e sentiu sua desorientação multiplicar-se enormemente. As estranhas luzes pareciam ter a qualidade da mais impenetrável escuridão enquanto, nas proximidades dos Antigos, tão perto de seus tronos quase hexagonais, pairava uma atmosfera da mais espantosa antiguidade. Sentiu-se então soprado para profundezas imensuráveis com ondas de um calor fragrante lambendo-lhe as faces. Era como se estivesse flutuando num tórrido mar rosado, um mar de vinho embriagado cujas ondas se quebravam espumantes contra praias de fogo esbraseadas. Um grande pavor o acometeu enquanto observava a vasta extensão do emergente mar lambendo suas distantes praias. Mas o momento de silêncio foi quebrado — as ondulações estavam lhe falando numa língua que não era um som físico, nem palavras articuladas.

"O Homem da Verdade está além do bem e do mal", entoou uma voz que não era voz. *"O Homem da Verdade foi levado para o Tudo É Um. O Homem da Verdade aprendeu que a Ilusão é a Única Realidade e que a Substância é a Grande Impostora."*

E, naquela elevação de alvenaria para a qual seus olhos tinham sido tão irresistivelmente atraídos, apareceu, naquele momento, o contorno de um arco titânico semelhante ao que pensara ter vislumbrado havia tanto tempo, naquela caverna dentro de uma caverna, na distante e irreal superfície da Terra tridimensional. Carter percebeu que estivera usando a chave de prata — girando-a de acordo com um ritual instintivo e não que aprendera, estritamente similar ao que abrira o Portal Interior. Percebeu que o mar rosa-embriagado que lambia suas faces era tão somente a massa adamantina da sólida parede que se formava diante de suas palavras encantadas e o turbilhão de pensamento com que os Antigos ajudaram naquele sortilégio. Guiado ainda pelo instinto e a cega determinação, flutuou pra a frente — através do Supremo Portal.

4

O avanço de Randolph Carter através da ciclópica massa de alvenaria foi como uma vertiginosa precipitação através de abismos imensuráveis entre as estrelas. De uma grande distância, sentiu ondas triunfais, divinas, de terrível doçura, e, depois disso, o adejar de grandes asas e impressões de som como os trinados e murmúrios de objetos desconhecidos na Terra ou no sistema solar. Olhando para trás, não viu um só portal isolado, mas uma multiplicidade de portais, alguns com Formas vociferantes que ele tratou de não recordar.

Sentiu então um súbito terror maior do que qualquer Forma daquelas poderia produzir — um terror do qual não poderia fugir porque estava nele mesmo. Quando o Primeiro Portal tirara um pouco de sua estabilidade, deixando-o inseguro sobre sua forma corporal e sobre seu relacionamento com os objetos nebulosamente definidos que o cercavam, isso não havia alterado seu senso de unidade. Ainda era Randolph Carter, um ponto fixo no caos dimensional. Agora, além do Supremo Portal, percebeu, num momento de pavor extenuante, que não era uma e sim muitas pessoas.

Estava em muitos lugares ao mesmo tempo. Na Terra, em 7 de outubro de 1883, um pequeno menino chamado Randolph Carter estava saindo da Toca da Serpente sob a silenciosa luz do anoitecer, descendo rapidamente pela encosta rochosa e cruzando o pomar de ramos retorcidos na direção da casa de seu Tio Christopher, nas colinas além de Arkham. Ainda nesse mesmo instante, de algum modo, no ano terreno de 1928, uma vaga sombra de ninguém menos que Randolph Carter estava sentada num pedestal entre os Antigos na extensão transdimensional da Terra. Havia ali também um terceiro Randolph Carter, no desconhecido e informe abismo cósmico além do Supremo Portal. E num outro lugar, no caos de cenas, cuja infinita multiplicidade e monstruosa diversidade o levavam à beira da loucura, havia uma confusão ilimitada de seres que ele sabia se tratar dele próprio como sua manifestação local agora além do Supremo Portal.

Havia Carters em cenários pertencentes a cada era conhecida ou suspeitada da história da Terra e a idades mais remotas de entidades terrestres transcendendo ao conhecimento, à suspeita e à credibilidade; Carters de formas humanas e não-humanas, vertebradas e invertebradas, conscientes e inconscientes, animais e vegetais. E mais, havia Carters sem nenhuma coisa em comum com a vida terrena, mas que se moviam afrontosamente em cenários de outros planetas, sistemas, galáxias e contínuos cósmicos; esporos de vida eterna deslizando de mundo em mundo, de universo em universo, e ainda assim ele mesmo. Alguns vislumbres lembravam sonhos — vagos e intensos, únicos e persistentes — que sonhara durante os longos anos desde que começara a sonhar; e alguns possuíam uma familiaridade assustadora, fascinante e quase tenebrosa que nenhuma lógica terrena poderia explicar.

Diante dessa percepção, Randolph Carter vacilou sob a pressão de um horror supremo — horror tal que não fora sugerido nem no auge daquela noite odiosa em que dois se haviam aventurado numa antiga e abominável necrópole sob um pálido luar e apenas um regressara. Nenhuma morte, nenhum destino, nenhuma angústia pode provocar o insuperável desespero que emana de uma perda de *identidade*. Fundir-se ao nada é um tranquilo olvido, mas estar consciente da existência e saber que não se é mais um ser definido, distinto de outros seres — de que não se é mais um *eu* — este é o inominável auge da agonia e do pavor.

Sabia que houvera um Randolph Carter de Boston, mas não podia ter certeza de que ele — o fragmento ou faceta de uma entidade além do Supremo Portal — havia sido aquele ou algum outro. Seu *eu* havia sido aniquilado e, no entanto, ele — se, tendo em vista aquela total nulidade da existência individual, poderia haver realmente uma coisa como *ele* — estava igualmente consciente de ser, de alguma maneira inconcebível, uma legião de eus. Era como se o seu corpo houvesse sido abruptamente transformado numa daquelas efígies de muitas cabeças e muitos membros esculpidas em templos indianos e contemplasse o conjunto numa confusa tentativa de discernir qual era o original e quais as adições — se (pensamento supremamente monstruoso!) verdadeiramente *havia* algum original distinto das outras personificações.

Então, em meio a essas devastadoras reflexões, o fragmento de Carter além-do-portal foi arremessado do que parecera o nadir do horror para abismos tenebrosos e envolventes de um horror ainda mais profundo. Dessa vez, era largamente externo — uma força de personalidade que às vezes o confrontava, rodeava e invadia, e que além de sua presença local, parecia também fazer parte dele mesmo e coexistir igualmente com todo o tempo e se limitar com todo o espaço. Não havia uma imagem visual, e sim o senso de entidade e o terrível conceito de localidade, identidade e infinito combinados, emprestando um terror paralisante além de qualquer coisa que qualquer fragmento de Carter julgara, até então, poder existir.

Diante daquela pavorosa maravilha, o quase-Carter esqueceu o horror da individualidade destruída. Era um Tudo-em-Um e Um-em-Tudo de ilimitado *ser* e *eu* — não meramente alguma coisa de um contínuo espaço-tempo, mas aliado com a derradeira essência animadora do ilimitado impulso de toda a existência —, o último e completo impulso que não tem fronteiras e que supera a fantasia e a matemática. Era, talvez, aquilo que certos cultos secretos da Terra haviam murmurado sobre o *Yog-Sothoth*, que havia sido uma deidade sob outros nomes; aquilo que os crustáceos de Yuggoth adoram como o Além-do-Um, e que os cérebros vaporosos da nebulosa espiral conhecem por um signo intraduzível — no entanto, num átimo, a faceta Carter percebeu quão desprezíveis e fragmentadas eram todas essas concepções.

E agora o Ser estava se dirigindo para a faceta-Carter com prodigiosas ondas que golpeavam, queimavam e estrondeavam — uma concentração de energia que atingia seu receptor com uma violência quase insuportável e que se assemelhava, num ritmo não terrestre, à curiosa oscilação dos Antigos e ao piscar das monstruosas luzes, naquela região desnorteante além do Primeiro Portal. Era como se sóis e mundos e universos tivessem convergido para um ponto cuja posição no espaço haviam conspirado para aniquilar com um impacto de fúria irresistível. Mas, em meio ao terror maior, o terror menor enfraqueceu, pois as ondas ardentes pareciam, de alguma forma, isolar o Carter Além-do-Portal de sua infinidade de duplos — restaurando, tal como era, uma certa porção da ilusão de identidade. Passado um instante, o ouvinte começou a traduzir as ondas em formas de discurso dele conhecidas e seu senso de horror e opressão diminuiu. O pavor se transformou em puro medo e o que parecera blasfemamente anormal, agora figurava apenas inefavelmente majestoso.

"Randolph Carter", parecia dizer, "minhas manifestações na extensão de teu planeta, os Antigos, enviaram-te como alguém que posteriormente teria retornado para pequenos mundos oníricos que perdera, e que, no entanto, com maior liberdade ascendeu para desejos e curiosidades mais nobres. Desejavas vogar pelo dourado Oukranos em busca das esquecidas cidades de marfim na Kled de cor orquídea-escuro e reinar sobre o trono de opala de Ilek-Vad, cujas fabulosas torres e incontáveis cúpulas se erguem majestosas para uma única estrela vermelha num firmamento estranho ao de tua Terra e a toda a matéria. Agora, transpostos os dois Portais, desejas coisas mais elevadas. Não fugirias como uma criança de uma cena indesejada para um sonho amado, mas mergulharias, como um homem, nos segredos últimos e íntimos que jazem por trás de todas as cenas e sonhos.

"O que desejas, considerei bom; e estou pronto a conceder aquilo que concedi apenas onze vezes a seres de teu planeta — cinco vezes apenas àqueles a quem chamas homens ou àqueles que se parecem com eles. Estou pronto a mostrar-te o Mistério Final, cuja visão pode aniquilar um espírito frágil. Porém, antes de fitares esse último e primeiro dos segredos, ainda podes exercer uma livre escolha e retornar, se quiseres, através dos dois Portais com o Véu ainda não erguido diante de teus olhos."

5

Um repentino estancamento das ondas deixou Carter envolto num silêncio arrepiante e assustador, carregado do espírito da desolação. Sobre cada mão, comprimia-se a ilimitável vastidão do vazio. No entanto, o explorador sabia que o Ser ainda estava ali. Um instante depois, pensou em palavras cuja substância mental atirou no abismo: "Aceito. Não recuarei."

As ondas ressurgiram e Carter soube que o Ser havia escutado. Derramou-se, então, da ilimitada Mente um fluxo de conhecimento e explanação que abriu novas visões ao explorador e o preparou para uma apreensão do cosmos tal que jamais esperara possuir. Foi-lhe ensinado quão infantil e limitada é a noção de um mundo tridimensional e a infinidade de direções existentes além das direções conhecidas de acima-abaixo, frente-trás, direita-esquerda. Foi-lhe mostrado a pequenez e enganosa vacuidade dos pequenos deuses da terra, com seus lastimáveis interesses humanos e conexões — seus ódios, furores, amores e vaidades; seus anelos por adoração e sacrifício; e suas exigências de fés contrárias à razão e à natureza.

Embora a maioria das impressões se traduzisse em palavras para Carter, outras havia que eram interpretadas por seus sentidos. Ora com os olhos, ora com a imaginação, percebeu que estava numa região de dimensões além das concebíveis aos olhos e ao cérebro do homem. Percebia agora, nas tenebrosas sombras daquilo que fora inicialmente um turbilhão de força, e depois um vazio ilimitado, um impulso de criação que entorpecia seus sentidos. De alguma inconcebível posição elevada, olhou para as formas prodigiosas cujas múltiplas extensões transcendiam qualquer concepção de ser, tamanho e limites que sua mente fora, até então, capaz de apreender, apesar de uma vida inteira dedicada a conhecimentos ocultos. Começou a compreender vagamente por que poderiam existir, ao mesmo tempo, o garoto Randolph

Carter na herdade de Arkham, em 1883, a nebulosa forma num pilar vagamente hexagonal além do Primeiro Portal, o fragmento que estava agora diante da Presença no abismo sem fim, e todos os outros Carters que sua imaginação ou percepção conjecturava.

As ondas aumentaram então de intensidade, tentando ampliar sua compreensão, reconciliando-o com a entidade multiforme da qual seu presente fragmento era uma parte infinitesimal. Elas lhe disseram que cada figura do espaço é tão somente o resultado da interseção, por um plano, de alguma figura correspondente de uma outra dimensão — assim como um quadrado é cortado de um cubo, ou um círculo, de uma esfera. O cubo e a esfera, de três dimensões, são, pois, cortados de formas correspondentes de quatro dimensões que os homens conhecem através de sonhos e suposições; e estas, por sua vez, são cortadas de formas de cinco dimensões, e assim por diante, até as vertiginosas e inalcançáveis alturas da infinitude arquetípica. O mundo dos homens e dos deuses dos homens é meramente uma fase infinitesimal de uma coisa infinitesimal — a fase tridimensional daquela pequena totalidade alcançada através do Primeiro Portal, onde 'Umr at-Tawil dita sonhos aos Antigos. Embora os homens a saúdem como realidade e enfeixem os pensamentos de origem pluridimensional como irrealidade, ela é, na verdade, o oposto. Aquilo a que chamamos substância e realidade é sombra e ilusão, e aquilo a que chamamos sombra e ilusão, é substância e realidade.

O tempo, prosseguiram as ondas, é imóvel e não tem princípio nem fim. Que ele tenha movimento e seja a causa da mudança, é uma ilusão. Na verdade, ele próprio é uma ilusão, pois exceto para a visão estreita de seres em dimensões limitadas, não existem coisas tais como passado, presente e futuro. Os homens pensam no tempo somente por aquilo que consideram transformação, no entanto, isso é também uma ilusão. Tudo que era, é, e há de ser, existe simultaneamente.

Essas revelações vieram com uma solenidade divina que deixou Carter incapaz de duvidar. Apesar de estarem além de sua compreensão, sentia que deviam ser verdade à luz daquela realidade cósmica final que desmente todas as perspectivas locais e visões parciais estreitas. E estava suficientemente familiarizado com as especulações profundas para se livrar da servidão das concepções locais e parciais. Toda sua busca não se baseara então numa fé na irrealidade do local e do parcial?

Após demorada pausa, as ondas prosseguiram comunicando que aquilo que os habitantes de zonas de poucas dimensões chamam transformação é meramente uma função de sua consciência, que vê o mundo externo por diversos ângulos cósmicos. Assim como as formas produzidas pelo corte de um cone parecem variar com os ângulos do corte — sendo círculo, elipse, parábola ou hipérbole, conforme o ângulo, sem nenhuma transformação do próprio cone — os aspectos locais de uma realidade infinita e imutável parecem mudar com o ângulo cósmico de observação. Dessa variedade de ângulos de consciência, os frágeis seres dos mundos internos são escravos; pois, com raras exceções, não podem aprender a controlá-los. Somente alguns poucos estudiosos de assuntos proibidos adquiriram pressentimentos desse controle e conquistaram assim o tempo e a transformação. Mas as entidades além dos Portais comandam todos os ângulos e percebem as miríades de partes do cosmos em termos da perspectiva da mudança da forma fragmentária ou da imutável totalidade além da perspectiva, de acordo com sua vontade.

Quando as ondas fizeram uma nova pausa, Carter começou a compreender, vaga e aterrorizadamente, o resíduo final daquele crivo de individualidade perdida que inicialmente tanto o horrorizara. Sua intuição reuniu os fragmentos de revelação e o levou cada vez mais perto de apreender o segredo. Compreendeu que boa parte da assustadora revelação teria chegado a ele — dividindo seu ego em miríades de contrapartes terrestres — no interior do

Primeiro Portal, não fosse a magia de 'Umr at-Tawil a ter mantido afastada dele para que pudesse usar a chave de prata corretamente para abrir o Supremo Portal. Ansiando por um conhecimento mais claro, enviou ondas de pensamento, perguntando mais sobre o exato relacionamento entre suas várias facetas — os fragmentos agora existentes além do Supremo Portal, o fragmento ainda sobre o pedestal quase hexagonal além do Primeiro Portal, o menino de 1883, o homem de 1928, os diversos seres ancestrais que haviam formado sua herança e o baluarte de seu ego, e os inomináveis habitantes de outras eras e outros mundos que a primeira medonha centelha de percepção final identificara com ele. Lentamente, as ondas do Ser se avolumaram em resposta, tentando esclarecer o que estava quase fora do alcance de uma mente terrena.

Todas as linhas descendentes de seres de dimensões finitas, prosseguiram as ondas, e todos os estágios de desenvolvimento de cada um desses seres, são meras manifestações de um ser arquetípico e eterno nas dimensões exteriores do espaço. Cada ser local — filho, pai, avô e assim por diante —, e cada estágio de ser individual — bebê, criança, menino, homem —, é apenas uma das infinitas fases daquele mesmo ser arquetípico e eterno, provocado por uma variação no ângulo do plano de consciência que o corta. Randolph Carter em todas as idades, Randolph Carter e todos os seus ancestrais, tanto humanos quanto pré-humanos, terrestres e pré-terrestres, todos esses eram apenas fases de um último, eterno "Carter" fora do espaço e do tempo — projeções fantasmais diferenciadas apenas pelo ângulo com que o plano de consciência cortava o arquétipo eterno em cada caso.

Uma leve mudança de ângulo poderia transformar o estudioso de hoje na criança de ontem; poderia tornar Randolph Carter no mago Edmund Carter, que fugira de Salem para as colinas atrás de Arkham, em 1692, ou naquele Pickman Carter, que no ano de 2169 usaria estranhos meios para repelir as hordas mongóis da Austrália; poderia transformar um Carter humano numa daquelas entidades primitivas que haviam habitado na primal Hyperborea e adorado o escuro e plástico Tsathoggua depois de descer de Kythamil, o planeta duplo que outrora girava em torno de Arcturus; poderia transformar um Carter terrestre num morador do próprio Kythamil, remotamente ancestral e de forma imprecisa, ou numa criatura ainda mais remota da transgaláctica Stronti, ou numa consciência gasosa tetradimensional num contínuo espaço-tempo mais antigo, ou num cérebro vegetal do futuro em algum obscuro cometa radioativo de órbita inconcebível — e assim por diante, num perpétuo ciclo cósmico.

Os arquétipos, pulsaram as ondas, são os moradores do Abismo Final — informes, inefáveis e imaginados, quando muito, por raros sonhadores nos mundos de dimensões inferiores. O principal dentre eles era aquele informe Ser... *que na verdade, era o próprio arquétipo de Carter*. O insaciável ardor de Carter e de todos os seus antepassados por segredos cósmicos ocultos era o resultado natural da derivação do Arquétipo Supremo. Em todos os mundos, todos grandes magos, todos grandes pensadores, todos grandes artistas, todos são facetas d'Ele.

Quase aturdido de admiração e com uma espécie de deleite aterrorizante, a consciência de Randolph Carter prestou homenagem à Entidade transcendente da qual havia descendido. A uma nova pausa das ondas, ficou meditando no poderoso silêncio, pensando estranhos tributos, estranhas perguntas e pedidos ainda mais estranhos. Conceitos curiosos fluíam de modo conflituoso por um cérebro extasiado com visões incomuns e descobertas inesperadas. Ocorreu-lhe que, se essas descobertas eram literalmente verdadeiras, poderia visitar pessoalmente todas aquelas eras e partes do universo infinitamente distantes que até então haviam sido apenas sonhos, se pudesse controlar a mágica de mudar o ângulo de seu plano de consciência. Não forneceria a chave de prata esta mágica? Ela não o transformara primeiramente de um homem em 1928 num menino de 1883, e depois em algo inteiramente fora do tempo? Estranhamente, apesar de sua aparente ausência presente de corpo, sabia que a chave ainda estava com ele.

Enquanto durava o silêncio, Randolph Carter irradiou os pensamentos e perguntas que o assediavam. Sabia que nesse derradeiro abismo estava equidistante de todas as facetas de seu arquétipo — humano ou não-humano, terrestre ou extraterrestre, galáctico ou transgaláctico —, e sua curiosidade com respeito a outras fases de seu ser — especialmente aquelas fases que ficavam mais distantes de um 1928 terreno no espaço e no tempo, ou que mais persistentemente haviam assombrado seus sonhos por toda a vida — estava espicaçada. Sentia que essa Entidade arquetípica poderia, se quisesse, enviá-lo corporalmente a qualquer dessas fases de vida passada e distante, modificando seu plano de consciência, e a despeito das maravilhas por que tinha passado, ardia pela maravilha maior de caminhar, em pessoa, através daqueles cenários grotescos e incríveis que as visões noturnas lhe haviam fragmentariamente trazido.

Sem intenção definida, estava pedindo, à Presença, o acesso a um mundo nebuloso e fantástico, cujos cinco sóis multicoloridos, constelações estranhas, rochedos assombrosamente negros, habitantes com garras e focinhos de anta, bizarras torres de metal, inexplicáveis túneis e misteriosos cilindros flutuantes haviam se introduzido muitas vezes em seus sonhos. Aquele mundo, sentia vagamente, era, em todo o cosmos concebível, o que estava mais livremente em contato com os outros, e ansiava por explorar as paisagens cujas origens vislumbrara, e embarcar pelo espaço para aqueles mundos ainda mais remotos onde transitavam os habitantes de garras e focinhos. Não havia tempo para medo. Como em todas as crises de sua invulgar existência, a arrebatadora curiosidade cósmica triunfou sobre tudo o mais.

Quando as ondas retomaram sua pavorosa pulsação, Carter soube que seu terrível pedido havia sido concedido. O Ser estava lhe contando sobre os tenebrosos abismos por onde teria que passar, sobre a desconhecida estrela quíntupla numa insuspeita galáxia em torno da qual giravam os mundos alienígenas, e sobre os escavadores monstros subterrâneos contra os quais lutava eternamente os de garras e focinho daquele mundo. Contou-lhe também sobre como o ângulo de seu plano de consciência pessoal e o ângulo de seu plano de consciência relativo aos elementos espaço-tempo do mundo procurado teriam que ser inclinados simultaneamente para restaurar, para aquele mundo, a faceta--Carter que ali habitara.

A Presença o preveniu para estar seguro de seus símbolos caso quisesse voltar de algum mundo remoto e alienígena que escolhesse, e ele irradiou uma impaciente afirmação em resposta, confiante de que a chave de prata que sentia estar consigo, e que sabia ter balançado os planos tanto do mundo quanto o pessoal ao atirá-lo de volta para 1883, continha aqueles símbolos agora mencionados. O Ser, captando sua impaciência, expressou que estava pronto para realizar a monstruosa precipitação. As ondas se interromperam bruscamente e sobreveio um momentâneo silêncio, tenso com terríveis e insondáveis expectativas.

Então, sem aviso, houve um forte zumbido e rufar de tambores que cresceu para um ribombar estrondeante. Outra vez Carter sentiu-se como o ponto focal de uma intensa concentração de energia que feria e martelava e queimava insuportavelmente no ritmo, agora familiar, do espaço exterior, e que não poderia classificar nem como o calor abrasador de uma estrela fulgurante, nem como o petrificante frio do abismo final. Faixas e raios de uma coloração totalmente estranha a qualquer espectro de nosso universo brincavam, compunham-se e entrelaçavam-se à sua frente, e ele percebia uma assustadora velocidade de movimento.

Captou um vislumbre fugaz de uma figura *solitária* sentada sobre um trono enevoado de forma quase hexagonal...

6

Interrompendo sua narrativa, o hindu percebeu que De Marigny e Phillips o observavam atentamente. Aspinwall fingia ignorar a história fixando os olhos ostensivamente nos papéis à sua frente. A batida alienígena do relógio em forma de esquife adquiriu um novo e portentoso significado enquanto os vapores dos negligenciados tripés entupidos se enovelavam em formas fantásticas e inexplicáveis, formando perturbadoras combinações com as figuras grotescas das tapeçarias. O velho negro que os abastecia havia partido — talvez a crescente tensão o houvesse afugentado da casa. Uma hesitação quase apologética embaraçou o orador quando retomou a narrativa com sua voz curiosamente elaborada, conquanto idiomática.

— Vocês acharam essas coisas sobre o abismo difíceis de acreditar — disse —, mas vão achar as coisas tangíveis e materiais a seguir ainda mais complicadas. É assim que nossa mente funciona. As maravilhas são duplamente incríveis quando trazidas das vagas regiões de sonho possível para três dimensões. Não tentarei contar-lhes muito — isso seria uma outra história muito diferente. Vou lhes contar apenas o que devem absolutamente saber.

Carter, passado aquele turbilhão final de ritmo alienígena e policromático, encontrou-se no que, por um instante, pensou ser seu velho e insistente sonho. Estava, como muitas noites antes, andando em meio a uma multidão de seres providos de garras e focinhos pelas ruas de um labirinto de metal de forma inexplicável sob o brilho de uma luz solar diferente. Olhando para baixo, percebeu que seu corpo era igual aos outros — rugoso, parcialmente escamado e curiosamente articulado, como o de um inseto, mas com certa semelhança caricatural com o perfil humano. A chave de prata continuava em sua posse, segura agora por uma garra de aparência maligna.

Passado um instante, a sensação de sonho se desfez e ele se sentiu como alguém que houvesse sido despertado de um sonho. O abismo final — o Ser — a entidade de espécie absurdamente remota chamada Randolph Carter num mundo do futuro ainda não existente — algumas dessas coisas eram parte dos persistentes e insistentes sonhos do mago Zkauba do planeta Yaddith. Eram também persistentes — interferiam com seus deveres de preparar encantamentos para manter os terríveis dholes em suas tocas, misturando-se com suas lembranças das miríades de mundos reais que visitara envolto em feixes luminosos. Mas agora haviam adquirido um senso de realidade como nunca antes acontecera. Aquela pesada chave material de prata segura por sua garra superior direita, imagem exata de uma outra com a qual sonhara, não era bom sinal. Precisava descansar e refletir, procurar conselho nas tabuletas Nhing. Subindo pela parede de metal de uma travessa que saía do caminho principal, entrou em seu apartamento e aproximou-se da estante de tabuletas.

Sete frações de dia depois, Zkauba estava acocorado em seu prisma, tomado de pavor e meio desesperado, pois a verdade abrira um novo e conflitante conjunto de lembranças. Não conheceria jamais a paz de uma entidade. Por todo o tempo e todo o espaço, ele era dois: Zkauba, o mago de Yaddith, nauseado com a ideia do repelente mamífero terrestre Carter que viria a ser e havia sido, e Randolph Carter, de Boston, na Terra, estremecendo de pavor com a coisa de garras e focinho que havia sido e se tornara novamente.

As unidades de tempo gastas em Yaddith — grasnou o Swami, cuja voz elaborada começava a dar mostras de fadiga — constituiriam uma narrativa em si que não poderia ser contada resumidamente. Houve viagens a Stronti, Mthura e Kath, e a outros mundos nas vinte e oito galáxias acessíveis aos casulos de feixes luminosos das criaturas de Yaddith, e viagens de ida e volta através de muitas eras do tempo com a ajuda da chave de prata e de vários outros símbolos conhecidos dos magos de Yaddith. Houve odiosas lutas com os branquicentos e viscosos dholes nos túneis primitivos que minavam o planeta. Houve terríveis sessões em bibliotecas, em meio à sabedoria reunida de dez milhares de mundos vivos e extintos. Houve tensas conferências com outras mentes de Yaddith, inclusive aquela com o arquiancião Buo. Zkauba não contou a ninguém o que havia acontecido com sua personalidade, mas quando a faceta Randolph Carter predominava, estudava furiosamente todos os meios possíveis de retornar à Terra e à forma humana, praticando desesperadamente a fala humana com os órgãos de garganta alienígenas tão impróprios a este fim.

A faceta-Carter logo aprendeu, com horror, que a chave de prata era impotente para permitir seu retorno à forma humana. Era, como deduziu tarde demais das coisas que lembrava, das coisas que sonhara e das coisas que inferira da sabedoria de Yaddith, um produto de Hyperborea, na Terra, com poder apenas sobre os planos de consciência pessoais de seres humanos. Entretanto, poderia mudar o ângulo planetário e enviar o usuário, a seu gosto, através do tempo, num corpo inalterado. Tinha havido um feitiço adicional que lhe dera poderes ilimitados que ela não possuía, mas também isso era uma descoberta humana — peculiar a uma região especialmente inatingível e impossível de ser duplicada pelos magos de Yaddith. Isso fora escrito no indecifrável pergaminho colocado na caixa com entalhes medonhos contendo a chave de prata e Carter lamentou amargamente não a ter levado. O agora inacessível Ser do abismo o advertira para estar seguro de seus símbolos e certamente pensara que não lhe faltava nada.

Com o passar do tempo, esforçava-se cada vez mais na utilização do fabuloso saber de Yaddith para encontrar um meio de voltar ao abismo e à Entidade onipotente. Com este seu novo conhecimento, poderia avançar muito na leitura do misterioso pergaminho, mas esse poder, nas presentes circunstâncias, era pura ironia. Havia momentos, porém, em que a faceta-Zkauba predominava e ele se esforçava para apagar as lembranças-Carter conflitantes que o perturbavam.

Assim se passaram grandes lapsos de tempo — idades mais longas que o cérebro humano poderia captar, pois os seres de Yaddith vivem ciclos prolongados. Depois de muitas centenas de revoluções, a faceta-Carter parecia ganhar da faceta-Zkauba e passava enormes intervalos de tempo calculando a distância que haveria de Yaddith, no espaço e no tempo, da Terra humana. As cifras eram estarrecedoras — eras de anos-luz —, mas a sabedoria imemorial de Yaddith servia para Carter aprender essas coisas. Cultivou o poder de sonhar-se momentaneamente terrestre e aprendeu muitas coisas sobre nosso planeta que jamais soubera. Mas não conseguia sonhar a necessária fórmula do pergaminho perdido.

Finalmente concebeu um plano desesperado de fuga de Yaddith — que teve início quando descobriu uma droga que mantinha sua faceta-Zkauba em constante dormência sem dissolver o conhecimento e as lembranças de Zkauba. Imaginou que seus cálculos o levariam a realizar uma viagem com um casulo de ondas luminosas como nenhum outro ser de Yaddith jamais realizara — uma viagem *corporal* através de inomináveis eras e cruzando distâncias galácticas incríveis até o sistema solar e a própria Terra. Uma vez na Terra, embora num corpo com garras e focinho, poderia, de alguma forma, decifrar — e acabar decifrando — o pergaminho com os estranhos hieróglifos que deixara no carro, em Arkham, e com a sua ajuda — e a chave — retomar sua aparência terrestre normal.

Não ignorava os perigos da empreitada. Sabia que quando houvesse orientado o ângulo-planeta para a idade certa (algo impossível de fazer enquanto estivesse sendo arremessado pelo espaço), Yaddith seria um mundo morto dominado pelos triunfantes dholes, e que o êxito de sua fuga no casulo de ondas luminosas seria muito incerto. Estava igualmente ciente de como deveria alcançar a animação suspensa, à maneira de um iniciado, para suportar o prolongado voo por abismos incomensuráveis. Sabia, também, que — mesmo que sua viagem fosse bem-sucedida — teria que se imunizar contra as bactérias e outras condições terrestres hostis a um corpo de Yaddith. Mais ainda, teria que obter um meio de simular uma forma humana na Terra até poder recuperar o pergaminho, decifrá-lo e retomar efetivamente aquela forma. Caso contrário seria provavelmente descoberto e destruído por pessoas horrorizadas com algo que não deveria existir. E teria que levar um pouco de ouro — de fácil obtenção em Yaddith, felizmente — para sustentá-lo naquele período de busca.

Lentamente, os planos de Carter avançaram. Conseguiu um casulo de ondas luminosas de excepcional resistência capaz de suportar tanto a prodigiosa transição temporal, como o voo sem precedente através do espaço. Testou todos os seus cálculos e enviou seus sonhos para o futuro terrestre inúmeras vezes, levando-os o mais perto possível de 1928. Praticou a animação suspensa com fabuloso sucesso. Descobriu o agente bactericida exato de que necessitava e calculou a força gravitacional variável que teria que suportar. Construiu habilmente uma máscara de cera e uma roupa frouxa que lhe permitissem passar por algum tipo de ser humano entre os homens, e idealizou um encantamento duplamente poderoso para conter os dholes no momento de sua partida da escura e morta Yaddith do futuro inconcebível. Cuidou, também, de juntar um grande suprimento de drogas — impossíveis de obter na Terra — que conservariam sua faceta-Zkauba em suspensão até poder descartar o corpo Yaddith e não se esqueceu de uma pequena provisão de ouro para uso terrestre.

O dia da partida foi um momento de dúvida e apreensão. Carter subiu para sua plataforma-casulo com o pretexto de navegar para a estrela tripla Nython e enfiou-se na cabine de metal cintilante. Dispunha apenas do espaço necessário para realizar o ritual da chave de prata e, ao fazê-lo, começou a levitar lentamente em seu casulo. Houve um aterrorizante agitar e escurecer do dia e uma pavorosa tormenta de dor. O cosmos pareceu oscilar descontroladamente e as constelações dançaram no céu escuro.

De repente, Carter sentiu um novo equilíbrio. O frio dos abismos interestelares mordia o exterior de seu casulo e pôde perceber que flutuava livremente no espaço — o edifício de metal de onde partira, ficara em ruínas há muitos anos. Abaixo dele, o solo estava infestado de gigantescos dholes e, no momento em que olhava, um deles se ergueu muitas centenas de pés e estendeu um membro alvacento e viscoso em sua direção. Mas seus encantamentos funcionaram e, no momento seguinte, abandonava Yaddith, incólume.

7

Naquela bizarra sala em Nova Orleans de onde o velho criado negro fugira instintivamente, a estranha voz de Swami Chandraputra foi se tornando ainda mais rouca.

— Senhores — prosseguiu ele —, não lhes perguntarei se acreditam nessas coisas até lhes mostrar uma prova especial. Queiram aceitar, pois, como um mito, quando lhes contar sobre os *milhares de anos-luz — milhares de anos de tempo e incontáveis bilhões de milhas* em que Randolph Carter foi arremessado através do espaço como uma entidade alienígena inominável num delgado casulo de metal ativado por elétrons. Ele mediu o tempo desse seu período de animação suspensa com o maior cuidado, planejando fazê-lo terminar alguns anos antes do momento de seu pouso na Terra, em 1928, ou perto.

— Ele jamais esquecerá aquele despertar. Lembrem-se, cavalheiros, que antes daquele sonho de idade ancestral *ele vivera conscientemente, por milhares de anos terrestres, em meio às maravilhas terríveis e alienígenas de Yaddith.* Havia um medonho aperto de frio, uma suspensão de sonhos ameaçadores e um olhar através dos visores do casulo. Estrelas, aglomerados, nebulosas em profusão *— e finalmente sua configuração apresentou alguma semelhança com as constelações da Terra que conhecia.*

— Algum dia sua chegada ao sistema solar poderá ser contada. Ele viu Kynarth e Yuggoth à borda, passou perto de Netuno vislumbrando seus infernais pontilhados de fungos brancos, aprendeu um indizível segredo sobre as névoas de Júpiter avistadas de perto, vendo o horror em um de seus satélites, e observou as ruínas ciclópicas que se espalham sobre o disco rubro de Marte. Quando a Terra se aproximou, viu-a como um delgado crescente que aumentava alarmantemente de tamanho. Reduziu a velocidade embora seu sentimento de volta ao lar o impelisse a não perder um instante. Não tentarei relatar-lhes essas sensações tal como as soube de Carter.

— Bem, perto do fim, Carter pairou na atmosfera superior da Terra esperando pelo fim do dia no Hemisfério Ocidental. Pretendia pousar no lugar de onde havia partido — perto da Toca da Serpente, nas colinas atrás de Arkham. Se algum dos senhores já ficou longe de casa por muito tempo — e sei que um dos senhores o fez —, sabe perfeitamente como a vista das colinas ondulantes e os grandes olmos e os pomares retorcidos e as antigas muretas de pedra da Nova Inglaterra devem tê-lo emocionado.

— Desceu ao amanhecer, na campina abaixo do velho lar dos Carter, grato pelo silêncio e pela solidão. Era outono, tal como em sua partida, e o aroma das colinas era um bálsamo para sua alma. Conseguiu arrastar o casulo de metal subindo pelo bosque até a Toca da Serpente, embora não cruzasse a fenda bloqueada de raízes para a caverna interior. Foi ali também que cobriu seu corpo alienígena com roupas humanas e a máscara de cera que seriam necessárias. Conservou o casulo naquele lugar por mais de um ano até certas circunstâncias o obrigarem a escolher um novo esconderijo.

Caminhou até Arkham — praticando, incidentalmente, o controle de seu corpo em postura humana e na gravidade terrestre — e trocou seu ouro por dinheiro num banco. Fez também algumas pesquisas — apresentando-se como um estrangeiro que não falava bem o inglês — e descobriu que o ano era 1930, dois anos apenas depois da meta que estabelecera.

— Sua situação era certamente terrível. Impedido de revelar sua identidade, forçado a viver em permanente vigilância, com alguma dificuldade com relação a alimentos e precisando conservar a droga alienígena que mantinha sua faceta-Zkauba adormecida, sentia que precisava agir com a maior rapidez. Tendo ido a Boston e alugado um cômodo no decadente West End, onde poderia viver econômica e discretamente, imediatamente realizou investigações com respeito ao espólio e aos bens de Randolph Carter. Foi então que ficou sabendo da ansiedade com que o Sr. Aspinwall, aqui presente, queria a divisão do espólio e quão tenazmente o Sr. De Marigny e o Sr. Phillips se esforçavam por mantê-lo intacto.

O hindu se curvou embora nenhuma expressão perpassasse sua face escura, tranquila, coberta pela espessa barba.

— Indiretamente — prosseguiu —, Carter obteve uma boa cópia do pergaminho perdido e começou a trabalhar na sua decifração. Fico contente em dizer que pude ajudá-lo em tudo isso, pois ele logo apelou para mim e por meu intermédio entrou em contato com outros místicos mundo afora. Fui viver com ele em Boston, num lugar miserável na rua Chambers. Quanto ao pergaminho — fico feliz em ajudar o Sr. De Marigny em sua perplexidade. A ele, permitam-me dizer que a língua daqueles hieróglifos não é Naacal e sim R'lyehian, trazida à Terra pela descendência de Cthulhu há incontáveis eras. Certamente trata-se de uma tradução — havia um original Hyperboreano milhões de anos antes na primitiva língua de Tsath-yo.

— Havia mais a decifrar do que Carter esperava, mas em nenhum momento ele se desesperou. No princípio deste ano, fez amplos progressos com um livro que importou do Nepal e não há dúvida de que em breve triunfará. Infelizmente, porém, vem surgindo uma dificuldade — o esgotamento da droga alienígena que mantém a faceta-Zkauba adormecida. Isso, porém, não é uma calamidade tão grande quanto temia. A personalidade de Carter está conquistando o corpo e quando Zkauba predomina — por períodos de tempo cada vez mais curtos e agora somente quando invocada por alguma excitação incomum — ele geralmente está entorpecido demais para desfazer qualquer trabalho de Carter. Ele não pôde encontrar o invólucro de metal que o levaria de volta a Yaddith, pois embora quase o tenha conseguido em certa ocasião, Carter escondeu-o novamente num momento em que a faceta-Zkauba estava inteiramente latente. Todo o mal que tem feito é aterrorizar algumas pessoas e criar certos rumores de pesadelo entre os poloneses e lituanos do West End de Boston. Até agora, nunca prejudicou o cuidadoso disfarce preparado pela faceta-Carter, embora às vezes se livre dele, exigindo que algumas partes sejam refeitas. Já vi o que há por baixo — e não é coisa boa de se ver.

— Há um mês, Carter viu o anúncio desta reunião e percebeu que precisava agir rapidamente para salvar seus bens. Não poderia esperar para decifrar o pergaminho e retomar a forma humana. Consequentemente, delegou poderes para eu agir em seu nome.

— Cavalheiros, digo-lhes que Randolph Carter não está morto; que está temporariamente numa situação anormal, mas que dentro de dois ou três meses, no máximo, poderá reaparecer em sua forma apropriada e reivindicar a custódia de seus bens. Estou preparado para oferecer provas, se necessário. Peço-lhes, portanto, que adiem esta reunião por tempo indeterminado.

8

De Marigny e Phillips fitaram o hindu como que hipnotizados, enquanto Aspinwall emitia uma série de bufos e rosnares. A insatisfação do velho advogado assumira agora a feição de raiva aberta e ele socava a mesa com o punho crispado. Quando falou, foi com uma espécie de latido.

— Por quanto tempo teremos de aturar essa invencionice. Já escutei esse maluco — esse farsante — por uma hora, e agora ele comete o maldito desaforo de dizer que Randolph Carter está vivo — de nos pedir para adiar a partilha sem nenhum outro bom motivo! Por que não expulsa o patife, De Marigny? Pretende nos transformar em otários de um idiota ou charlatão?

De Marigny ergueu silenciosamente a mão, falando mansamente.

— Vamos pensar com calma e clareza. Esta narrativa está sendo muito singular e há coisas aí que eu, na condição de místico não de todo ignorante, reconheço como longe do impossível. Além do mais, tenho recebido, desde 1930, cartas de um Swami que confirmam este relato.

Quando silenciou, o velho Sr. Phillips aventurou algumas palavras.

— O Swami Chandraputra falou de provas. Eu também reconheci muita coisa significativa nesta história e tenho recebido muitas cartas estranhamente corroborativas do Swami nos dois últimos anos, mas algumas de suas afirmações são exageradas. Haverá alguma coisa tangível que possa ser mostrada?

Finalmente, o impassível Swami replicou, lenta e roucamente, e tirando um objeto do bolso de seu casaco frouxo, falou.

— Apesar de nenhum de vocês aqui ter visto a própria chave de prata, os Srs. De Marigny e Phillips viram fotos dela. *Isto lhes parece familiar?*

Desajeitadamente colocou sobre a mesa, com sua grande mão enluvada, uma pesada chave de prata deslustrada — quase cinco polegadas de comprimento, de artesanato desconhecido e totalmente exótico, coberta, de ponta a ponta, com hieróglifos do mais bizarro feitio. De Marigny e Phillips suspiraram.

— É ela! — gritou De Marigny. — A câmera não mente. Não poderia me enganar!

Mas Aspinwall já lançara uma réplica.

— Tolos! O que é que ela prova? Se esta é realmente a chave que pertencia a meu primo, cabe ao forasteiro — esse negro maldito — explicar como a obteve! Randolph Carter desapareceu com a chave há quatro anos. Como saberemos se ele não foi roubado ou assassinado? Ele próprio era meio maluco e vivia em contato com gente ainda mais maluca. Olha aqui, seu negro, onde foi que você obteve esta chave? Matando Randolph Carter?

As feições do Swami, anormalmente plácidas, não se alteraram, mas os remotos olhos negros sem íris acenderam-se perigosamente. Ele falou com grande dificuldade.

— Por favor, controle-se, Sr. Aspinwall. Há uma outra forma de prova que eu *poderia* dar, mas seus efeitos sobre todos não seriam agradáveis. Sejamos razoáveis. Eis alguns papéis escritos obviamente depois 1930 e no estilo inconfundível de Randolph Carter.

Ele tirou desajeitadamente um longo envelope do interior de seu casaco folgado e o entregou ao vociferante advogado, enquanto De Marigny e Phillips observavam a cena com pensamentos caóticos e uma nascente sensação de sublime espanto.

— Certamente, o manuscrito é quase ilegível — mas lembrem-se que Randolph Carter agora não tem mãos perfeitamente adaptadas para a escrita humana.

Aspinwall observou os papéis apressadamente e estava visivelmente perplexo, mas não mudou seu comportamento. A sala estava tensa de excitação e inominável terror, e o ritmo alienígena do relógio-esquife produzia um som inteiramente diabólico para

De Marigny e Phillips, embora o advogado não parecesse nem um pouco afetado.

Aspinwall finalmente se pronunciou.

— Isso parece uma falsificação esperta. Se não for, pode significar que Randolph Carter foi colocado sob o controle de pessoas mal-intencionadas. Só há uma coisa a fazer — prender este enganador. De Marigny, quer telefonar para a polícia?

— Aguardemos — respondeu seu anfitrião. — Não creio que este caso exija a polícia. Tenho uma ideia. Sr. Aspinwall, este cavalheiro é um místico de reconhecida competência. Ele diz que goza da confiança de Randolph Carter. Será satisfatório para o senhor se ele responder a algumas perguntas que só poderiam ser respondidas por alguém que gozasse dessa confiança? Conheço Carter e posso fazer essas perguntas. Permitam-me pegar um livro que, segundo penso, servirá como um bom teste.

Ele encaminhou-se para a porta da biblioteca, seguido por Phillips que foi em seu encalço, pasmado, numa ação quase automática. Aspinwall permaneceu onde estava, estudando atentamente o hindu que o encarava com um rosto anormalmente impassível. De repente, enquanto Chandraputra desajeitadamente recolocava a chave de prata no bolso, o advogado emitiu um som gutural.

— Ei, por Deus, peguei! O canalha está disfarçado. Não acredito que seja indiano coisa nenhuma. Este rosto — não é um rosto, é uma *máscara*! Imagino que foi a sua história que me colocou isso na cabeça, mas é verdade. Ela nunca se move, e esse turbante e a barba escondem seu perfil. Esse sujeito é um rematado patife! Ele nem mesmo estrangeiro é — venho observado sua linguagem. É algum tipo de ianque. E olhem só essas luvas — ele sabe que suas impressões digitais poderiam ser identificadas. Maldito, vou tirar essa coisa...

— Pare! — A voz rouca curiosamente estrangeira do Swami revelava um tom além de qualquer pavor meramente humano. — Eu lhe disse que havia *uma outra maneira de provar que poderia dar se fosse preciso*, e o adverti para não me obrigar a isso. Esse velho intrometido está certo — não sou realmente um indiano. *Este rosto é uma máscara e o que ela cobre não é humano*. Vocês suspeitaram — senti isso há alguns minutos. Não seria agradável se eu tirasse a máscara — deixa-a em paz, Ernest. Posso perfeitamente lhe dizer que *eu sou Randolph Carter*.

Ninguém se moveu. Aspinwall rosnou e fez alguns movimentos vagos. De Marigny e Phillips, do outro lado da sala, observavam as contrações na face vermelha e estudavam as costas da figura de turbante que estava diante dele. A batida anormal do relógio era odiosa e os vapores dos tripés e as tapeçarias oscilantes dançavam uma dança de morte. O advogado, meio sufocado, quebrou o silêncio.

— Não é não, seu canalha — você não vai me assustar! Você tem lá suas razões para não querer tirar a máscara. Talvez nós ficássemos sabendo quem você é. Fora com ela...

Quando ele se debruçou para a frente, o Swami pegou sua mão com um de seus membros enluvados, provocando um curioso grito, misto de dor e espanto. De Marigny avançou para os dois, mas parou confuso quando o grito de protesto do pseudo-hindu se transformou num som inteiramente inexplicável de chocalho e zumbido. O rosto vermelho de Aspinwall estava furioso e com a mão livre fez nova investida sobre a barba cerrada de seu oponente. Dessa vez conseguiu agarrá-la e, sob seu frenético puxão, todo o rosto de cera soltou-se do turbante e ficou preso no punho crispado do advogado.

Quando isso aconteceu, Aspinwall emitiu um aterrorizado grito gorgolejante e Phillips e De Marigny viram seu rosto convulsionado por um ataque de pânico mais selvagem, profundo e medonho do que jamais haviam visto num semblante humano até então. O pseudo-Swami, entretanto, soltara a outra mão e estava de pé, como que entorpecido, produzindo zumbidos da mais anormal qualidade. Em seguida, a figura de turbante se abaixou numa postura improvavelmente humana e empreendeu uma espécie de curiosa caminhada com passos arrastados na direção do relógio em forma de esquife que batia em seu ritmo cósmico e anormal. Seu rosto, agora descoberto, estava virado para o outro lado, e De Marigny e Phillips não podiam ver o que o gesto do advogado desvendara. Sua atenção voltou-se então para Aspinwall, que desabava pesadamente no chão. O encanto se quebrara — mas quando alcançaram o velho, ele já estava morto.

Virando-se rapidamente para o trôpego Swami que se afastava, De Marigny viu uma das grandes luvas brancas cair inadvertidamente de um membro pendente. Os vapores do incenso eram densos e tudo que se podia vislumbrar do membro exposto era algo comprido e escuro. Antes de o *creole* conseguir alcançar a figura em fuga, o velho Sr. Phillips o reteve com a mão no ombro.

— Não faça isso! — murmurou. — Não sabemos com o quê estamos lidando. Essa outra faceta, você sabe — Zkauba, o mago de Yaddith...

A figura de turbante atingira agora o bizarro relógio e os espectadores viram, através dos densos vapores, uma indistinta garra preta se atrapalhando com a alta porta forrada de hieróglifos. A atrapalhação provocou um estranho estalido. Depois a figura entrou na caixa em forma de esquife e fechou a porta atrás de si.

De Marigny não pôde mais se conter, mas quando alcançou e abriu a porta do relógio, ele estava vazio. A batida anormal prosseguia no ritmo soturno e cósmico subjacente a todas as passagens de portais místicos. No chão, a grande mitene branca e o homem morto com a máscara barbada em sua mão não tinham mais nada a revelar.

* * *

Um ano se passou e nada mais se ouviu sobre Randolph Carter. Seu espólio continua parado. O endereço em Boston do qual um

"Swami Chandraputra" enviava perguntas a vários místicos em 1930-31-32 era alugado, na verdade, por um estranho hindu, mas ele partira pouco antes da data da conferência de Nova Orleans e nunca mais voltara para lá. Dizia-se que era escuro, impassível e barbado, e seu senhorio acha que a escura máscara — que foi devidamente exibida — é muito parecida com ele. Entretanto, nunca havia suspeitado da existência de alguma conexão entre ele e as aparições tenebrosas sussurradas por eslavos locais. As colinas atrás de Arkham foram vasculhadas à procura do "casulo de metal", mas nada do tipo jamais foi encontrado. Entretanto, um funcionário do First National Bank de Arkham recorda de um homem usando um estranho turbante que trocou um lote de pepitas de ouro por dinheiro, em outubro de 1930.

De Marigny e Phillips mal sabem o que fazer do assunto. Afinal, o que ficou provado? Havia uma história. Havia uma chave que poderia ter sido forjada a partir das pinturas que Carter distribuiu amplamente em 1928. Havia papéis — nenhum elucidativo. Havia um estrangeiro mascarado, mas que ser vivente conheceu o que havia por trás da máscara? Em meio à tensão e aos vapores de incenso, aquele ato de desaparição no relógio poderia facilmente ter sido uma dupla alucinação. Os hindus sabem muito sobre hipnotismo. A razão aponta o "Swami" como um criminoso com interesse nos bens de Randolph Carter. Mas a autópsia revelou que Aspinwall morreu de choque. Teria sido causado *apenas* pela fúria? E certas coisas naquela história...

Numa vasta sala decorado com tapeçarias curiosamente ornamentadas e envolto em vapores de incenso, Etienne-Laurent de Marigny costuma sentar-se para escutar, tomado de vagas sensações, o ritmo anormal daquele relógio em forma de esquife, coberto de hieróglifos.

(1934)

a nau branca

Sou Basil Elton, guardião do farol do Cabo do Norte, que meu pai e meu avô guardaram antes de mim. Ergue-se, distante da praia, o farol cinzento sobre rochas limosas submersas que só podem ser vistas na maré baixa e se ocultam na preamar. Ao longo de um século, deslizaram ao largo desse farol as majestosas naus dos sete mares. Nos dias de meu avô, eram muitas; nos de meu pai, nem tanto; agora, são tão poucas que às vezes me sinto estranhamente só, como se fosse o último habitante de nosso planeta.

Chegavam de costas distantes aqueles grandes veleiros mercantes de antigamente; das praias do Oriente longínquo, onde sóis cálidos brilham e aromas doces emanam de exóticos jardins e festivos templos. Os velhos capitães do mar costumavam visitar meu avô contando-lhe aquelas coisas que ele, por sua vez, transmitia a meu pai, e meu pai a mim nas longas noites de inverno quando o vento do leste uivava sinistramente. E eu li mais sobre essas coisas e muitas outras nos livros que me ofertavam quando era jovem e cheio de curiosidade.

Mais fabuloso que o saber dos antigos e o saber dos livros, porém, é o secreto saber do oceano. Verde, azul, cinza, branco ou negro; suave, ondulado ou encapelado; esse oceano nunca silencia. Durante toda minha vida o observei e escutei, e conheço-o bem. De início, contou-me apenas as historiazinhas simples de praias tranquilas e paragens próximas, mas com o passar dos anos foi se tornando mais íntimo, contando-me outras coisas, coisas mais estranhas e mais distantes no espaço e no tempo. Em certas ocasiões, à hora do crepúsculo, os vapores cinzentos do horizonte se abriam oferecendo-me vislumbres dos caminhos abertos além; e, às vezes, à noite, as águas profundas do mar tornavam-se claras e fosforescentes, oferecendo-me vislumbres dos caminhos em suas profundezas. E esses vislumbres revelavam, frequentemente, tanto os caminhos existentes quanto os caminhos que poderiam existir, além dos caminhos que existem, pois o oceano é mais ancestral que as montanhas e carrega consigo as memórias e os sonhos do Tempo.

Era do Sul que a Nau Branca costumava chegar quando a lua cheia flutuava no alto do firmamento. Vindo do Sul, ela deslizaria muito suavemente, silenciosamente, sobre o mar. E estando o mar calmo ou agitado, o vento favorável ou adverso, deslizaria sempre suavemente, silenciosamente, com suas velas distantes e suas longas e singulares fileiras de remos movendo-se compassadamente. Certa noite, avistei sobre o convés um homem barbado trajando um manto que parecia acenar convidando-me a embarcar para lugares desconhecidos e longínquos. Muitas vezes mais eu o vi depois disso, sob a lua cheia, convidando-me sempre com um aceno.

Brilhava intensamente o luar na noite em que atendi ao apelo e avancei sobre as águas até a Nau Branca, sobre uma ponte de raios de luar. O homem que me acenara saudou-me então num idioma suave que eu parecia conhecer perfeitamente, e as horas foram preenchidas com delicadas canções dos remadores enquanto vogávamos para longe, rumo a um misterioso Sul, dourado pelo brilho daquela lua branda e plena.

E, quando o dia amanheceu róseo e radiante, avistei a costa verdejante de terras distantes, luminosa e bela e desconhecida para mim. Erguiam-se do mar nobres terraços de verdor recobertos de árvores, desvelando, aqui e ali, as cintilantes alvas colunas e telhados de misteriosos templos. Enquanto nos aproximávamos da costa verdejante, o homem barbado falou-me daquela terra, a terra de Zar, onde habitam todos os sonhos e pensamentos de beleza que em algum momento chegam aos homens e depois são esquecidos. E, quando tornei a observar os terraços, percebi a verdade do que me dizia, pois, entre as visões diante de mim, estavam muitas coisas que já vislumbrara além do horizonte, através das névoas, nas profundezas fosforescentes do oceano. Ali estavam formas e fantasias mais esplêndidas do que quaisquer outras que jamais conhecera; as visões de jovens poetas que morreram na penúria antes que o mundo pudesse conhecer o que haviam visto ou sonhado. Mas não desembarquei nas campinas inclinadas de Zar, pois conta-se que aquele que as percorre corre o risco de não regressar jamais à sua terra natal.

Enquanto a Nau Branca se distanciava silenciosamente dos terraços pontilhados de templos de Zar, observamos, no horizonte distante à nossa frente, os pináculos de uma poderosa cidade, e o homem barbado me disse: "Esta é Thalarion, a Cidade das Mil Maravilhas, onde residem todos aqueles mistérios que o homem vem tentando insistentemente, e em vão, penetrar". Olhei novamente, mais de perto, e vi que a cidade era maior do que qualquer outra que jamais conhecera ou sonhara. As torres de seus templos projetavam-se para o céu e homem nenhum conseguiria enxergar seus cimos. E, muito além do horizonte distante, estendiam-se as muralhas cinzentas e austeras por sobre as quais se podia apenas vislumbrar alguns telhados que pareciam enigmáticos e ominosos, embora os adornassem ricas frisas e maravilhosas esculturas. Desejei ardentemente penetrar nessa cidade ao mesmo tempo fascinante e repelente, suplicando ao homem barbado que me desembarcasse no reluzente cais ao lado do imenso portal esculpido de Akariel, mas ele gentilmente rejeitou meu pedido, dizendo: "Em Thalarion, a Cidade das Mil Maravilhas, muitos foram os que entraram, mas nenhum retornou. Ali circulam apenas demônios e coisas insanas que já não são homens e as ruas estão brancas com os ossos insepultos dos que se depararam com o espectro de Lathi que reina sobre a cidade".

Assim, a Nau Branca velejou deixando para trás as muralhas de Thalarion e seguiu, durante muitos dias, um pássaro que voava para o Sul, cuja plumagem reluzente se confundia com o céu de onde viera.

Chegamos então a uma costa amena, alegrada por flores de todos os matizes, onde se viam, até onde os olhos podiam alcançar, bosques amáveis e caramanchões radiantes sob um sol a pino. Partindo de caramanchões ocultos de nossas vistas, irrompiam sons intermitentes de canções e de harmonia lírica, entrecortados por risos tênues tão deliciosos que instiguei os remadores a acelerarem a marcha em minha ânsia de me aproximar da cena. E o homem barbado não disse uma palavra, mas ficou me observando enquanto nos aproximávamos da costa orlada de lírios. De repente, por sobre os florescentes prados e os frondosos bosques, trouxe o vento um cheiro que me fez estremecer. O vento recrudesceu e o ar ficou carregado de um odor letal, sepulcral, de cidades atingidas pela peste, de cemitérios insepultos. E, enquanto navegávamos celeremente afastando-nos daquele lugar abominável, o homem barbado finalmente me disse: "Esta é Xura, a Terra dos Prazeres Insatisfeitos".

Uma vez mais, então, a Nau Branca acompanhou o pássaro do céu sobre abençoados mares cálidos refrescados por brisas acariciantes e perfumadas. Dia após dia e noite após noite navegamos, e quando a lua estava cheia, escutávamos as doces canções dos remadores, suaves como as daquela noite distante em que navegara para longe de minha terra natal. E foi sob a luz do luar que ancoramos, finalmente, no porto de Sona-Nyl, protegido por promontórios gêmeos de cristal que se erguem do mar encontrando-se num arco fulgurante. Esta é a Terra da Fantasia, e ali caminhamos para a costa verdejante por sobre uma ponte dourada de raios lunares.

Na Terra de Sona-Nyl não há espaço nem tempo, não há sofrimento nem morte; e ali habitei por muitas eras. Verdes são os bosques e pastagens, brilhantes e aromáticas são as flores, azuis e musicais as correntezas, transparentes e frescas as fontes, e imponentes e suntuosos são os templos, castelos e cidades de Sona-Nyl. Fronteiras não há naquela terra, pois para além de cada paisagem de beleza ergue-se outra ainda mais bela. Cruzando os campos e em meio ao esplendor das cidades, circula livremente a gente alegre, gente de inconspurcável graça e irreprimível felicidade. Nas eras em que ali habitei, errei venturosamente por jardins onde curiosas árvores dos pagodes espiam de gentis touceiras de arbustos e os alvos passeios são ladeados por delicadas flores. Escalei colinas suaves de cujo topo podia admirar panoramas extasiantes de graciosidade, com cidades pontilhadas de campanários aninhadas em vales verdejantes e as cúpulas douradas de gigantescas cidades fulgurando no horizonte infinitamente distante. E observei o mar cintilante sob a luz do luar, os promontórios de cristal e o plácido porto onde jazia ancorada a Nau Branca.

Foi contra a lua cheia, em certa noite do ano imemorial de Tharp, que vi delineada a forma acenante do pássaro celestial e senti os primeiros aguilhões da inquietação. Falei então com o homem barbado e contei-lhe sobre meus insistentes anseios de partir para a remota Cathuria, que homem nenhum jamais havia visto, mas que todos acreditam existir em algum lugar além dos pilares de basalto do oeste. Ali é a Terra da Esperança e nela resplendem os perfeitos ideais de todos que já conhecemos em outras partes; pelo menos, isso é o que relatam. Mas disse-me então o homem barbado: "Cuidado com os mares perigosos onde os homens dizem estar Cathuria. Em Sona-Nyl não há dor nem morte, mas quem saberá o que existe para além dos pilares de basalto do oeste?". No entanto, na lua cheia seguinte, embarquei na Nau Branca e, tendo a meu lado o relutante homem barbado, deixei o alegre porto por mares nunca antes percorridos.

E o pássaro do céu voou à nossa frente conduzindo-nos para os pilares de basalto do oeste, mas agora os remadores já não cantavam suas suaves canções sob a lua cheia. Com frequência, em minha mente eu imaginaria a desconhecida Terra de Cathuria com seus esplêndidos bosques e palácios, e me perguntaria quais novas delícias ali me aguardariam. "Cathuria", diria para mim mesmo, "é a morada de deuses e a terra de incontáveis cidades de ouro. De aloés e sândalos se compõem suas florestas, fragrantes como os bosques de Camorin, e por entre as árvores adejam alegres pássaros de amável cantar. Nas montanhas frondosas e floridas de Cathuria encontram-se templos de mármore rosado adornados com glórias pintadas e esculpidas, e em seus pátios, frescas fontes de prata onde rumorejam, com uma música arrebatadora, as aromáticas águas do Narg, que nasce nas cavernas. E as cidades de Cathuria são cercadas de muralhas douradas e também são de ouro seus passeios. Nos jardins dessas cidades vicejam exóticas orquídeas e há lagos perfumados com leitos de âmbar e coral. À noite, as ruas e os jardins se iluminam ao clarão de alegres luminárias que imitam os cascos tricolores da tartaruga, e ali ressoam as notas suaves do cantor e do alaudista. E as casas das cidades de Cathuria são todas palácios, erguidos à margem de algum oloroso canal por onde fluem as águas do sagrado Narg. De mármore e pórfiro são as casas, e cobertas de telhados de ouro cintilante que refletem os raios do sol e realçam o esplendor das cidades para que os deuses venturosos as possam enxergar dos cumes distantes. O mais belo de todos é o palácio do grande monarca Dorieb, que para alguns é um semideus, para outros, um deus. Alto é o palácio de Dorieb, e muitos torreões de mármore guarnecem suas muralhas. Em seus amplos salões, incontáveis multidões se reúnem e ali ficam expostos os troféus das eras. E o telhado é de puro ouro, assentado sobre altos pilares de rubi e lápis-lazúli, e com tais figuras entalhadas de deuses e heróis que aquele que eleva os olhos para aquelas alturas parece estar olhando o próprio Olimpo. De vidro é o piso do palácio e debaixo dele fluem as águas esplendidamente luminosas do Narg, alegradas pelos matizes cintilantes de peixes desconhecidos além das fronteiras da admirável Cathuria."

Assim eu falaria a mim mesmo de Cathuria, mas o homem barbado não se cansava de me advertir para regressarmos às praias felizes de Sona-Nyl, pois Sona-Nyl é conhecida dos homens, enquanto ninguém jamais avistou Cathuria.

E no trigésimo primeiro dia em que seguíamos o pássaro, avistamos os pilares de basalto do oeste. Estavam envoltos em brumas e homem nenhum poderia avistar o que havia além deles ou de seus cumes — que, segundo alguns, alcançam os céus. E o homem barbado mais uma vez implorou-me que voltássemos, mas não lhe dei atenção, pois imaginava que eram das brumas além dos pilares que chegavam os sons de cantores e alaudistas, mais doces que as mais doces canções de Sona-Nyl, e eles soavam como louvores a mim; louvores a mim, que viajara para longe da lua cheia e habitava na Terra da Fantasia. Então, ao som da melodia, a Nau Branca velejou para dentro das brumas por entre os pilares do oeste. E, quando a música cessou e as brumas se ergueram, não estávamos na Terra de Cathuria, e sim num tempestuoso mar invencível sobre o qual nossa desamparada embarcação era levada a algum destino insondável. Logo chegou a nossos ouvidos o troar distante da precipitação de águas e aos nossos olhos surgiu, no longínquo horizonte à frente, o titânico espumejar de uma monstruosa catarata, lugar onde os oceanos do mundo despencam no vazio abismal. Então, disse-me o homem barbado, com lágrimas correndo pelas faces: "Rejeitamos a bela Terra de Sona-Nyl, que jamais veremos novamente. Os deuses são mais poderosos que os homens e eles venceram". Fechei meus olhos antes do impacto que certamente viria, eclipsando a visão do pássaro celestial que adejava suas zombeteiras asas azuis por sobre a beira da torrente.

Passado o impacto, veio a escuridão e ouvi os gritos lancinantes de homens e de coisas que não eram homens. Ventos borrascosos ergueram-se do leste enregelando-me enquanto me agachava sobre a laje de pedra submersa que se erguera por baixo de meus pés. Quando então ouvi um novo estrondo, abri os olhos e encontrei-me sobre a plataforma daquele farol de onde saíra navegando havia tantas eras. Na escuridão abaixo despontavam os vastos contornos borrados de uma nau se estraçalhando nos rochedos cruéis, e, ao observar os destroços, vi que o farol falhara pela primeira vez desde que meu avô assumira sua guarda.

E, nos turnos seguintes da noite, ao percorrer o interior da torre, enxerguei na parede um calendário que permanecia do mesmo modo como eu o deixara no momento em que partira para longe. Chegada a aurora, desci da torre e procurei os destroços do naufrágio sobre os rochedos, mas isso foi tudo que encontrei: um estranho pássaro morto cuja cor era como o azul do firmamento, e um único mastro despedaçado, de uma alvura mais intensa que a da crista das ondas ou da neve das montanhas.

Desde então o oceano deixou de me contar os seus segredos e, apesar de muitas outras vezes a lua brilhar plena e alta nos céus, a Nau Branca do Sul jamais voltou.

(1919)

A estranha casa entre as brumas

Pela manhã, erguem-se brumas do mar nas imediações do penhasco que se alteia além de Kingsport. Alvas e delicadas, elas emergem das profundezas subindo na direção de suas irmãs, as nuvens, carregadas de sonhos de úmidas pastagens e cavernas de leviatã. Mais tarde, em sossegadas chuvas estivais sobre os íngremes telhados de poetas, as nuvens espalham fragmentos desses sonhos, pois os homens não devem viver sem o rumor de fantásticos segredos antigos e os prodígios que planetas contam a planetas solitários dentro da noite. Quando as histórias se condensam nas grutas de tritões e os moluscos em cidades de algas sopram fantásticas canções aprendidas com os Antigos, densas brumas impetuosas agrupam-se, então, no céu carregadas de saber, e os olhos que estiverem postados sobre as rochas voltados para o oceano veem apenas uma alvura mística, como se a borda do penhasco fosse a borda de toda a terra, e os sinos solenes das boias dobrassem livremente no éter de um reino feérico.

Ao norte da arcaica Kingsport elevam-se rochedos singulares e imponentes, terraço após terraço, até que os mais ao norte se debruçam do céu como uma crespa nuvem cinzenta petrificada. Ei-lo solitário, um promontório soturno projetando-se no espaço ilimitado, pois a costa se estreita ali onde deságua o grande Miskatonic chegando das planícies que se estendem para além de Arkham, trazendo lendas silvestres e curiosas recordações das colinas da Nova Inglaterra. Os homens do mar de Kingsport erguem os olhos para o penhasco, assim como outros homens do mar erguem os olhos para a estrela polar, e calculam os turnos de vigia da noite pela maneira como ela esconde ou revela a Ursa Maior, Cassiopeia e o Dragão. Para eles, o penhasco se confunde com o firmamento e, de fato, ele se esconde quando as brumas ocultam as estrelas ou o sol. Eles adoram alguns dos rochedos, como aquele de perfil grotesco a que chamam de Pai Netuno, ou aqueles degraus sustentados por pilares que batizaram de "A Passarela", mas estes são temidos por ficar muito próximos do céu. Os marinheiros portugueses, ao voltarem de alguma viagem, benzem-se assim que os avistam, e os velhos ianques acreditam que galgá-los, se isso realmente fosse possível, seria assunto mais grave que a morte. No entanto, há uma antiga casa naquele penhasco e, à noite, os homens enxergam luzes nas pequenas janelas envidraçadas.

A velha casa sempre esteve ali e as pessoas dizem que abriga Alguém que conversa com as brumas da manhã que sobem das profundezas, e que talvez veja coisas fabulosas do lado do oceano naqueles momentos em que a borda do penhasco se transforma na borda de toda a terra e os sinos de boias solenes dobram livremente no branco éter de um reino feérico. Isso eles dizem por causa de boatos, pois aquela escarpa intransponível jamais é visitada e os nativos não gostam de apontar lunetas em sua direção. É bem verdade que veranistas a esquadrinharam com vistosos binóculos, mas jamais viram algo além do primitivo telhado de telhas de madeira, cinzento e pontiagudo, cujos beirais se aproximam das cinzentas fundações, e a tênue luz amarela filtrando das janelinhas que espiam por baixo daqueles beirais, ao crepúsculo. Esses veranistas não acreditam que o mesmo Alguém venha habitando a casa antiga há centenas de anos, mas não podem provar sua heresia a qualquer verdadeiro habitante de Kingsport. Mesmo o Velho Terrível que conversa com pêndulos de chumbo dentro de garrafas, compra gêneros com centenário ouro espanhol e conserva ídolos de pedra no quintal de seu antediluviano chalé na rua da Água, só sabe dizer que as coisas já eram assim quando seu avô era menino e que isso teria sido inconcebível eras atrás, quando Belcher ou Shirley ou Pownall ou Bernard governavam a Província de Sua Majestade da Baía de Massachusetts.

Então, num certo verão, chegou a Kingsport um filósofo. Chamava-se Thomas Olney e ensinava assuntos enfadonhos numa faculdade nas imediações da Baía de Narragansett. Chegou com a esposa corpulenta e os filhos turbulentos, e seus olhos mostravam-se cansados de ver as mesmas coisas durante muitos anos e de pensar os mesmos pensamentos bem comportados. Do diadema de Pai Netuno ele olhou para as brumas e tentou caminhar para seu branco mundo de mistério galgando os titânicos degraus da Passarela. Manhã após manhã, ele se deitaria sobre o penhasco e olharia por sobre a borda do mundo para o enigmático éter além, escutando os sinos espectrais e os gritos selvagens do que poderiam ter sido gaivotas. Depois, quando as névoas se dissipassem e o mar se tornasse trivial com as fumaças dos vapores, suspiraria e desceria para a cidade, onde gostava de percorrer as estreitas e antigas trilhas colina acima e abaixo estudando os antigos e vacilantes espigões e os portais ladeados de fabulosas colunas que haviam abrigado tantas gerações de vigorosos homens do mar. E conversava inclusive com o Velho Terrível, que não gostava muito de estranhos, tendo sido convidado a visitar seu bangalô, tão terrivelmente antigo, onde os tetos baixos e os bichados painéis de madeira escutavam os ecos de inquietantes solilóquios na escuridão das primeiras horas da madrugada.

Era inevitável, então, que Olney notasse a indevassável morada cinzenta no céu, na sinistra escarpa do lado norte, aquele com as brumas e o firmamento. Lá estava ela, debruçada eternamente sobre Kingsport com seu perene mistério ressoando em sussurros pelas vielas tortuosas de Kingsport. O Velho Terrível resfolegou uma história que seu pai lhe contara, de um raio que saíra certa noite da casa pontiaguda para as nuvens do alto céu; e Granny Orne, cuja minúscula habitação de telhado de duas águas na rua do Navio está coberta de musgo e hera, grasnou algo que sua avó ouvira de segunda mão, sobre formas que saíam adejando das brumas do leste para a estreita porta daquele inalcançável lugar, pois a porta está na borda do penhasco voltada para o oceano, e só pode ser vislumbrada de navios ao mar.

Finalmente, ávido por novidades fabulosas e não contido nem pelo medo dos moradores de Kingsport, nem pela indolência usual dos veranistas, Olney tomou uma terrível resolução. Apesar de uma formação conservadora — ou por causa dela, pois as vidas enfadonhas costumam gerar ávidos anseios do desconhecido —, fez um juramento solene de escalar aquele evitado penhasco norte e visitar o chalé absurdamente antigo lá no céu. Evidentemente, a parte mais sã de seu ser argumentou que o lugar devia ser habitado por pessoas que o haviam alcançado a partir do continente, subindo a encosta mais branda que se ergue do estuário do Miskatonic. Provavelmente negociavam em Arkham, sabendo quão pouco Kingsport gostava de sua morada, ou talvez por não conseguirem escalar o penhasco pelo lado de Kingsport. Olney caminhou pelos rochedos inferiores na direção do grande penhasco, que se lançava insolentemente ao alto para se concertar com as coisas celestiais, e teve a mais absoluta certeza de que nenhum pé humano poderia galgá-lo ou descer por ele percorrendo aquela abrupta encosta meridional. Para o leste e para o norte, ele se alteava milhares de pés perpendicularmente à água, só restando, portanto, o lado ocidental, do continente, na direção de Arkham.

Certa manhã de agosto, Olney resolveu descobrir um acesso para o cume inacessível. Enveredou para noroeste percorrendo graciosas estradas, passou pela Lagoa de Hooper e pelo velho moinho de tijolos para o qual convergiam campinas ascendentes em direção à encosta que subia do Miskatonic, oferecendo uma maravilhosa vista dos alvos campanários georgianos de Arkham por sobre léguas de rio e prados. Ali encontrou uma estrada sombreada para Arkham, mas absolutamente nenhuma trilha na direção do mar, como esperava. Bosques e campos se agrupavam na margem alta do estuário do rio, sem nenhum sinal de presença humana, nem mesmo um muro de pedra ou uma vaca desgarrada, apenas o capim alto, as árvores gigantes e as capoeiras de arbustos espinhosos que apenas os primeiros nativos devem ter visto. Enquanto subia lentamente na direção leste, cada vez mais acima do estuário que ficava à sua esquerda e aproximando-se sempre mais do mar, foi sentindo aumentar a dificuldade e pôs-se a meditar sobre a maneira como os moradores daquele lugar inóspito conseguiam alcançar o mundo exterior e se iam comerciar frequentemente em Arkham.

As árvores agora rareavam e bem abaixo dele, à sua direita, avistou as colinas e antigos telhados e flechas de Kingsport. Até mesmo a Colina Central era anã vista daquela altura, e ele mal conseguia divisar o antigo cemitério ao lado do Hospital Congregacional, debaixo do qual espreitavam, segundo rumores, tenebrosas covas e cavernas. Estendia-se à sua frente um capinzal ralo com touceiras de pés de mirtilo, e além dele, a rocha nua do penhasco e o pico estreito do pavoroso chalé cinzento. A encosta agora se estreitava e Olney foi ficando atordoado com a sua solidão nas alturas, tendo ao sul o apavorante precipício sobre Kingsport e ao norte a queda vertical de quase uma milha até a desembocadura do rio. De repente, abriu-se à sua frente uma grande fenda com dez pés de profundidade, obrigando-o a descer com a ajuda das mãos e deixar-se cair num piso inclinado para depois se arrastar perigosamente para cima, por uma garganta no paredão oposto. Era assim, então, que a gente da misteriosa casa transitava entre a terra e o céu!

Quando conseguiu sair da fenda, já se formava uma névoa matinal, mas pôde ver claramente a imponente e ominosa casa à sua frente; paredes cinzentas como a rocha e a alta cumeeira se destacando contra o branco leitoso dos vapores marinhos. E percebeu que não havia porta na face voltada para a terra, apenas um par de pequenas janelas de gelosia com encardidos vidros de fundo-de-garrafa chumbados à moda do século dezessete. Ao seu redor, tudo era nuvem e caos e nada conseguia enxergar abaixo da brancura do espaço ilimitado. Estava sozinho, no céu, com aquela casa estranha e perturbadora; e, quando tentou contorná-la para chegar à sua frente e percebeu que a parede se erguia rente à borda do penhasco, de modo que a única e estreita porta não pudesse ser alcançada a não ser do despovoado éter, sentiu um terror diferente, que não podia ser atribuído inteiramente à altitude. Era muito estranho que telhas de madeira tão carcomidas pudessem se aguentar, ou que tijolos tão gastos ainda pudessem manter ereta a chaminé.

Quando as brumas começaram a se adensar, Olney esgueirou-se em direção às janelas dos lados norte, oeste e sul, experimentando-as, mas descobriu que estavam todas trancadas. Agradou-lhe que estivessem trancadas porque quanto mais examinava a casa, menos desejava penetrar em seu interior. Logo depois, um ruído o deteve. Ouviu um ranger de fechadura, um girar de ferrolho e um prolongado rangido como se uma pesada porta estivesse sendo cautelosamente aberta. Isso aconteceu no lado voltado para o oceano, que não podia ver, onde o estreito portal abria-se sobre o espaço vazio, no céu brumoso, milhares de pés acima das ondas.

Produziu-se então um ruído de passos pesados e decididos no interior da casa, e Olney ouviu as janelas serem abertas, primeiro a do lado norte, oposto àquele em que estava, depois a do lado oeste, adjacente ao dele. Em seguida, seria a vez da janela do sul, debaixo do grande beiral caído sobre o lado em que estava, e deve-se dizer que estava mais do que perturbado com a ideia de ter, de um lado, a casa abominável e, do outro, o vazio das alturas. Quando ouviu um movimento hesitante no caixilho mais próximo, esgueirou-se novamente para o lado oeste, achatando--se contra a parede ao lado da janela recém-aberta. Era evidente que o dono voltara ao lar, mas ele não viera pelo lado da terra, nem chegara em qualquer balão ou aeronave imaginável. Novos passos soaram e Olney dobrou o canto da casa na direção do lado norte, mas, antes que pudesse encontrar um abrigo, uma voz chamou suavemente e ele soube que teria que enfrentar o seu anfitrião.

Olhando para fora da janela do oeste estava um grande rosto barbado, cujos olhos fosforesciam com a marca de suspiros inauditos. Mas a voz era gentil, de um tipo muito antigo e estranho, e Olney não estremeceu quando uma mão bronzeada foi estendida para ajudá-lo a transpor o peitoril e entrar na sala baixa guarnecida de lambris de carvalho escuro e mobília entalhada ao estilo Tudor. O homem usava trajes muito antigos e exibia um implacável halo de sabedoria marinha e sonhos de imponentes galeões. Olney não se recorda de muitas maravilhas que ele contou, ou mesmo de quem ele era, mas diz que era estranho e cordial, carregado da magia dos vazios incomensuráveis do tempo e do espaço. A pequena sala parecia verde sob uma tênue luz aquosa, e Olney percebeu que as janelas afastadas do lado leste não estavam abertas, e sim fechadas contra o éter com grossos vidros foscos como o fundo de velhas garrafas.

O barbado hospedeiro parecia jovem, embora olhasse através de olhos embebidos nos mistérios dos antigos, e, pelas narrativas de maravilhosas coisas antigas que contou, pode-se supor que a gente da aldeia estava certa em dizer que ele havia comungado com as brumas do mar e as nuvens do céu, e desde então não houve qualquer aldeia para admirar, de uma planície, sua pacata moradia lá no alto. O dia estava acabando e Olney ainda escutava os rumores de tempos antigos e lugares distantes, e ouvia sobre a maneira como os reis da Atlântida lutaram contra as enganosas blasfêmias que se esgueiravam de fissuras no leito do oceano e como o abandonado templo de colunas de Posêidon ainda é vislumbrado, à meia-noite, por navios perdidos, que a esta visão reconhecem que estão mesmo perdidos. Os tempos dos Titãs foram recordados, mas o hospedeiro foi reticente ao falar da confusa primeira idade do caos, antes do nascimento dos deuses ou mesmo dos Antigos, quando *os outros deuses* iam dançar no pico de Hatheg-Kla, no deserto rochoso perto de Ulthar, além do rio Skai.

Foi a essa altura que bateram à porta, aquela velha porta de carvalho reforçada por cravos além da qual jazia o abismo da nuvem branca. Olney se assustou, mas o homem barbado, sinalizando para que ficasse em silêncio, caminhou na ponta dos pés até a porta e espiou através de um diminuto visor. O que viu não lhe agradou e, levando o dedo aos lábios, caminhou na ponta dos pés para fechar e aferrolhar todas as janelas antes de voltar à antiga poltrona, ao lado de seu hóspede. Olney observou então, demorando-se contra os quadrados translúcidos de cada janelinha embaçada, a silhueta aterradora do visitante que se deslocava perscrutadora, de janela a janela, antes de partir, e ficou grato por seu anfitrião não ter atendido à batida à porta. Pois havia coisas pavorosas no imenso abismo e aquele que sai atrás dos sonhos deve cuidar para não incitar ou encontrar as coisas erradas.

Depois, as sombras começaram a se unir. Inicialmente, pequenas sombras furtivas debaixo da mesa, depois, outras mais encorpadas nos escuros cantos apainelados. E o homem barbado fez gestos enigmáticos de oração e acendeu velas grandes em castiçais de bronze finamente lavrados. Ele enviava insistentes olhares em direção à porta como se estivesse esperando alguém, até seu olhar ser finalmente atendido por uma singular batida que parecia obedecer a algum código muito antigo e secreto. Dessa vez nem mesmo olhou pelo visor, mas ergueu a grande trave de carvalho e girou o ferrolho destrancando a pesada porta, abrindo-a inteiramente para as estrelas e as brumas.

E foi então que, ao som de obscuras harmonias, flutuaram das profundezas para o recinto todos os sonhos e memórias submersos dos Poderosos da Terra. Chamas douradas dançavam em torno de finas madeixas ofuscando Olney, enquanto este lhes prestava homenagem. Ali estava Netuno com seu tridente, e alegres tritões, e fantásticas nereidas, e sobre o dorso de golfinhos equilibrava-se uma enorme concha crenulada sobre a qual cavalgava a forma cinzenta e terrível do Senhor do Grande Abismo, o primordial Nodens. E as conchas dos tritões produziam misteriosas clarinadas, e as nereidas produziam estranhos sons batendo nas grotescas conchas ressonantes dos desconhecidos moradores de escuras cavernas marinhas. O imponente Nodens estendeu então a mão enrugada ajudando Olney e seu anfitrião a subirem na vasta concha, quando então as conchas e os gongos iniciaram um clamor selvagem e maravilhoso. E saindo para o ilimitado éter, distendeu-se aquele fabuloso séquito cujos gritos se perdiam nos ecos do trovão.

Durante toda a noite os moradores de Kingsport observaram aquele imponente penhasco quando a tempestade e as brumas permitiam vislumbres dele, e quando, às primeiras horas da madrugada, as pequenas janelas embaçadas escureceram, murmuraram assuntos de horror e desastre. E os filhos e a corpulenta mulher de Olney rezaram para o benevolente deus apropriado dos batistas e confiaram em que o viajante compraria um guarda-chuva e galochas caso a chuva não parasse pela manhã. Depois a aurora pairou gotejante e envolta em brumas, saindo do mar, e as boias dobraram solenemente em vórtices de éter branco. E, ao meio-dia, trompas encantadas soaram por sobre o oceano, enquanto Olney, lépido e seco, descia do penhasco para a ancestral Kingsport com o olhar de lugares longínquos em seus olhos. Não conseguiu lembrar do que sonhara na morada, pendurada no céu, daquele tranquilo e incrível eremita sem nome, ou dizer como se arrastara penhasco abaixo por caminhos jamais percorridos por outros pés. Nem pôde falar sobre aquelas coisas todas, exceto com o Velho Terrível, que depois passou a resmungar coisas estranhas em sua longa barba branca, jurando que o homem que descera do penhasco não era inteiramente o mesmo homem que o havia galgado, e que em algum lugar debaixo do pontiagudo telhado cinzento, ou em meio a inconcebíveis extensões daquelas sinistras brumas brancas, permanecia ainda o espírito perdido daquele que fora Thomas Olney.

E a partir daquele momento, através de arrastados e tediosos anos de mediocridade e monotonia, o filósofo trabalhou e comeu e dormiu e cumpriu resignadamente os deveres apropriados de um cidadão. Ele já não almeja as mágicas colinas distantes, nem suspira por segredos que espreitam como verdes recifes de um mar insondável. A mesmice de seus dias já não o aborrece e os pensamentos bem-comportados tornaram-se suficientes para sua imaginação. Sua boa esposa está ficando cada vez mais corpulenta e seus filhos, mais velhos, mais turbulentos e mais prestativos, e ele nunca deixa de sorrir com correto orgulho quando as circunstâncias o exigem. Em seu olhar não há nenhuma luz de inquietação, e se ouve, em alguma ocasião, os sinos solenes ou as longínquas trombetas encantadas, isso só acontece à noite, ao errar de antigos sonhos. Ele nunca mais esteve em Kingsport, pois sua família não gostava das curiosas velhas casas e se queixava da precariedade dos esgotos. Agora eles possuem uma casinha em bom estado em Bristol Highlands, onde não se erguem altos penhascos e os vizinhos são urbanos e modernos.

Mas em Kingsport circulam histórias estranhas e até mesmo o Velho Terrível admite algo que não foi transmitido por seu avô. Pois agora, quando o vento norte sopra impetuoso passando pela antiga casa lá no alto que se confunde com o firmamento, quebra-se ali aquele silêncio ominoso, ameaçador, que antecede as catástrofes dos aldeões marítimos de Kingsport. E os velhos falam de vozes graciosas de cantorias e de risos que se elevam com júbilos superiores aos júbilos da terra e dizem que, à noite, as pequenas janelas baixas brilham mais intensamente do que antes. Dizem também que a ardente aurora comparece mais frequentemente naquele lugar, luzindo azul ao norte com visões de mundos congelados, enquanto o penhasco e a casa se debruçam escuros e fantásticos contra fulgurações selvagens. E as brumas da aurora são mais espessas, e os marinheiros já não estão tão seguros de que todo o abafado badalar de sinos do lado do mar provém das boias solenes.

O pior, porém, é a paralisia de velhos temores no coração dos jovens de Kingsport, que se predispõem a ouvir, à noite, os tênues sons distantes do vento norte. Eles juram que nenhum mal ou sofrimento pode habitar aquela alta casa pontiaguda, pois nas novas vozes vibra a alegria, e com elas, o tilintar dos risos e da música. Que narrativas as brumas marinhas podem trazer para aquele cume setentrional e assombrado, eles não sabem, mas anseiam por extrair algum indício das maravilhas que batem àquela porta escancarada para o abismo quando as nuvens são mais densas. E os patriarcas receiam que algum dia eles tentem alcançar, um a um, aquele cume inacessível no céu, e aprendam os segredos centenários que se escondem por baixo do íngreme telhado de madeira que faz parte das rochas e das estrelas e dos antigos pavores de Kingsport. Que aqueles venturosos jovens voltarão, eles não duvidam, mas pensam que um brilho poderá ter abandonado seus olhos e um desejo, seus corações. E eles não desejam que a singular Kingsport com seus caminhos íngremes e seus arcaicos espigões se arraste indiferentemente ao longo dos anos enquanto, voz a voz, o ridente coro cresça mais forte e mais selvagem naquela paragem assustadora e desconhecida onde as brumas e os sonhos de brumas deixam de repousar em seu caminho do mar para os céus.

Eles não desejam que a alma de seus jovens deixe os lares aconchegantes e as tavernas de telhados de duas águas da velha Kingsport, nem desejam que o riso e a canção daquele alto local rochoso cresçam mais. Pois, assim como a voz que chegou trouxe névoas frescas do mar e das frescas luzes do norte, eles dizem que outras vozes trarão mais brumas e mais luzes, até que, talvez, os antigos deuses (cuja existência sugerem apenas em sussurros com medo que o pastor da Congregação os ouça) possam sair das profundezas e da desconhecida Kadath na vastidão fria e fazer sua morada naquele penhasco desgraçadamente tão apropriado, tão próximo dos suaves vales e colinas da gente pescadora simples e tranquila. Isso, eles não desejam, pois para as pessoas simples as coisas que não são da terra são indesejadas. Mais ainda, o Velho Terrível frequentemente recorda o que Olney disse sobre uma batida à porta que o morador solitário temia e uma sombra escura e perscrutadora avistada contra a névoa através daquelas curiosas janelas translúcidas com vidros fundo-de-garrafa chumbados.

Essas coisas todas, porém, apenas os Antigos podem decidir. Até lá, a névoa da manhã continua subindo por aquele solitário e vertiginoso pico com a pontiaguda casa ancestral, aquela casa cinzenta de beirais compridos onde não se vê ninguém, mas para onde a noite traz luzes furtivas enquanto o vento norte fala de estranhos festins. Branca e delicada, ela sai das profundezas na direção de suas irmãs, as nuvens, cheia de sonhos de úmidas pastagens e cavernas de leviatã. E, quando as histórias se condensam nas grutas de tritões e as conchas nas cidades de algas sopram canções selvagens aprendidas com os Antigos, então densas brumas impetuosas agrupam-se no céu carregadas de saber e Kingsport, aninhada incomodamente nos rochedos inferiores no sopé daquela pavorosa sentinela de pedra suspensa, vê, do lado do oceano, apenas uma mística alvura, como se a borda do penhasco fosse a borda de toda a terra, e os sinos solenes de boias dobrassem livremente no éter de um reino feérico.

(1926)

O século que experimentou um fantástico progresso na mecanização da produção, uma extraordinária jornada de investigação, sob a égide da ciência, de todos os meandros da atividade humana — produtiva, social, mental —, foi também o período em que mais proliferaram, na cultura universal, as incursões artísticas na esfera do imaginário, os mergulhos no mundo indevassável do inconsciente. Literatura, rádio, cinema, música, artes plásticas, e depois, também, a televisão, entrelaçaram-se na criação e recriação de mundos sobrenaturais, em especulações sobre o presente e o futuro, em aventuras imaginárias além do universo científico e da realidade aparente da vida e do espírito humanos.

Howard Phillips Lovecraft (1890-1937), embora não tenha alcançado sucesso literário em vida, foi postumamente reconhecido como um dos grandes nomes da literatura fantástica do século XX, influenciando artistas contemporâneos, tendo histórias suas adaptadas para o rádio, o cinema e a televisão, e um público fiel constantemente renovado a cada geração. Explorando em poemas, contos e novelas os mundos insólitos que inventa e desbrava com a mais alucinada imaginação, Lovecraft seduz e envolve seus leitores numa teia de situações e seres extraordinários, ambientes oníricos, fantásticos e macabros que os distancia da realidade cotidiana e os convoca a um mergulho nos mais profundos e obscuros abismos da mente humana.

Dono de uma escrita imaginativa e muitas vezes poética que se desdobra em múltiplos estilos narrativos, Lovecraft combina a capacidade de provocar a ilusão de autenticidade e verossimilhança com as mais desvairadas invenções de sua arte. Ele povoa seu universo literário de monstros e demônios, de todo um panteão de deuses terrestres e extraterrestres interligados numa saga mitológica que perpassa várias de suas narrativas, e de homens sensíveis e sonhadores em perpétuo conflito com a realidade prosaica do mundo.

do mesmo autor nesta editora

o caso charles dexter ward

a cor que caiu do céu

dagon

o horror em red hook

o horror sobrenatural em literatura

a maldição de sarnath

nas montanhas da loucura

Este livro foi composto em Vendetta e Variex pela *Iluminuras* e terminou de ser impresso em 2019 nas oficinas da *Meta Brasil Gráfica*, em papel off-white 80 gramas, em Cotia, SP.